DOROTHEA BÖHME

Auf dem falschen Dampfer kommt man auch ans Ziel

Buch

Als älteste von drei Schwestern plante Juliane den großen Familienfrieden, als sie Ricarda und Trixie für eine Woche auf das Kreuzschiff *Santa Luisa* lockte. Doch keine der Schwestern kann die Vergangenheit einfach vergessen. Trixie, die Jüngste, argwöhnt nicht nur ständig Bevormundung, sondern hat auch noch einen Rucksack voller teurer Geheimnisse an Bord geschleppt. Juliane selbst hat ganz offensichtlich etwas zu verbergen, und die 33-jährige Ricarda, eigentlich gewohnt alles im Blick zu behalten und zwischen den Schwestern zu schlichten, verliert schließlich die Übersicht, als sie Patrick kennenlernt – den äußerst attraktiven Ersten Offizier. Als auch noch der Kapitän die Gäste vor jedem Abendessen zu einer Sicherheitsübung drängt und geheime Telefongespräche führt, beginnt Ricarda auf ihre ganz spezielle Art, Nachforschungen anzustellen, und dann geht das Durcheinander erst richtig los ...

Autorin

Dorothea Böhme wurde 1980 in Hamm (Westfalen) geboren. Es hat sie immer schon in die Welt hinausgezogen: Sie studierte in Deutschland und Österreich, verbrachte einige Monate in Ecuador und Italien und arbeitete als Deutschlehrerin in Ungarn. Inzwischen lebt sie in Stuttgart.

Von Dorothea Böhme bei Blanvalet bereits erschienen:

Neben der Spur ist auch ein schöner Weg (38250)

Dorothea Böhme

Auf dem falschen Dampfer kommt man auch ans Ziel

Roman

blanvalet

MIX
Papier aus verantwortungsvollen Quellen
FSC® C014496

Verlagsgruppe Random House FSC® N001967
Das FSC®-zertifizierte Papier *Holmen Book Cream*
für dieses Buch liefert Holmen Paper, Hallstavik, Schweden.

1. Auflage
Originalausgabe Juli 2015 bei Blanvalet Verlag,
einem Unternehmen der
Verlagsgruppe Random House GmbH, München

Dieses Werk wurde vermittelt durch die
Literaturagentur Schmidt & Abrahams
www.schrift-art.net
Umschlaggestaltung und -motiv: www.buerosued.de
Redaktion: Margit von Cossart
LH · Herstellung: sam
Satz: Buch-Werkstatt GmbH, Bad Aibling
Druck und Bindung: GGP Media GmbH, Pößneck
Printed in Germany
ISBN: 978-3-7341-0075-8

www.blanvalet.de

1

Gesund. Geheilt. Gelungen.

Juliane saß auf ihrer Yogamatte und versuchte, die neuen Wörter zu begreifen, die mit einem G anfingen.

Sie musste sich sammeln. Die Ruhe in dem hellen Raum der Yogaschule tat ihr gut.

Vor ein paar Monaten waren es Wörter mit einem K gewesen, und sie hatte es geschafft, sie in ihr Leben zu integrieren: *Krankheit. Krebs. Katastrophe.*

Juliane fragte sich, was mit ihr nicht stimmte, weil sie die K-Wörter mit noch nicht ganz vierzig Jahren so gelassen aufgenommen hatte – gelassen, wieder ein Wort mit G. Sie konnte Rückschläge und schlechte Nachrichten verkraften, daran war sie gewöhnt. Schlechte Nachrichten, sogar fürchterliche Nachrichten, hatte sie mit Ruhe aufgenommen, da waren Krankheit und Krebs und die Kündigung ihrer privaten Rentenversicherung nur ein Schulterzucken wert gewesen.

Durch die G-Wörter allerdings wurde sie völlig aus der Bahn geworfen. Und jetzt wusste Juliane nicht mehr weiter. Irgendetwas war doch nicht normal mit ihr.

Freudestrahlend war die Ärztin zu ihr gekommen und hatte ihr die Diagnose überbracht. Sie war *gesund, geheilt,* die Therapie war *gelungen.* Darüber müsste sie doch eigentlich *glücklich* sein. Aber sie? Sie saß eine halbe Stunde vor Beginn in ihrem Yogakurs und versuchte, ihr Leben neu zu planen.

Juliane spürte eine seltsame Unruhe. Die war vermutlich schuld daran, dass sie den anderen Kursteilnehmern, die in diesem Moment hereinstürmten, von ihrer Krankheit und der Heilung erzählte.

»Du hattest Krebs?«, fragte Susanna, die fröhliche Mittzwanzigerin, die ihre Matte immer rechts neben Juliane ausrollte, entsetzt.

»Genau. Hatte. Jetzt ist er weg.«

»Oh Gott sei Dank!« Susanna fiel ihr um den Hals. »Das ist ja schön!«

»Es ist vor allem … überraschend.«

Überfordert von Susannas Begeisterung, wurde Juliane stocksteif. Sie hatte viele Möglichkeiten erwogen, doch keinen Augenblick mit einer vollständigen Heilung gerechnet. Irgendetwas Gravierendes musste sie in ihren Excel-Tabellen übersehen haben.

»Das müssen wir feiern«, sagte Isabell, die streng frisierte Managerin auf ihrer linken Seite.

»Ich habe meine Wohnung verkauft. In drei Monaten muss ich den Schlüssel abgeben.« Das war eine der ersten Sachen gewesen, die sie geregelt hatte.

»Du kannst dein Leben jetzt richtig genießen!«, warf die schon etwas ältere Marlene ein, die beim Sonnengruß immer umfiel und sich an ihrer Nachbarin festhalten musste. Jetzt kam sie zu ihr und drückte vor Freude Julianes Arm.

»Meine Lebensversicherung läuft nächstes Jahr aus.« Das Auto hatte sie ebenfalls inseriert.

»Prima, von dem Geld kaufst du dir einfach eine noch viel schönere Wohnung.« Die unbeschwerte Susanna schien auf alles eine Antwort zu haben.

»Nach dem Yogakurs gehen wir ins Café!«, schlug Isabell vor. »Zu Sekt und Torte!«

»Die Ärztin sagt, ich soll ab jetzt besonders gesund leben.«

»Damit der Krebs nicht wiederkommt?« Marlene wiegte bedächtig den Kopf. »Da kannst du tatsächlich selbst Vorsorge treffen.«

»Krebs?« Yvonne, die Yogalehrerin, kam in diesem Moment herein und blieb erschrocken stehen. Sie wollte gerade ihre dicken blonden Haare zu einem Pferdeschwanz zusammenbinden, hielt jedoch mitten in der Bewegung inne und stürzte auf Juliane zu. »Das wusste ich gar nicht!«

»Er ist ja jetzt auch weg.«

Beinahe unwirsch löste Juliane sich aus der nächsten überschwänglichen Umarmung, langsam reichte es mit den Zuneigungsbekundungen. Wieso nahm ihr gesamter Yogakurs solch einen Anteil? Sie interessierte sich doch auch nicht für Susannas chronische Nasennebenhöhlenentzündung oder Marlenes Kniegelenk.

Juliane fuhr sich mit der Hand über das Gesicht.

Die gute Nachricht, die sie am Morgen bekommen hatte, warf sie so aus der Bahn, wie die schlechte über ein Jahr zuvor es nicht gekonnt hatte. Was war nur mit ihr los?

»Ich denke, ich werde als Erstes eine neue Wohnung kaufen und wieder in den Job einsteigen.«

»Was?« Sämtliche Kursteilnehmerinnen sahen sie alarmiert an.

Susanna schüttelte heftig den Kopf. »Nein, nein, nein, auf keinen Fall solltest du wieder die Dinge tun, die dich krank gemacht haben.« Sie tippte bedeutungsvoll an ihre Nase. »Ich weiß, wovon ich spreche.«

»Du musst dein Leben umstellen«, warf Marlene ein.

Auch Isabell pflichtete ihr bei. »Seit meinem Burnout mache ich alles ganz anders.« Sie legte die Hände zur indischen Begrüßung zusammen.

»Ja, doch, du musst auf dich achten. Hast du Familie? Familie tut immer gut«, sagte Marlene.

Juliane nickte, schüttelte den Kopf, nickte wieder. »Vielleicht.«

»Oh, hast du ihnen schon von der guten Nachricht erzählt? Was werden die sich freuen!« Susanna klatschte in die Hände.

»Da bin ich mir nicht so sicher.«

Marlene zog die Augenbrauen hoch.

»Wir haben uns … gestritten.«

»Das wäre doch eine wunderbare Gelegenheit zur Versöhnung!«, sagte Susanna. »Was ist denn passiert?«

Die Art, wie ihre Augen dabei leuchteten, irritierte

Juliane. Am liebsten hätte sie die Frage nicht beantwortet. Aber dann legte Yvonne wieder den Arm um sie. Julianes Unruhe verstärkte sich, und schließlich erzählte sie die ganze Geschichte. Von Anfang an. Bis zu dem letzten Treffen mit ihren Schwestern, nachdem sie als Älteste entschieden hatte, das Haus ihrer Eltern zu verkaufen.

»Da hat Trixie mich gewürgt, und Ricarda hat die Feuerwehr gerufen. Es ist eine völlig verfahrene Situation«, endete sie.

»Nichts ist völlig verfahren«, sagte Marlene.

Isabell und Yvonne nickten, während Susanna schon wieder über das ganze Gesicht strahlte. »Du musst dich mit ihnen versöhnen, das ist doch sonnenklar.« Sie schien eine unerschütterliche Optimistin zu sein. »Und ich habe auch schon einen Plan, wie du das anstellen kannst!«

Juliane wusste, dass ihr der Plan nicht gefallen würde. Sie war sich ganz sicher, dass er ihr nicht gefallen würde. Aber ein gutes Gegenargument hatte sie nicht, nicht einmal dagegen, mit den anderen Kursteilnehmerinnen später im Café ihre Diagnose zu feiern.

Sie musste ihr Leben neu ausrichten. Etwas anderes blieb ihr ohnehin nicht.

2

Christoph ist wohl doch nicht der Richtige gewesen, dachte Ricarda. Sonst hätte der Schock mich aus den Schuhen hauen müssen. Drei Jahre waren sie zusammen gewesen, seit sie sich auf einer Tagung kennengelernt hatten. Sie, die Biologin, er, der Pharmavertreter. Es war Liebe auf den ersten Blick gewesen, wie Christoph später immer erzählte. Dabei hatte Ricarda eigentlich nur von einem Scheinwerfer geblendet in seine Richtung geblickt und ihn dabei gar nicht gesehen. Vielleicht hätte sie das als Zeichen werten sollen.

Im Labor der Uni Stuttgart, in dem sie gerade an HI-Viren forschte, hatte es an diesem Freitag einen Feueralarm gegeben. Irgendein Student musste ihn ausgelöst haben, als er auf eine Zigarettenpause versehentlich durch den gesicherten Notausgang nach draußen gestürmt war. Deshalb kam sie schon um zwei nach Hause statt wie gewohnt erst am Abend. Da der Feuerwehreinsatz noch Stunden dauern sollte, hatte ihr Chef sie nach Hause geschickt. Ihre Viren mussten sich eben allein vermehren.

Vermehren, ja, das war dann wohl auch das, was Christoph gerade tat, als Ricarda ins Wohnzimmer kam. Er sprang erschrocken auf – nackt war er, genau wie die Frau, die noch auf der Couch lag. Sie hatten nicht das Bett genommen, das war doch irgendwie rücksichtsvoll. Der Rest eher nicht.

»Meine … das ist meine Psychotherapeutin«, stammelte Christoph. »Wegen meiner Depression.«

Ricarda rückte den Gurt ihrer Schultertasche zurecht. »Wirkt es denn?«

»Er macht Fortschritte.« Die Therapeutin, in Ricardas braune Wolldecke gewickelt, nickte.

Was sollte sie dazu sagen? Eine Weile starrte sie die beiden an. »Tja dann«, antwortete sie schließlich.

Als niemand mehr etwas sagte, stellte Ricarda ihre Tasche ab und zog sich die Jacke aus, hängte sie ordentlich über die Sessellehne. Dann ging sie ins Arbeitszimmer und schaltete den Computer an. Abwesend schob sie ihre Brille die Nase hoch, setzte sich an den Schreibtisch und stand wieder auf. Was machte sie hier eigentlich?

Ricarda marschierte zurück ins Wohnzimmer, wo Christoph und seine Therapeutin inzwischen halb angezogen und mit betretenem Gesichtsausdruck nebeneinanderstanden, bis Christoph schließlich das Schweigen brach.

»Nun sag doch mal was.«

»Was soll ich denn sagen?« Sie zuckte mit den Schultern, blickte dann kurz die andere Frau an. »Vielleicht hat *sie* etwas zu sagen?«

»Mir tut es leid«, warf diese ein.

Ricarda blinzelte. »Danke.«

Juliane hatte ihr immer Manieren eingeschärft. Juliane … Wieso dachte sie jetzt überhaupt an Juliane?

»Siehst du, Ricarda, siehst du?« Christoph wedelte mit den Armen. Ricarda sah gar nichts. Aber Christoph redete sich schon in Rage. »Deshalb hab ich Bettina gevögelt. Du bist immer so verdammt passiv! Immer ruhig, immer besonnen, bloß keine Konflikte austragen, bloß nicht streiten. Wo bleibt denn da die Leidenschaft?« Ricarda blickte sich um. Ihr Strickzeug lag ganz zerdrückt in einer Ecke der Couch. »Es ist also im Grunde deine Schuld, dass ich dich betrogen habe!«, fügte er hinzu.

Diese Argumentation konnte sie als Wissenschaftlerin dann doch nicht durchgehen lassen.

Zum ersten Mal schaute sie die andere an. Sie war dünn, fast knochig, ihre dunklen Haare waren vorher sicher ordentlich mit der Spange zusammengehalten gewesen, die nun am Ende einer Haarsträhne baumelte. Silber mit einem Klippverschluss, wie Juliane sie so gern trug. Wieder Juliane. So oft hatte sie im ganzen vergangenen Monat nicht an ihre Schwester gedacht! Unwillkürlich streckte Ricarda die Hand aus. Juliane hatte ihr immer eingetrichtert, finanziell eigenständig zu bleiben. Die Wohnung gehörte ihr.

Danke, Juliane!

Und dann war es ganz einfach. »Aber wir wollten heiraten! Da kannst du mich doch nicht einfach rausschmeißen!«, jammerte Christoph. »Sie bedeutet mir nichts, gar nichts!«

Das fand Ricarda der anderen gegenüber nun auch unfair. Sie wollte Christoph darauf hinweisen, dass nicht sie diejenige gewesen war, die nackt mit einer Psychotherapeutin auf der Couch gelegen hatte, aber das erledigte besagte Psychotherapeutin für sie.

»Was bist du nur für ein Dreckschwein.« Sie scheuerte ihm eine.

»Ich bin krank! Ich habe Depressionen!«

»Die kannst du anderswo haben.«

Ricarda schloss die Tür zum Arbeitszimmer, lehnte sich dagegen. Ihr war kalt. Sie holte sich die braune Wolldecke aus dem Wohnzimmer, wollte sich hineinwickeln und roch das Apfelparfüm der anderen. Angeekelt ließ sie die Decke fallen und nahm sich eine ihrer alten Strickjacken aus dem Schrank. Solange Christoph jammerte, meckerte und Dinge durch die Gegend warf, blieb sie allein und dachte an gar nichts. Die Psychotherapeutin war gegangen, ihr Handabdruck auf Christophs Wange war noch da. Und die Spange, die silberne mit dem Klippverschluss, lag auf dem Boden.

»Ruf mich an, wenn du dich beruhigt hast, Ricarda. So ein kleiner Ausrutscher, das ist doch nicht der Untergang der Welt!«, sagte Christoph, als sie ihn hinauskomplimentierte.

Seine Psychotherapie schien tatsächlich angeschlagen zu haben, er hatte schon einen wesentlich positiveren Blick in die Zukunft. Sie schob ihn in den Hausflur, legte dann den Riegel vor.

»Ricarda!«

»Dein Zeug schick ich dir per Post.«

Apropos Post. Hatte da nicht ein Brief für sie auf dem Küchentisch gelegen? Ein seltsamer lilafarbener Brief?

3

»Aufmachen, Polizei!«

Es war sieben Uhr an einem Freitagmorgen, und Trixie hoffte inständig, dass ihr Zimmernachbar nur wieder mal den Fernseher zu laut gestellt hatte.

»Ich komm ja schon, ich komm ja schon!«, hörte sie dann den Kiffer murmeln, die dünnen Wände des Wohnheims ließen sie fast jedes Wort verstehen, das drüben gesprochen wurde.

Die Tür knallte gegen die Wand, sodass ihr ganzes Zimmer zitterte, und Trixie sprang aus dem Bett. Hektisch suchte sie ihre Jeans, das T-Shirt. Verdammt, wieso hatten sie auch gestern so viel getrunken? Sie schlüpfte in ihre Sachen, spritzte sich schnell etwas Wasser ins Gesicht und schnappte sich den Rucksack, den sie in der Nacht unter ihr Bett geschoben hatte.

Trixie, du musst mir helfen, hatte Jonas früh morgens um halb drei gesagt, und Trixie war vom Jack Daniels und den Rhythmen von The Prodigy so high gewesen, dass sie nur genickt hatte.

Klar, Wohnheimsnachbarn halfen sich. Klar, Trixie half Jonas, auch wenn er etwas zu viel kiffte. Dafür hatte er in der Nacht großzügig sein Gras mit ihr geteilt.

Und ein kleines Taschengeld sprang doch auch dabei heraus, oder? Klar.

Außerdem war es ja auch nicht so, als wäre Trixie in ihrem Leben bisher nur auf dem Pfad der Tugend gewandelt. Also hatte sie kurz in den Rucksack hineingesehen, genickt und Jonas versprochen, gut drauf aufzupassen. Die Polizei wird mich nicht verdächtigen, Trixie, es ist also völlig ungefährlich, hatte er ihr versichert.

Und jetzt das.

»Wir haben einen Durchsuchungsbefehl.«

Dem Getrampel nach mussten es mindestens vier Beamte sein, die drüben herumstiefelten.

»Hey!«, hörte sie Jonas protestieren. »Handschellen?«

Ach du Schreck.

Trixie versuchte, etwas durchs Schlüsselloch zu erkennen.

»Ich hab damit nix zu tun! Sie wollen mir doch nur was anhängen! Was haben Sie eigentlich für Beweise?«, zeterte Jonas, während ihn zwei Polizisten, einer rechts, einer links, abführten. »Sie verwechseln mich!«

»Natürlich.« In aller Gemütsruhe nickten die beiden Männer.

»Schließen Sie wenigstens mein Zimmer ab, wenn Sie fertig sind?«

»Als ob das jemand freiwillig betreten würde«, antwortete der Beamte, den Trixie für den Chef hielt.

Mittlerweile hatte sich eine kleine Menschentraube gebildet, die anderen Studenten auf ihrem Stock waren aus ihren Zimmern gekommen, teilweise noch im Schlafanzug, verfolgten Jonas' Abgang und tuschelten miteinander.

Nur Trixie kauerte mit zusammengekniffenen Augen hinter ihrer verschlossenen Tür. Eine blaue Uniform schob sich in ihr Blickfeld, dann klopfte es. An ihrer Zimmertür.

Trixie hielt den Atem an.

»Hey! Jemand zu Hause?«

Ganz leise und vorsichtig stand Trixie auf, beide Hände am Rucksack, damit er ja nicht herunterrutschte und mit einem Krachen auf den Boden fiel. Und bloß weg vom Schlüsselloch, falls der Polizist drüben auf die gleiche Idee kam und ebenfalls hindurchlinste.

»Da wohnt Beatrix Schuster«, half eine der Mitbewohnerinnen des Wohnheims den Beamten. Claudia, die blöde Streberin. »Was wollen Sie denn von ihr?«

Trixie schlich rückwärts zum Fenster. Was für ein Glück, dass sie ebenerdig zum Garten hinaus wohnte. Mit Jonas' Rucksack wollte sie besser nicht von der Polizei erwischt werden. Das Fenster hatte sie mit einem Griff geöffnet, dann setzte sie sich den Rucksack auf und sprang hinaus auf die Rasenfläche. Jetzt hieß es abhauen, untertauchen, schnell weg, zumindest so lange, bis die Bullen Jonas laufen ließen.

Das einzige Problem war: Wohin sollte sie?

4

»Und *wie* hab ich dieses Ticket gewonnen?«, fragte Ricarda.

Nachdem sie den lilafarbenen Briefumschlag mit der Aufschrift Kreuzfahrt geöffnet und ein legitim aussehendes Ticket gefunden hatte, war sie sofort zum Telefon gelaufen. *Sie haben eine Kreuzfahrt gewonnen …* So ein Quatsch, das glaubte doch kein Mensch mehr.

»Ich weiß nicht, bei welchen Gewinnspielen Sie mitmachen, Frau Schuster.«

»Ich habe noch nie bei einem Gewinnspiel mitgemacht!«, antwortete Ricarda. Deshalb rief sie doch an. »Kann es sich vielleicht um ein Versehen handeln? Gibt es noch eine andere Ricarda Schuster?«, fragte sie. Eine Verwechslung war doch immer möglich.

»Können Sie mir Ihr Geburtsdatum nennen?«, fragte die Dame von der Kreuzfahrtgesellschaft.

Aber der Abgleich des Geburtsdatums bestätigte, dass sie, Ricarda, eine Kreuzfahrt die Donau hinunter gewonnen hatte. Start war am Montag in Passau. Die Reise würde durch Österreich, Ungarn und die Slowakei führen: Von Passau ging es nach Krems, dann folgten Esztergom, Budapest und auf der Rückfahrt Bratislava, Wien, Melk und Linz

»Verlosen Sie öfter Tickets?«, fragte sie.

»Wir verlosen gar keine Tickets.« Ricarda hatte das Gefühl, die Frau am anderen Ende der Leitung unterdrückte nur knapp ein Seufzen. »Aber hin und wieder werden übrig gebliebene Tickets von Veranstaltern gekauft, die diese dann als Gewinne unter die Leute bringen. Last-Minute-Tickets sind natürlich günstiger«, erklärte sie.

»Und das ist seriös?«

»Das ist hundertprozentig seriös.«

»Ich muss keine Heizdecken, Waschmaschinen oder Ähnliches kaufen?«

»Frau Schuster, wir sind eine Reederei mit langjähriger Erfahrung und über fünfzig Schiffen. Sie können gern in Ihrem Reisebüro nachfragen. Bei uns gibt es keinen Kaufzwang für Heizdecken, keine versteckten Kabinenkosten, selbst die Verpflegung ist im Reisepreis inbegriffen. Kommen Sie einfach am Montag an Bord, und genießen Sie Ihren Urlaub«, fuhr die Frau fort, als Ricarda protestieren wollte. »Den scheinen Sie nämlich dringend zu benötigen.« Und damit legte sie auf.

5

»Du willst dich mit uns versöhnen?«, wiederholte Trixie ungläubig.

Sie hatte es sich gerade mit dem Rucksack, einer Portion Pommes und einem Milchshake im McDonald's gemütlich gemacht – oder so gemütlich, wie das mit einem Rucksack voller gestohlener Smartphones in einem Fastfood-Restaurant überhaupt möglich war –, als ihr Telefon geklingelt hatte.

Eine unbekannte Nummer. Unbekannte Nummern waren gerade in ihrer Situation nicht unbedingt etwas Gutes. Obwohl sie schon mit dem Schlimmsten, der Polizei, gerechnet hatte, war Trixie drangegangen, und ihr wäre der Becher beinahe aus der Hand gefallen, als es dann ihre älteste Schwester gewesen war. Juliane. Deren Nummer hatte sie vor fünf Jahren gleich aus ihrem Verzeichnis gelöscht.

»Ich weiß, dass das sehr plötzlich kommt«, sagte Juliane jetzt. »Und ich weiß, dass wir in den letzten Jahren nicht das beste Verhältnis hatten.«

Nicht das beste? Sie würde sagen: *gar keins.* Und das war gut so. »Das letzte Mal, als wir uns gesehen haben, hast du mir einen Schuh an den Kopf geworfen, ich hab dich gewürgt, und Ricky hat die Feuerwehr gerufen.«

»Wir machen alle Fehler.«

Trixie schlürfte lautstark ihren Milchshake.

Juliane räusperte sich. »Jedenfalls sind fünf Jahre genug«, sagte sie dann. »Fünf Jahre Schweigen, fünf Jahre ohne Familie.«

»Hast du einen Hirntumor? Oder Alzheimer?« Die Frage musste Trixie einfach stellen.

»In letzter Zeit hab ich viel nachgedacht, viel über uns, über unser Verhältnis zueinander«, fuhr Juliane fort, als hätte Trixie nichts gesagt. Trixie war sich trotzdem sicher, ihre Zähne kurz knirschen gehört zu haben. »Wir sind Schwestern. Wir sollten zueinanderhalten. Deshalb möchte ich euch auf eine Kreuzfahrt einladen. Acht Tage Donau, acht Tage Zeit für uns. Das würde uns guttun.«

Urlaub mit ihren Schwestern? Trixie sah auf den Rucksack. Sie hatte doch weiß Gott andere Probleme im Augenblick! Zuerst musste sie sich überlegen, wo sie hinsollte. Sie brauchte eine Unterkunft, am besten nicht hier in der Stadt, besser noch nicht mal in diesem Land und ... Trixie stellte den Milchshake ab.

»Wann und wo?«

»Ab Montag in Passau. Ich weiß, dass es kurzfristig ist, sehr kurzfristig, und ich weiß, dass du keine Semesterferien hast. Ich weiß, dass ...«

»Kein Thema.«

Trixie lehnte sich zurück und stopfte sich mehrere

Pommes gleichzeitig in den Mund. Juliane, die Lösung ihrer Probleme. Wer hätte das gedacht?

»Ich meine, ich verstehe, dass du so spontan nicht … Was hast du gesagt?«

»Kein Thema, ich komme mit«, wiederholte Trixie, spülte den letzten Rest Milchshake hinunter und griff nach dem Rucksack. Sie hatte jetzt einen Plan und ein Ziel. »Ich warte in Passau auf euch.«

»Aber …«

Juliane schien eine andere Antwort erwartet zu haben, und wenn Trixie an ihren letzten Streit dachte, musste sie zugeben, dass sie vernünftigerweise hätte absagen sollen. Doch ihre Situation ließ keine langen Überlegungen zu. Acht Tage auf der Donau kamen wie gerufen, bis dahin hatte sich die Sache mit Jonas und der Polizei vielleicht schon geklärt. Hoffentlich. Sonst konnte sie einpacken. Sie war mit Diebesgut auf der Flucht. Dagegen waren ihre Schwestern Peanuts. Die Fahrt auf der Donau mit ihnen würde sie schon irgendwie überleben.

»Ricky zu überreden wird allerdings vermutlich schwieriger. Da musst du schon so was wie Erpressung anwenden«, sagte sie noch, bevor sie auflegte.

6

Letztendlich war es ihre Nachbarin Nele gewesen, die Ricarda online ein Bahnticket gekauft hatte.

»So eine Gelegenheit kannst du dir doch nicht entgehen lassen«, ermutigte sie sie, »nicht nach dieser unseligen Sache mit Christoph. Und hast du nicht außerdem noch so viel Pech mit deinem Auto gehabt in letzter Zeit? Ein gewonnener Urlaub ist die Wende zum Glück, du wirst schon sehen. Schließlich gibt es auf diesen Schiffen immer jede Menge attraktiver Männer, die dich über Christoph hinwegtrösten können – von der Schiffsbesatzung gar nicht erst zu sprechen.«

»Etwas Ruhe würde mir sicher guttun«, pflichtete Ricarda ihr bei, wenn auch nicht ganz überzeugt. »Im letzten Jahr habe ich mich nur mit meinen Viren beschäftigt. Ich habe nicht mehr als zwei Tage Urlaub genommen.«

»Eben«, stimmte Nele ihr zu. »Sag das deinem Chef mal. Deine Viren können sicher eine Zeit mal ohne dich. Und wenn du dann noch einen netten Mann vom Schiff mitbringst, arbeitet es sich danach umso besser.«

Dem hatte Ricarda nichts entgegenzusetzen, und so kam es, dass sie mit dem Zug nach Passau gefahren war. Jetzt saß sie im Taxi zum Hafen, ihre große Reisetasche auf den Knien, die Unterlippe zwischen die Zähne gesaugt.

»Sie machen eine Kreuzfahrt?«, fragte der Taxifahrer. »Hat meine Oma auch mal gemacht, hat ihr gefallen.«

Die Oma. Ja, das schien üblich zu sein. Wer interessierte sich schon für eine Flusskreuzfahrt von Passau nach Budapest? Wer hatte die Zeit und das Geld? Menschen über fünfundsechzig.

»Dann werde ich dort sicher Ruhe haben.« Eine Seniorenkreuzfahrt hatte auch ihre Vorteile.

Der Fahrer sah sie durch den Rückspiegel zweifelnd an. »Von Ruhe hat sie nichts erzählt, mehr von jungen Männern.« Dann nickte er. »Aber klar, Ruhe hat man sicher ebenfalls. Was soll man den ganzen Tag auf so einer Kreuzfahrt auch machen außer herumliegen und sich entspannen?«

Genau.

Das Taxi hielt an der Donau, mitten in der Innenstadt. Ricarda konnte das Rathaus erkennen, davor einen kleinen Platz, daneben ein anderes altes Gebäude, und quer über die Straße lag eine Touristeninformation. Nicht weit entfernt befand sich die Schiffsanlegestelle.

»Stimmt so.« Sie drückte dem Fahrer einen Zehn-Euro-Schein in die Hand und stieg aus.

Die Sonne blendete, das Wetter meinte es also gut mit ihr. Ricarda schleppte ihre Reisetasche über den Parkplatz und hätte sie vor Schreck beinahe fallen lassen. Juliane. Juliane und Trixie. Fast einträchtig standen sie nebeneinander und hielten Ausschau nach jemandem. Auf wen konnten die beiden warten, und was machten sie überhaupt hier?

Moment mal … Eine Ahnung beschlich sie. Wer hatte jemals schon eine Kreuzfahrt gewonnen? Und dann noch, ohne an einer Verlosung teilgenommen zu haben … Sie ließ die Tasche fallen. Das durfte doch nicht wahr sein!

»Ricky!«

Trixie hatte sie entdeckt. Sie ruderte wild mit dem linken Arm, während sie Juliane, die irritiert die Augenbrauen zusammenzog, den rechten in die Rippen stieß. Die schlanke Figur unter einem klassischen grauen Hosenanzug verborgen, stach Juliane wie üblich aus der Menschenmenge hervor. Das Gewusel um sie herum schien sie nicht zu berühren, die Leute machten einen Bogen um sie. In völliger Ruhe stand sie neben ihrem Trolley, eine Sonnenbrille, zweifellos von Prada oder Gucci, in den Haaren und eine Tasche, ganz sicher Louis-Vuitton – das hätte zu ihrem Stil und Selbstverständnis gepasst – unter den Arm geklemmt.

»So eine Überraschung.«

Wie jedes Mal, wenn sie ihre gut gekleidete, untadelige große Schwester sah, wurde sich Ricarda ihrer eigenen Makel bewusst. Meist trug sie viel zu lange Jeans, deren Säume deshalb ausgefranst waren, und übergroße Sweatshirts. Sie fand das praktisch, in Julianes Augen aber war ihr Kleidungsstil ein Verbrechen gegen die Mode.

Ricarda strich sich eine Strähne ihrer dunklen Haare aus der Stirn, ihr Zopf hatte sich auf der langen Fahrt aufgelöst. Wie begrüßte man die eigene Schwester, mit der man fünf Jahre nicht gesprochen hatte? Mit einem Handschlag? Oder sollte sie ihr im Geiste der letzten Zusammenkunft etwas an den Kopf werfen? Ricarda seufzte. Es hatte seine Gründe, dass Julianes Nummer nicht mehr in ihrem Handy gespeichert war.

»Cool, dass du da bist!« Trixie löste das Begrüßungsdilemma, indem sie Ricarda um den Hals fiel. Auch sie hatte Ricarda die letzten Jahre nicht gesehen.

Ricarda blinzelte, räusperte sich. »Ich wusste ja nicht, dass ihr auch kommt.«

»*Sie haben eine Kreuzfahrt gewonnen* – das glaubt doch wirklich keiner außer dir«, schnaubte Juliane.

Dann schien sie sich aber an etwas zu erinnern, streckte die Hand aus und drückte Ricardas Schulter. Murmelte sie sogar eine Entschuldigung, oder war das Einbildung? Ricarda entschied, dass es Einbildung war.

»Hast du etwa für meine Karte bezahlt?«, fragte sie.

Juliane winkte ab. Bevor Ricarda protestieren konnte, sie wollte nicht in der Schuld ihrer Schwester stehen, lachte Trixie.

»Ist ja wohl das Mindeste, was sie tun kann. Hat ja genug Geld vom Hausverkauf, nicht?«

Sie verschränkte die Arme vor der Brust und schüttelte die blonden Locken. Das kleine Mädchen ist erwachsen geworden, dachte Ricarda. Die schulterlange

Frisur stand ihr gut, in den letzten Jahren war sie in ihre Gesichtszüge hineingewachsen. Fünfundzwanzig und keine Spur mehr von Babyspeck.

Bevor Juliane noch auf Trixies Provokation mit dem verkauften Haus eingehen konnte und das erste Gespräch seit Jahren endete wie das letzte, unterbrach Ricarda ihre Schwestern schnell.

»Eine Kreuzfahrt, das wollte ich immer schon machen! Entspannung, Erholung und Ruhe, wie schön.«

»Eine Flusskreuzfahrt!« Trixie stöhnte. »Bei dem Wort Kreuzfahrt hatte ich mich schon so gefreut, Mittelmeer, pralle Sonne, Luxusdampfer, supercool. Aber das da?« Trixie deutete mit dem Daumen auf die Donau hinter ihnen. »Geht's noch langweiliger?«

»Ein bisschen Kultur würde dir nicht schaden, Beatrix«, sagte Juliane.

»Nenn mich nicht so, Juli.« Trixie kniff die Augen zusammen. »Außerdem studiere ich Ethnologie. Mehr Kultur geht gar nicht.«

Ricarda fasste sich an die Schläfen. Wenn sie jetzt auf dem Absatz umdrehte, würden sich die beiden dann umbringen?

»Susanna aus meinem Yogakurs hat gesagt, dass Bildungsurlaub jetzt sehr im Trend ist und sicher keine Domäne für alte Leute mehr«, sagte Juliane. »Es wird dir schon nicht schaden, deinen Horizont zu erweitern.«

»Yogakurs? Seit wann machst du Yoga? Und außerdem … Du bist doch die Erste, die sich über die ganzen Omas und Opas aufregen wird.«

Ricarda seufzte. Wie war das mit der Ruhe? Ihr wurde schlecht.

»Oh, das Boarding beginnt!« Juliane drehte den Kopf. »Oder wie auch immer das bei Schiffen heißt.«

»Natürlich, die Vielfliegerin.« Trixies Stimme triefte nur so vor Sarkasmus. »Eine Geschäftsreise nach der anderen, da kennt man sich mit dem Jetset aus.«

»Ich glaube, ich werde seekrank.« Ricarda drängte sich zwischen ihre Schwestern. »Vielleicht sollten wir die Reise absagen.«

»Natürlich nicht.« Juliane sah sie entsetzt an.

Auch Trixie schüttelte den Kopf. »Wartet zu Hause jemand auf dich, oder was hast du gegen acht Tage Urlaub?«, fragte sie.

Christoph ... Schmerzlich wurde Ricarda bewusst, dass sie in eine leere Wohnung zurückkehren würde. Nicht dass sie diesen betrügerischen Mistkerl hätte zurückhaben wollen, aber sie hatte sich nicht umsonst so schnell zu dieser Kreuzfahrt überreden lassen. Eine Auszeit vom Alltag würde ihr guttun. Auch wenn die Ruhe von ihren Schwestern gestört werden würde. Aber vielleicht, ganz vielleicht würde es mit den beiden ja nicht so schlimm werden. Es hatte einmal eine Zeit gegeben, in der sie sich gut verstanden hatten ...

»Schon gut.« Sie schulterte ihre Reisetasche.

»Ja dann.« Trixie klatschte in die Hände. »Acht Tage Schwesterlichkeit ... Auf in den Kampf! Die Letzte in der Kabine bekommt das obere Bett!«

7

»Herzlich Willkommen auf der *Santa Luisa*«, begrüßte ein alternder Kapitän die Gäste.

Ricarda verlagerte die Reisetasche von der rechten auf die linke Schulter. Sie standen inmitten der anderen Gäste, um aufs Schiff zu kommen, und kamen nur langsam voran. Trixies Enthusiasmus war schon nach drei Metern gebremst worden.

Sie zwinkerte Ricarda zu. »Käpt'n Iglo.«

Mit seinem kurz gehaltenen Vollbart sah der Kapitän tatsächlich aus wie der Fischstäbchenwerbeträger. Wie passend für einen Seemann.

»Hier werden Gemeinschaftsleben und Zusammengehörigkeitsgefühl noch großgeschrieben. Niemand ist hier allein!«, salbaderte der Kapitän.

Ricarda sah ihre Schwestern an. Was hatte Juliane denn da für einen Esoteriktrip gebucht? Das mit der Versöhnung schien ihr ja wirklich wichtig zu sein.

Aber Juliane blinzelte verwirrt und schüttelte dann unwillig den Kopf. Offenbar hatten Gemeinschaftsleben und Zusammengehörigkeitsgefühl nicht in der Programmbeschreibung gestanden.

Sie rückten in der Reihe der Gäste ein Stückchen vor

und konnten einen Blick auf den Ersten Offizier werfen, der hinter dem Kapitän stand.

»Hallloooo.« Das O zog Trixie noch länger als das L. Sie schob ihre überdimensionale Sonnenbrille in die blonden Locken. »Dunkle Haare, traurige Augen, ist das nicht genau dein Typ?« Sie stieß Ricarda den Ellenbogen in die Seite.

»Traurige Augen?«

Ein Schulterzucken. »Du stehst doch auf diese depressiven Männer.«

Wieder dachte Ricarda an Christoph und zuckte dann auch mit den Schultern. »Den letzten hab ich rausgeschmissen.«

»Das wurde auch Zeit«, mischte sich nun Juliane von hinten ein.

»Du kanntest Christoph doch gar nicht!«

»Ich konnte deine Freunde noch nie leiden. Er war bestimmt nicht besser als die anderen.«

Inzwischen waren sie in der Reihe so weit nach vorn gekommen, dass sie direkt vor dem Kapitän standen, und Ricarda blieb Juliane eine Reaktion schuldig. Die Mundwinkel des Ersten Offiziers zuckten. Da hatten sie ja mal wieder einen hervorragenden Eindruck gemacht. Ricarda rückte ihre Brille zurecht und versuchte zu lächeln.

Trixie kicherte. »Vielleicht findet sich ja doch mal ein vernünftiger Kerl«, sagte sie und schenkte dem Offizier ein Augenzwinkern.

Ricardas Wangen wurden heiß, und sie beeilte sich,

an Deck zu kommen. Bevor sie auch nur anfangen konnte, sich zu orientieren, zog Juliane mit ihrem silbernen Trolley an ihren Schwestern vorbei und schnalzte mit der Zunge.

»Ich zeige euch die Kabinen.«

»Weil wir allein so orientierungslos sind«, flüsterte Trixie, folgte Juliane aber trotzdem durch die Tür, die unter Deck führte.

»Hier wohnt ihr.« Juliane klopfte an die Kabine mit der Nummer 214. »Ich bin dort drüben.« Sie zeigte auf die gegenüberliegende Tür. »Falls ihr etwas braucht.«

»Danke, Mama«, antwortete Trixie spöttisch.

In Julianes Wange zuckte ein Muskel, und Ricarda öffnete hastig die Kabinentür. Das Thema Eltern kann doch wirklich warten, dachte sie. Am besten bis zu meinem Todestag.

»Wieso kriegt sie eine eigene Kabine, während wir uns diese Besenkammer teilen müssen?«

Trixie ließ ihren Rucksack auf das untere der beiden Stockbetten fallen – nannte man die nicht Kojen? – und sah sich in dem zugegebenermaßen winzigen Raum um.

»Weil sie zahlt.« Ricarda beäugte die Leiter, die zum oberen Bett führte, kritisch. Hoch war es zwar nicht, aber wenn sie ihre Brille nicht trug …

»Eben!« Trixie stemmte die Hände in die Hüften.

»Was ›eben‹?«

»Wenn man schon Leute einlädt, dann ist es eine Frechheit, sie mit der dritten Klasse abzuspeisen.«

Ich hätte doch am Steg umkehren sollen, dachte Ricarda. Vielleicht mit dem netten Taxifahrer und seiner Oma einen Kaffee trinken und dann zurück nach Hause fahren.

»Ich geh mal kurz an Deck«, sagte sie.

»Mit deiner Reisetasche?«

»Dann hast du mehr Platz beim Auspacken.«

Ricardas Strickzeug war in der Tasche, das war für sie überlebenswichtig. Auf Trixies hochgezogene Augenbrauen hin ließ sie die Tasche dann doch auf den Boden gleiten – fünfzehn Kilo Reiseutensilien waren vielleicht wirklich ein bisschen viel, um sie mit sich herumzuschleppen. Aber vor Trixie das Strickzeug herausholen? Ihre kleine Schwester würde sich totlachen. Nein, da würde sie eine andere Beschäftigung finden müssen.

Als sie nach draußen trat, legte sie schützend eine Hand über die Augen. Außer ihr hatte anscheinend das halbe Schiff beschlossen, sich das Ablegen von Deck aus anzusehen. Dicht gedrängt standen die Leute an der Reling. Und offenbar hatte Julianes ominöse Susanna recht: Kreuzfahrten waren nicht nur etwas für alte Leute. Wenn Ricarda dann noch an die Besatzung und speziell den Ersten Offizier dachte …

Sie suchte sich einen Platz neben einer Treppe, zu der der Zugang verboten war, und sah aufs Wasser. Es blendete und glitzerte wie Diamanten. Sie beugte sich ein wenig vor, wobei ihr fast die Brille von der Nase gefallen wäre. Schnell blickte sie wieder hoch, gerade rechtzeitig, um den großen dunkelhaarigen Mann zu sehen, der die Zugang-verboten-Treppe herunterkam. Der Erste Offizier, der mit den traurigen Augen. Die wirkten allerdings alles andere als traurig, als er sie ansah und lächelte. Die Schiffsmotoren brummten, und das war der Grund für den nervösen Hüpfer, den Ricardas Magen machte. Es hatte nichts damit zu tun, dass dem Offizier eine Haarsträhne in die Augen fiel. Oder seine Lachfalten so attraktiv waren.

Er blieb neben ihr stehen und wies zur Donau. »Das erste Mal auf einer Kreuzfahrt?«

Ricarda nickte. »Ich vermeide normalerweise sogar Tretboote.« Sie zögerte. »Einmal war ich auf Borkum, aber das ist schon lange her.« Es war der letzte gemeinsame Familienurlaub gewesen, das erste und einzige Mal, dass Ricarda die See gesehen hatte. Danach hatte sie einfach nicht mehr gewollt. »Auf der Fähre ist mir furchtbar schlecht geworden.«

Er lachte. »Sie werden sehen, die *Santa Luisa* liegt wesentlich ruhiger im Wasser als eine Fähre. Das Meer ist ja viel unruhiger. Seekrank werden Sie bei uns nicht werden.«

Da war sie sich zwar nicht so sicher – allein die Tatsache, dass der vermeintlich feste Boden unter den Füßen keiner war, war erschreckend genug –, aber der Offizier hatte so schöne Augen. Sie konnte nur dankbar zurücklächeln.

»Allerdings … Wenn es Sie beruhigt: Wir haben einen Schiffsarzt an Bord.« Er lächelte ihr zu. »Ich bin übrigens Patrick Berger. Es freut mich, Sie kennenzulernen.«

»Ricarda Schuster. Und … gleichfalls.« Etwas linkisch schüttelte sie ihm die Hand.

Der Schiffsmotor brummte, und er blickte sich um. »Das ist mein Zeichen, ich werde gebraucht.«

»Mast- und Schotbruch!«, wünschte Ricarda und hätte sich am liebsten auf die Zunge gebissen.

Als ob dieser alberne Seemannsgruß für einen echten Seemann auch nur ansatzweise witzig war. Sie brauchte unbedingt ihr Strickzeug.

Die tiefe Schiffshupe ertönte, zwei Seeleute machten die Taue los, und dann setzte sich das Schiff langsam, langsam in Bewegung. Es war nicht spektakulär, aber für Ricarda, die immer noch leicht misstrauisch auf das Einsetzen der Seekrankheit wartete, aufregend genug.

»Du schließt also schon Freundschaften?«

Trixie stand auf einmal neben ihr. Die blonden Haare wurden ihr vom Wind aus der Stirn geblasen, als sie sich mit beiden Armen auf die Reling stützte. Hatte sie das Gespräch mit dem Ersten Offizier etwa mitbekommen?

»Darf ich das nicht?«, fragte Ricarda.

»Kein Stress.« Gleichmütig zuckte Trixie mit den Schultern. »Ist doch gut, dass du mit einem Mann sprichst.«

Was sollte das denn schon wieder heißen? »Ich spreche jeden Tag mit Männern.«

»Dein Chef und die Arbeitskollegen zählen nicht. Ich meinte *interessante* Männer.«

Sie hatten sich fünf Jahre nicht gesehen, Trixie wusste überhaupt nichts über ihr Leben. Andererseits war der Erste Offizier tatsächlich ein *interessanter* Mann. Ricarda spürte, wie ihr die Hitze in die Wangen stieg.

»Das Schiff fährt langsamer, als ich dachte«, sagte sie. Es war richtig angenehm, und sie konnte sich kaum noch vorstellen, bei dem Tempo seekrank zu werden. Solange es nicht stürmte zumindest. Aber bisher war das Wetter herrlich, und in Österreich – die Grenze würden sie später noch passieren – war das Reisewetter ähnlich warm angesagt.

»Friedensangebot?« Trixie drehte sich um. »Wir erkunden das Schiff, solange Juli mit Auspacken beschäftigt ist. Bestimmt zirkelt sie gerade den Winkel ab, in dem ihre Bügelfaltenhosen im Schrank liegen.«

Ricarda grinste, dann wurde sie nachdenklich. Frieden, ja, das wäre schön. Den würde sie sich von ihren Schwestern wünschen. Trixie hüpfte vor ihr die Stufen hinunter, und ihre eigenen Schritte wurden ebenfalls beschwingter. Begeisterung war ansteckend. Und die Vermutung darüber, was Juliane gerade tat, war nicht einmal so weit hergeholt.

Das Kreuzfahrtschiff war in Weiß und Blau gehalten. Dafür, dass es nur Flüsse befuhr, war es riesig und ziemlich gut in Schuss. Die Fähre, mit der wir damals nach Borkum übergesetzt haben, war dagegen ein verrostetes Wrack, dachte Ricarda.

Sie waren inzwischen auf dem Hauptdeck angelangt, auf dem es sogar einen Pool gab. »Hey, ist ja fast wie auf der Aida!«, rief sie.

»Und abends gibt's Disco.« Trixie zeigte auf ein Hinweisschild an der Bar. »Wenn wir ganz viel Glück haben, spielen sie da nicht nur Andrea Berg. Aber jetzt müssen wir unbedingt ins Wasser!«

»Weißt du noch, unser Strandurlaub? Da warst du immer die Erste.« Ricarda musste lächeln. »Auch wenn die Nordsee nur siebzehn Grad hatte. Du kleiner Fisch.«

»Mama und Papa …« Trixie brach ab. »Der Pool hier hat kuschelige sechsundzwanzig Grad.«

Das stand auf einem Schild, das gleich neben der Einstiegsleiter am Becken angebracht war. Außerdem hatte er eine Länge von zwölf Metern. Gar nicht mal schlecht.

Trixie war immer die Sportliche gewesen – Fußball, Tennis, Schwimmen. Während Ricarda sich in ihre Bücher vertieft hatte, war Trixie auf der Wiese, auf dem Platz oder im Becken herumgetobt.

»Sonst waren wir ja immer im Allgäu wandern. Was Juliane für eine furchtbare Zeitverschwendung hielt«, sinnierte Ricarda.

Trixie presste die Lippen zusammen. »Das weiß ich nicht. Da war ich ja noch nicht dabei.«

Ricarda wusste nicht, was sie darauf sagen sollte. Sie war neun gewesen, und Trixie erst zwei Jahre alt, als ihr Vater seinen Job verloren hatte und sie sich die Familienurlaube nicht mehr leisten konnten. Bis Borkum zehn Jahre später. Ricarda klammerte sich fester an die Reling. Lange war das her, viel zu lange. Sie hatte gerade ihr Abitur bestanden und konnte es kaum erwarten, hinaus in die Welt zu ziehen. Andererseits hatte sich die kleine Trixie so sehr aufs Meer gefreut. Juliane hatte angerufen, um zu sagen, dass sie mit fünfundzwanzig nun wirklich zu alt für Familienurlaube sei, und außerdem mitten in ihren Prüfungen stecke, doch ihre Mutter hatte sie überredet, wenigstens ein gemeinsames Wochenende auf der Insel zu verbringen. Auch die fleißigsten Mädchen brauchen einmal Urlaub, hatte sie gesagt. Juliane hatte schließlich eingewilligt, doch ihr verständnisloser Blick war Ricarda im Gedächtnis geblieben. Wieso war Juliane dann noch mal nicht zu ihren Diplomprüfungen erschienen? Natürlich, der Unfall! Aber sie hätte die Prüfungen doch später nachholen können … Ricarda runzelte die Stirn.

»Also dann los! Ich geh 'ne Runde schwimmen.«

Trixie zog ihr T-Shirt über den Kopf, darunter trug sie schon ihren Bikini. Ricarda hatte noch nicht einmal daran gedacht, sich die Beine zu rasieren.

Mit einem Kopfsprung tauchte Trixie ins Wasser, woraufhin ein dicklicher Rentner mit grauem Haarkranz und hochrotem Kopf lauthals auf das Verbotsschild hinwies.

»Nicht vom Beckenrand springen!«, schimpfte er.

Ricarda wäre am liebsten im Boden versunken, doch was tat ihre kleine Schwester? Sie lachte nur.

8

Juliane stellte den Trolley ab und ging ins angrenzende Bad, um sich etwas Wasser ins Gesicht zu spritzen, anschließend setzte sie sich aufs Bett. Was für eine bescheuerte Idee! Ein Scheitern war vorprogrammiert, ihre Schwestern hatten schon am Kai alte Animositäten wieder aufleben lassen. Das würde doch nie etwas! Immerhin waren es nur acht Tage, danach konnte sie wieder zurück in ihr altes Leben. Sie solle Stress vermeiden, hatten die Yogafrauen gesagt. Glücklich leben ging auch ohne ihre Schwestern, vermutlich ohnehin viel besser.

Sie schnappte sich ihre Handtasche und beschloss, auf Deck einen Kaffee zu trinken. Nein, besser einen Tee, sie wollte doch von jetzt ab gesund leben.

Kurze Zeit später saß Juliane an einem Tisch in der Sonne, den Kamillentee weit von sich geschoben, und spielte mit ihrem Smartphone. Die Nummer wusste sie auswendig, aber aus irgendeinem Grund zögerte sie noch, sie einzugeben. Fünf Monate war sie nun aus der Firma weg, fünf Monate, in denen viel passiert war. In ihrem Leben und in dem der Firma sicher auch.

Der Kalender lag aufgeschlagen vor ihr, es gab keine Eintragungen für die nächsten Wochen. Die letzten Monate hatte sie unzählige Arzttermine gehabt, aber nicht einmal diese brauchte sie jetzt noch. Sie kam sich seltsam verloren vor.

Das gab den Ausschlag. Juliane trocknete ihre schweißnassen Hände an ihrer Serviette, dann wählte sie Jens' Nummer.

»Hopkins und Walter, Melanie Meier am Apparat, wie kann ich Ihnen helfen?«

Seine Sekretärin war immer so freundlich. Juliane hatte nie gewusst, wie sie mit der quirligen jungen Frau umgehen sollte. Überhaupt waren quirlige junge Frauen ein Mysterium für sie. Gedanken an Trixie schob sie beiseite und verlangte stattdessen ihren ehemaligen Chef.

»Herr Walter ist leider in einer Besprechung«, sagte die Sekretärin. »Aber ich kann Ihnen gern einen Termin für die nächste Woche geben.«

Die nächste Woche? Ich habe mir die letzten zehn Jahre für »Herrn Walter« den Rücken krumm geschuftet, wollte sie schreien, da lass ich mich nicht mit nächster Woche abspeisen.

»Würden Sie ihm ausrichten, dass ich angerufen habe? Es ist dringend«, sagte sie stattdessen.

Sie hinterließ ihre Handynummer, zur Sicherheit, obwohl Melanie Meier ihr bestätigte, sie noch im Computersystem eingespeichert zu haben.

Gegen die plötzliche Trockenheit im Mund nahm

Juliane einen Schluck Kamillentee, ihre Finger zitterten, als sie nach der Tasse griff.

»Sie haben wohl keine Freunde hier?«

Verwirrt schaute Juliane auf. Eine kleine alte Dame in einem rosafarbenen Plüschpullover stand vor ihr und sah mitleidig auf ihre Teetasse.

»Ich bin mit meinen Schwestern unterwegs.«

»Drum.« Die alte Dame nickte wissend und setzte sich ungefragt auf den leeren Stuhl neben Juliane. »Ihre Altersgenossinnen stehen alle an der Bar und trinken Cocktails. Käthe Rossach«, stellte sie sich vor. »Aus München. Und auch ohne Freunde unterwegs.«

Obwohl sie die Frau grenzwertig unverschämt fand, musste Juliane wider Willen lächeln. »Juliane Schuster. Ich trinke keinen Alkohol.«

»Kamillentee ist auch viel gesünder.« Wieder nickte Frau Rossach, bevor sie den Schiffssteward zu sich rief, einen Gin Tonic und »was auch immer gesund ist, aber bitte etwas mehr Geschmack hat als diese Brühe hier« bestellte.

»Und wo sind Ihre Schwestern?«, fragte sie, als der Kellner ihren Longdrink und für Juliane einen Saftcocktail mit vielen bunten Schirmchen und einer Ananas gebracht hatte.

Juliane seufzte.

9

Sie hatten am späten Nachmittag abgelegt, und passierten die Grenze nach Österreich, die vom Jochenstein markiert wurde, kurz vor dem Abendessen.

»Meine Damen und Herren, ich bitte um Ihre Aufmerksamkeit«, rief der Kapitän durch die Lautsprecheranlage der *Santa Luisa.* Ricarda stand ohnehin schon an der Reling, um die malerische Landschaft zu bewundern. In der kleinen Kabine lockte sie nichts, draußen konnte sie mittelalterliche Burgen und unter Umständen den Ersten Offizier sehen.

»Gleich werden wir in die erste Schleuse unserer Reise einfahren, Jochenstein. Halten Sie sich fest, meine werten Passagiere, und staunen Sie, denn an diesem Ort wohnt eine Nixe.«

Wohl kaum im Kraftwerk, dachte Ricarda, die die Schleuse reichlich uninteressant fand. Den nahen Felsen Jochenstein, der mitten in der Donau aus dem Wasser ragte, fand sie da schon hübscher.

»Jetzt sind wir voll und ganz in Österreich«, rief der Kapitän. »Es gibt kein Zurück mehr!« Er lachte ausgiebig über seinen Scherz, dann lud er die Passagiere zum Abendessen ein.

Kopfschüttelnd machte Ricarda sich auf den Weg unter Deck.

Das Abendessen fand in einem riesigen Saal in der Schiffsmitte statt, und es gab ein Büfett. Ricarda hasste Büfetts, hatte sie immer schon gehasst. Wegen ihrer starken Kurzsichtigkeit verlief sie sich in unübersichtlichen Orten sogar mit Brille, und so hatte es schon einige unangenehme Situationen gegeben. Sie versuchte also, dicht hinter ihren Schwestern zu bleiben, was wiederum mit eigenen Schwierigkeiten verbunden war. Die beiden drängelten sich nämlich grundsätzlich vor und schaufelten sich die besten Leckereien massenweise auf die Teller. Ricarda hoffte, man würde es ihr anrechnen, dass sie sich beim ersten Gang trotz der großen Auswahl an geräuchertem Fisch und anderen Meeresfrüchten mit ein paar Salatblättern begnügt hatte.

»Von wegen alte Leute«, sagte Juliane triumphierend, als sie sich an den Tisch gesetzt hatten. Tatsächlich saß eine junge Familie mit drei kleinen Mädchen in der Nähe.

Trixie sah mit hochgezogenen Augenbrauen umher.

»Oh, ist das nicht der Offizier mit den traurigen Augen?«, fragte sie plötzlich.

»Patrick«, korrigierte Ricarda. »Und in Wirklichkeit ist er sehr fröhlich.«

Sie drehte sich um, und da stand er tatsächlich an einem der Tische keine fünf Meter entfernt. Er plauderte mit einem älteren Ehepaar und dann mit einer sehr hübschen Brünetten in einem roten Kleid.

»Ricarda hat sogar schon mit ihm geflirtet.« Trixie beugte sich vor.

»Ich hab nicht geflirtet.«

Ihr Liebesleben ging weder ihre ältere noch ihre jüngere Schwester etwas an. Ganz davon abgesehen, dass sie gegen die Brünette im roten Kleid sowieso keine Chance hätte.

»Es sollte ja auch ein Familienurlaub sein«, sagte Juliane.

»Das hast du allerdings ohne uns entschieden«, antwortete Trixie.

»Du hättest ja Nein sagen können.«

Ricarda verspürte den Drang, sich die Ohren zuzuhalten. »Du hast immerhin gewusst, was dich erwartet«, sagte sie an Trixie gewandt.

Die zuckte wieder mal mit den Schultern. Offenbar war das inzwischen ihre Lieblingsart zu kommunizieren geworden.

Glücklicherweise unterbrach der Kapitän das Gespräch, indem er sich in die Mitte des Saals stellte und die Arme ausbreitete.

»Guten Abend, meine lieben Passagiere!«, rief er. »Wie schön, dass wir endlich alle zusammen sind.«

»Na, der mag uns ja ganz besonders gern«, flüsterte Trixie.

»Keine Sorge, lange Reden möchte ich jetzt nicht schwingen«, fuhr der Kapitän fort, »aber ich hoffe, dass wir eine wundervolle Zeit auf der Donau verbringen werden … solange wir es können.«

»Solange wir es können?« Ricarda schluckte.

»Nur ein kleiner Scherz!« Der Kapitän breitete wieder seine Arme aus. »Aber ich vertraue darauf, dass wir für die nächsten acht Tage alle folgenden Grundsatz beherzigen werden: Wir sind nicht allein. Wir sind eine eingeschworene Gemeinschaft. Wir helfen uns. Wir sitzen schließlich alle im selben Boot!« Er lachte laut über seinen Witz. »Die nächsten Tage werden wir so viel sehen, so viel erleben, uns von einem Höhepunkt zum nächsten hangeln!« Er zwinkerte ihnen zu, legte einen Finger an die Lippen und fuhr in einer Art Bühnenflüstern fort: »Am sechsten Abend, in Wien, lade ich Sie zum Kapitänsdinner ein. Da werden wir eine Party feiern! Sie werden die *Santa Luisa* nicht mehr verlassen wollen, das verspreche ich Ihnen.« Dann klatschte er in die Hände. »Aber jetzt wünsche ich Ihnen zuerst einmal guten Appetit!«

Immer noch ein wenig verwirrt stocherte Ricarda in ihrem Salat. Wie hatte er das gemeint? … *solange wir es können? Wir helfen uns?*

»Meint ihr, es kann etwas passieren?«, fragte sie ihre Schwestern.

»Sei nicht albern.« Juliane schien weniger beunruhigt als begeistert von der kurzen Rede des Kapitäns. »Gemeinschaft«, sagte sie. »Ist es nicht schön, wieder zusammen zu sein? Zu dritt?« Ihr Lächeln wirkte allerdings recht aufgesetzt, und Ricarda fragte sich kurz, was mit ihr los war.

»Gibt's wieder was zu erben?« Trixie schien ebenfalls

misstrauisch geworden zu sein. »Wir waren dir die letzten fünf Jahre doch auch egal.«

»Das stimmt nicht!«

Trixie schnaubte. »Die große Juliane entscheidet, das Haus zu verkaufen. Die große Juliane entscheidet, die Meinung der anderen ist total egal. Die große Juliane entscheidet, wir sprechen nicht mehr miteinander. Die große Juliane entscheidet, wir brauchen wieder Kontakt. Und jedes Mal müssen alle springen.«

»Als ob ich das Haus aus einer Laune heraus verkauft hätte!«

»Als ob wir uns auch nur ansatzweise verstehen würden!«

»Ist der Fisch nicht hervorragend?«, fragte Ricarda, die Stimme etwas zu hoch, das Lächeln zu verkrampft. »Aber wir sind ja hier auch auf der Donau, da ist das wohl normal. Gibt ja viel Auswahl ...«

Alle Mühe war vergebens, keine ihrer beiden Schwestern hörte ihr zu. Trixie und Juliane saßen sich gegenüber, die Augen fest aufeinandergerichtet.

»Wenn du uns so schrecklich findest, hättest du ja nicht mitkommen müssen«, sagte Juliane. »Ich dachte nur, ein bisschen Familiensinn würde nicht schaden.«

»Familie! Meinst du nicht, da fehlt der wichtigste Teil?«

Sogar bei der schummrigen Beleuchtung im Speisesaal konnte Ricarda sehen, wie Juliane blass wurde.

»Ohne unsere Eltern haben wir kein Recht mehr, uns

Familie zu nennen?« Julianes Stimme durchschnitt den Raum, sogar der älteren Frau am Nebentisch blieb die Gabel auf dem Weg zum Mund hängen.

»Aber totschweigen hilft uns weiter?«, giftete Trixie ihre ältere Schwester an.

»Wir schweigen sie doch nicht tot.« Wieder versuchte Ricarda zu vermitteln, wieder vergebens.

»Ach ja? Wann haben wir das letzte Mal über Mama gesprochen? Wann hat *sie«,* sie zeigte auf Juliane, »das letzte Mal über Mama gesprochen?«

»Wir sprechen nicht über ...«, begann Juliane.

»Siehst du!« Triumphierend wandte Trixie sich Ricarda zu. »Wir sprechen nicht über Mama und Papa! Wir verkaufen nur ihr Haus, wir lösen nur unsere ganze Familie auf, wir schmeißen nur alles weg, was uns etwas bedeutet hat. Aber wir sprechen nicht über Mama und Papa!« Sie starrte wieder Juliane an, das Kinn vorgeschoben, die rechte Hand zur Faust geballt. »Scheißegal, ich sag's ja, dir ist Familie scheißegal. Dir ist es wichtig, dein Geld zu haben, deine Gucci- und Prada-Klamotten. Dafür würdest du deine eigene Großmutter, ach was, deine Mutter verkaufen! Oh!« Trixie lachte schrill. »Entschuldigung, nicht *würdest* ... Das *hast* du ja gemacht!«

»Nun beruhige dich erst einmal«, versuchte Ricarda ihr zuzureden und legte ihre Hand beschwichtigend auf den Arm der Schwester.

Doch Trixie entriss ihr den Arm und fauchte Juliane weiter an. »Ich hab dich die letzten fünf Jahre nicht gebraucht, ich brauch dich auch jetzt nicht. Also steck dir deinen plötzlichen Familiensinn sonst wohin!«

»Dann stornier ich am besten als Erstes alle Überweisungen auf dein Konto.«

Juliane warf die Serviette wie einen Fehdehandschuh auf den Tisch, schob ihren Stuhl zurück und stand auf. Trixie tat es ihr nach, und dann standen sich die beiden Kontrahentinnen gegenüber, nur durch den Tisch voneinander getrennt, aber beide zum Sprung bereit.

»Nun lasst uns doch vernünftig miteinander reden!«, flehte Ricarda. Sie sah im Geiste schon, wie Trixie über den Tisch sprang und sich auf Juliane stürzte.

»Du meine Güte, Herbert, das sind erwachsene Frauen!«, sagte die Frau am Nebentisch entsetzt zu ihrem Begleiter.

»Die haben heute Nachmittag am Pool schon so ein Theater gemacht!«, mischte sich der Nörgelrentner ein, der Trixie beim Schwimmen auf das Sprungverbot aufmerksam gemacht hatte.

»Halten Sie sich da raus«, riefen Trixie und Juliane gleichzeitig.

Erschrocken zuckte die Frau zusammen, ihr Mann bekam Stressflecken auf den Wangen. Ricarda lächelte die beiden entschuldigend an.

»Macht doch nicht so einen Aufstand«, flüsterte sie ihren Schwestern zu, während sie darum betete, keinen roten Kopf zu bekommen.

Aber so war es immer gewesen, ihre Schwestern hatten sich auf offener Straße wie die Verrückten angeschrien, Teller und Tassen waren zu Bruch gegangen, einmal war ein Autoreifen angestochen worden. Wenn Ricarda nicht selbst die Feuerwehr hatte rufen müssen, hatte irgendein Nachbar die Polizei geholt.

»Machen die das öfter?«, hörte sie eine Stimme hinter sich.

Als sie sich umdrehte, sah sie, dass Patrick an ihren Tisch gekommen war. Jetzt schoss ihr das Blut doch in die Wangen. Trixie und Juliane disputierten weiter, als wären sie allein im Raum.

»Entschuldigung, es ist nur … sie …« Herrgott, ihre Stimme quietschte ja geradezu. »Meine Schwestern machen eine schwierige Phase durch.«

»Ah.«

»Genau genommen machen sie die schon über zwanzig Jahre durch, aber …«

Hilflos brach sie ab und schob ihre Brille die Nase hoch. Nein, ganz stimmte das nicht. Die beiden waren immer schwierige Charaktere gewesen, aber diese schlimmen Streitereien hatten erst nach dem Autounfall ihrer Eltern begonnen.

»Du hast mir gar nix zu sagen!«, schrie Trixie in diesem Moment und stürmte aus dem Saal. »Du bist nicht meine Mutter!«

Julianes Pumps klackerten, als sie hinter ihr herhastete. »Du undankbare kleine Giftspritze!«, rief sie Trixie nach.

Einen Augenblick herrschte Stille.

»Da können wir Gott aber auf Knien danken, dass unsere Kinder nicht so sind, Herbert«, ließ sich daraufhin die Frau am Nebentisch erneut vernehmen.

»Die haben wir zu anständigen Menschen erzogen, Isolde!«

Ricarda wollte im Boden versinken. Eine Berührung an ihrem Ellenbogen riss sie aus ihrer Starre. Patrick sah sie mitleidig an, aber mit ihm konnte sie jetzt wirklich nicht weiter sprechen. Sie murmelte eine Entschuldigung und hastete mit gesenktem Kopf aus dem Saal nach draußen, wo sie sich beeilte, ein einsames Plätzchen zu finden. In einer geschützten Nische hockte sie sich auf den Schiffsboden. Sie schaute sich um, niemand war in der Nähe zu sehen. Natürlich – bis auf ihre Schwestern schafften es alle Passagiere, sich beim Abendessen nicht an die Gurgel zu gehen und aus dem Saal zu flüchten.

Schnell griff Ricarda in ihre Handtasche, um ihr Strickzeug herauszuholen, das sie vor dem Abendessen noch rasch hineingesteckt hatte. Du und dein bescheuertes Strickzeug, hörte sie Christoph sagen. Aber Christoph war Geschichte. Und besondere Situationen verlangten besondere Maßnahmen.

Wäre sie am Steg in Passau doch umgekehrt. Wieso hatte sie das eigentlich nicht getan? War die Erinnerung an ihre streitenden Schwestern in den letzten fünf Jahren verklärt worden? Heute Abend hatten sie sie jedenfalls wieder aufgefrischt. Hektisch zerrte Ricarda an dem Wollknäuel. Die gewohnte Bewegung ihrer Finger beruhigte allmählich ihr klopfendes Herz und den schnellen Atem, nach einigen Minuten konnte sie wieder klar denken.

Ein Geräusch ließ sie hochfahren. Rechts neben ihr quietschte leise die Tür, die ins Innere des Schiffes führte, sie wurde vorsichtig von jemandem aufgeschoben. Rasch versteckte Ricarda das Strickzeug hinter ihrem Rücken und machte sich so klein sie konnte. Die Person blieb zum Glück in der Tür stehen.

»Wir haben doch gerade erst abgelegt«, hörte sie ein Flüstern.

War das der Kapitän? Aber mit wem sprach er? Sie verstand den anderen nicht. Ricarda starrte gebannt auf die Tür, die ihr die Sicht verbarg.

»Nein, noch nicht. Ich hatte keine Zeit … Meine Güte, ich weiß, dass es um viel Geld geht!«

Ricarda blinzelte irritiert. Was war das? Sie hörte, wie der Kapitän noch eine Verabschiedung murmelte, dann trat er auf Deck, in der Hand ein Handy. Ah, er hatte telefoniert! Als die Tür hinter ihm zufiel, sprang Ricarda rasch auf und sah, wie er erstarrte.

»Guten Abend, Käpt'n.« Sie lächelte so harmlos wie möglich.

Immer noch blickte er sie an wie ein Kaninchen die Schlange, dann ließ er sein Handy in die Hosentasche gleiten und wischte sich die Hände an seinem weißen Jackett ab, das nun dunkle Flecken hatte. Fahrig nickte er Ricarda zu. Die zog die Augenbrauen hoch. Wo war der denn gewesen? Und war er auf der Flucht? Mit schnellen Schritten ging er an ihr vorbei. Dann drehte er sich noch einmal um. Erst jetzt schien er Ricarda wirklich wahrzunehmen.

»Sie sollten nicht so allein und ohne Rettungsweste hier draußen umherstreifen, da kann doch was ... Also ...« Er schüttelte den Kopf. »Das geht nicht, das ist gefährlich. Was, wenn ... Nein, das mag ich mir gar nicht ausdenken ...«

Ricarda runzelte die Stirn, doch bevor sie etwas sagen konnte, war er auch schon weitergegangen, nein, die Treppe hinuntergehastet, und unter Deck verschwunden.

Was für ein komischer Kauz!

10

»Ach sieh an, die Unruhestifterin«, sagte jemand.

Trixie, die gerade noch draußen auf Deck die kühle Abendluft genoss und versuchte, Juliane zu vergessen, blickte auf. Der Rentner vom Nachmittag war offenbar nicht nur auf die Einhaltung aller Vorschriften fixiert, er schien auch nachtragend zu sein. Seine Brille trug er auf der Nasenspitze, eine gefaltete *FAZ* unter dem Arm.

»Wollen Sie nicht auch manchmal was Verrücktes tun?«, fragte Trixie.

Wobei ein Kopfsprung ja nun wirklich die harmloseste Verrücktheit war, die sie sich vorstellen konnte. Wenn sie da an den Rucksack in ihrer Kabine dachte …

Er presste die Lippen zusammen. »Nein.«

Was für ein humorloser Kerl! Sie schaute wieder auf die Donau hinaus, die untergehende Sonne spiegelte sich im Wasser. Trotz des missgelaunten Rentners war die Stimmung fast friedlich. In diesem Augenblick wurde die Tür hinter ihr aufgestoßen, und die fünfköpfige Familie stürmte hinaus. Die drei kleinen Mädchen waren, so schätzte Trixie, zwischen vier und zehn Jahre alt.

»Ich will baden!«, schrie die Älteste.

»Ich auch, ich auch!«, krähte die Jüngste.

Einzig die Mittlere blieb stumm und stellte sich neben Trixie an die Reling. Während der Vater versuchte, der Ältesten zu erklären, dass es Zeit fürs Bett war, schnappte sich die Mutter die laut protestierende Jüngste.

»Ich bin gar nicht müde!«, jammerte die Kleine.

»Mein Gott!«, stöhnte der Nörgelrentner.

Natürlich, es wäre auch ein Wunder gewesen, wenn er nichts auszusetzen gehabt hätte.

»Ist doch schön, so eine glückliche Familie.«

Trixie hatte das Gefühl, die fünf in Schutz nehmen zu müssen. Wehmut mischte sich in ihr Lächeln, als sie der Familie dabei zusah, wie sie über das Deck zum hinteren Schiffsteil marschierte. Hätte sie gewusst, wie weh es tat, auch nach all den Jahren noch, wäre sie auf Julianes Idee nicht eingegangen, Jonas' Smartphones hin oder her. Dann wäre sie in der Jugendherberge geblieben oder vielleicht einfach als Backpackerin nach Australien gereist. Ein bisschen Geld hatte sie in den letzten Jahren gespart, für ein einfaches Ticket hätte es gereicht. So hatte sie die Übernachtungen, das Zugticket nach Passau und neue Kleidung kaufen können.

»Manche Menschen sollten einfach keine Kinder bekommen.«

Der Mann ging ihr auf die Nerven.

»Sie hätten vielleicht welche bekommen sollen«, gab sie zurück.

In der Pause, die folgte, sah sie ihn an. Er hielt den

Mund wieder fest zusammengepresst und blickte starr geradeaus über seine Brille aufs Wasser. Er sah aus wie ein alter und furchtbar einsamer Mann. Plötzlich tat er ihr leid.

»Leben Sie mal ein bisschen«, sagte sie leise.

»Aber nicht mit Ihrer Idee von Leben. Gesetze übertreten und Verbote missachten.« Er stieß Luft durch die Nase aus, dann wandte er sich zum Gehen.

Gesetze übertreten. Bei dem Stichwort fiel Trixie etwas ein. »Hey! Sie können nicht vielleicht ein Smartphone brauchen?«, rief sie ihm hinterher.

Er blieb stehen und drehte sich um. »Wen sollte ich denn anrufen?«

11

Zurück in der Kabine tigerte Ricarda auf und ab und versuchte, ihre zuckenden Finger unter Kontrolle zu bringen.

»Vielleicht ist der Mann vor heiratswütigen Rentnerinnen geflohen. Davon gibt's doch genug hier auf dem Schiff«, sagte Trixie, als Ricarda ihr von der seltsamen Begegnung mit Käpt'n Iglo erzählt hatte. »Diese Frau im Speisesaal, diese Isolde, zum Beispiel, die hat nicht nur jedem Kerl am Büfett, sondern auch dem Kapitän und deinem Patrick schöne Augen gemacht, wobei der eindeutig zu jung für sie ist. Die ist doch mindestens siebzig! Und einen Mann hat sie auch dabeigehabt.«

Wie sie das bloß mitbekommen hatte! Sie hatte doch ihre ganze Energie aufs Streiten mit Juliane verwendet.

»Und wie erklärst du dir das merkwürdige Telefongespräch?«

»Wer weiß, ob du das überhaupt richtig verstanden hast. Und Geld …« Trixie zuckte mit den Schultern. »Bei Kreuzfahrten ist doch immer viel Geld im Spiel. Was glaubst du, was Juli für unsere Tickets hat springen lassen?«

Darüber wollte Ricarda jetzt nicht nachdenken. »Ich glaub jedenfalls, er hat Dreck am Stecken …«, überlegte sie weiter und verschränkte die Arme. Dazu würde auch die Bemerkung mit der Rettungsweste passen. Seine verstohlene Art hatte sie misstrauisch gemacht, da war doch was im Busch. »Meinst du, wir schweben in Gefahr?« Oh nein. Würden sie untergehen?

»Was du dir immer ausdenkst …« Trixie winkte ab. »Was hast du überhaupt da oben gemacht?«

»Nichts! Ich meine … hab nur ein bisschen frische Luft geschnappt …« Ricarda blinzelte. »Ich muss aufs Klo.«

Damit verschwand sie in dem winzigen Bad und schloss schnell die Tür hinter sich. Sie musste sich wirklich bessere Ausreden einfallen lassen. Die Einzige, die in ihrer Familie wirklich gut lügen konnte, war Trixie. Als Kind schon. Mit ihren großen blauen Augen und einer Ernsthaftigkeit, die eine Vierjährige eigentlich nicht besitzen sollte, hatte sie zwar nicht ihre Mutter, aber doch ihre elfjährige Schwester davon überzeugt, dass die Puppe Wanda schuld an den Scherben im Wohnzimmer war. Ihr Lieblingstrick war allerdings gewesen, die Wahrheit mit so einer Unverschämtheit zu sagen, dass jeder sie für eine Lüge hielt. Ricarda musste lächeln, als sie daran zurückdachte.

Sie putzte sich die Zähne, spuckte die Zahnpasta ins Waschbecken und schaute in den Spiegel. Ihre Brille hatte sie abgenommen, deshalb musste sie sich ein Stückchen vorbeugen, um sehen zu können. Ein paar

Haarsträhnen – mausbraun waren sie, wie sie selbst fand, schokobraun sagte Trixie – hatten sich wieder einmal aus dem Pferdeschwanz gelöst und kräuselten sich leicht um die Schläfen. Sie hatte keine Locken wie Trixie, aber ganz glatt wie Julianes Haare waren ihre auch nicht. Sie lag in vielen Dingen in der Mitte ihrer Schwestern: Trixie hatte als Kind etwas Babypuppenhaftes gehabt, mit ihren strohblonden Locken und den wasserblauen Augen, und etwas davon war geblieben. Juliane war strenger, sowohl das blonde Haar als auch die blauen Augen waren einen Ton dunkler als Trixies, aber die Ähnlichkeit der Schwestern war nie zu übersehen gewesen. Nur sie selbst fiel aus der Reihe – hatte braune Augen und braune Haare und war schlaksig. Sie versuchte meist, ihre Figur unter weiten Strickjacken zu verbergen. Im Gegensatz zu ihren Schwestern, die eindeutig die Gene ihrer Mutter geerbt hatten, kam Ricarda nach ihrem Vater.

Du bist so schön, hatte die kleine Trixie oft gemurmelt, wenn sie ihr ein Märchen vorgelesen hatte. Ricarda hatte immer gewusst, dass die Kleine da etwas verwechselte.

12

Der zweite Tag an Bord der *Santa Luisa,* an dem es einen Ausflug ins niederösterreichische Krems geben würde, begann mit einem beeindruckenden Frühstücksbüfett. Das Schiff und seine Passagiere brummten nur so vor Aufregung.

Ricarda meinte, die Vibrationen spüren zu können. In der Nacht hatte die *Santa Luisa* so ruhig im Wasser gelegen, dass sie nichts gemerkt hatte, aber jetzt …

»Ich glaube, mir ist schlecht.« Sie legte ihre Gabel zur Seite, das Rührei war eindeutig keine gute Wahl zum Frühstück gewesen.

»Das bildest du dir ein. Hier, trink das.« Juliane schenkte aus ihrem eigenen Kännchen grünen Tee in Ricardas Tasse.

»Seit wann verzichtest du auf deinen heiß geliebten Kaffee?« In den letzten fünf Jahren schien sich doch einiges verändert zu haben.

»Grüner Tee ist gesünder.« Juliane stürzte den Rest ihres Tees hinunter und verzog das Gesicht.

»Hilft der auch gegen Seekrankheit?«, fragte Ricarda.

»Du bist nicht seekrank.«

Typisch große Schwester! »Woher willst du das denn wissen?«

»In unserer Familie wird niemand seekrank. So etwas ist erblich.«

Ricarda runzelte ihre Stirn. »Die Biologin bin wohl immer noch ich.«

»Stell dich nicht so an«, mischte sich jetzt auch Trixie ein.

Wundervoll, wenn sie einen gemeinsamen Gegner hatten, waren sich ihre Schwestern natürlich einig.

»Du weißt ja das Schlimmste noch nicht«, wandte Ricarda sich wieder an Juliane. »Mit dem Schiff ist etwas nicht in Ordnung.«

Trotz Trixies Augenrollen erzählte sie von der seltsamen Begegnung mit dem Kapitän am Abend zuvor, aber auch ihre große Schwester wollte nichts von ihren Ängsten und Vermutungen hören.

»Das kann alles und nichts zu bedeuten haben. Vielleicht hat er einen Anwalt engagiert, um seine Unterhaltszahlungen an die Exfrau zu stornieren.«

»Aber ...«

Auch Trixie zeigte ihr einen Vogel. »Wir befinden uns auf einem Flusskreuzfahrtschiff. Sicherer geht es nicht.«

»Letzteres hat man über die *Titanic* auch gesagt.«

»Wir haben aber genug Rettungsboote.«

Die muss ich mal genauer inspizieren, nahm Ricarda sich vor. Im nächsten unbeobachteten Augenblick würde sie hinunter aufs zweite Deck spazieren, wo die Boote seitlich am Schiffsrumpf befestigt waren.

»Du warst immer schon ein Angsthase.« Juliane schüttelte den Kopf.

»Berechtigt vorsichtig.«

»Schisserin«, antwortete Trixie.

Nur weil Trixie sich immer und überall ohne nachzudenken hineinstürzte und Juliane sowieso vor nichts und niemandem Angst hatte.

»Ich geh an den Pool.«

Vielleicht hatte sie dort ihre Ruhe. Sonne, ein bisschen Wasserplätschern im Hintergrund, das schien eine gute Idee zu sein.

Allerdings war an Ruhe nicht zu denken. Nicht nur, dass ihre Schwestern ihr folgten, nein, gerade hatte Ricarda es sich mit dem *Biochemical Journal* auf einer der Liegen bequem gemacht – sie las das Magazin für die Arbeit, wirklich, es gab einen wahnsinnig interessanten Artikel über Supersäuren und ihre Anwendungsmöglichkeiten, den sie nur kurz unterbrach, um die Strickmuster zu studieren, die sie mit dem *Biochemical Journal* vor den Augen anderer verbarg –, da knackte es in den Lautsprechern. »Wir möchten Sie zu einer Sicherheitsübung auf das Hauptdeck bitten. Ich wiederhole: eine Sicherheitsübung auf dem Hauptdeck!«, schallte es über das Schiff. Himmel, hatte sie also doch recht gehabt! Sie befanden sich auf einem sinkenden Kahn, auf einem maroden Schiff, auf einer zweiten *Costa Concordia,* auf der *Titanic* ... Sie holte tief Luft. Nein, eine Panik würde jetzt niemandem nützen, in einem Notfall musste man ruhig bleiben.

»Dies ist kein Notfall«, dröhnte es aus dem Lautsprecher. »Ich wiederhole: Dies ist kein Notfall, nur eine Übung.«

Trixie auf der Liege neben ihr streckte sich. Mit ihrem verwuschelten Haar sah sie unglaublich jung aus, und einen Augenblick war Ricarda versucht, ihre Strähnen zu ordnen. Dann fing sie sich wieder.

»Wir sollten wohl los«, murmelte sie, während die tiefe Stimme des Kapitäns die Passagiere erneut aufforderte, zu der Übung aufs Deck zu kommen.

Ricarda schlüpfte in ihre Sandalen, Trixie in ihre Flip-Flops, und Juliane zog ihre Ballerinas wieder an. Der Pool befand sich auf dem Hauptdeck, weit war es also nicht, doch die von allen Seiten heranlaufenden Gäste verstopften das Deck und bewirkten eine allgemeine Verwirrung, sodass im Endeffekt niemand mehr wusste, wohin er nun eigentlich sollte.

»Beeilen Sie sich bitte, kommen Sie an Deck«, klang es in diesem Augenblick durch die Lautsprecher. »Orientieren Sie sich am Schild ›Sammelplatz‹.« So langsam ging Ricarda dieser Kapitän auf die Nerven.

Es dauerte noch eine ganze Weile, bis alle dort waren. Das Schild befand sich ein kleines Stück hinter der Bar, die zum Swimmingpool gehörte, und Ricarda hatte einen Platz direkt an der Reling erwischt. Schräg vor sich konnte sie den Nörgelrentner erkennen, daneben eine alte Frau in einem rosafarbenen Wollpullover. In dem Gedränge ließ Ricarda kurz die Hand an ihrem Ärmel entlanggleiten, Angorawolle, wie schön! Sie selbst hatte nur ein billiges Knäuel aus dem Kaufhaus in der Handtasche.

Inzwischen schienen alle Gäste versammelt zu sein, lediglich von der Mannschaft war nicht viel zu sehen. Hin und wieder blitzte im Hintergrund eine weiße Uniform auf, aber der Kapitän ließ auf sich warten. Schließlich wurde die Tür schwungvoll geöffnet, und Käpt'n Iglo trat mit einer Flüstertüte in der Hand sowie Patrick im Schlepptau auf Deck. Zufrieden überblickte er die Menge der Passagiere, dann drängelte er sich durch zur Reling.

»Sicherheit wird auf unserem Schiff großgeschrieben!«, brüllte er in das Megafon direkt neben Ricarda. Vorsichtshalber trat sie einen Schritt zur Seite und prompt Juliane auf die Lackballerinas. »Kein Mensch wird irgendwo an Land zurückgelassen, wir werden hier auf dem Schiff eine eingeschworene Gemeinschaft sein!«

In majestätischem Tonfall und mit ausladenden Bewegungen seiner freien Hand begann Käpt'n Iglo seine Rede. Die Matrosen oder wie auch immer die Menschen hießen, die in schicken Uniformen auf dem Schiff arbeiteten, verteilten unterdessen orangefarbene Rettungswesten.

Patrick lächelte Ricarda an, als er ihr eine reichte, und in dem Moment, in dem sich ihre Hände berührten, meinte sie, einen elektrischen Schlag zu spüren.

»Sehen Sie sich jetzt Ihre Rettungswesten genau an«, dröhnte es in ihren Ohren. »Dies sind sogenannte präventive Rettungswesten, die zum dauerhaften Tragen ausgelegt sind.«

»Dauerhaft?« Trixie hielt das orangefarbene Ding mit spitzen Fingern von sich weg.

»Wir wollen natürlich nicht, dass Sie Ihre Rettungsweste ständig anhaben.« Patrick lachte, wandte sich mit gerunzelten Brauen zu seinem Kapitän um, der ihn streng ansah und nun wieder das Megafon anhob und weitersprach.

»Am besten wäre es tatsächlich, sie ständig zu tragen! Unser Schiff wurde nach den neuesten Sicherheitsstandards gebaut, es wird regelmäßig gewartet, aber man weiß ja nie! Wie oft geschieht Unvorhersehbares?« Er hielt Ricarda die Flüstertüte vors Gesicht und brüllte hinein: »Oder wollen Sie sterben, nur weil Ihnen unsere Westen nicht schick genug sind?«

Vor Schreck ließ Ricarda ihre fallen, Trixie zeigte mit dem Zeigefinger, was sie vom Geisteszustand des Kapitäns hielt. Die alte Frau im rosafarbenen Angorapullover beeilte sich, ihre Weste überzuziehen. Aus den Augenwinkeln konnte Ricarda sehen, wie einige andere Passagiere ebenfalls nach ihren Westen griffen und sie zögerlich über den Kopf streiften.

»Vielen Dank, Frau Rossach«, brüllte Käpt'n Iglo. »Sie sind ein Vorbild für alle. Im Gegensatz zu einigen jüngeren Passagierinnen hier, die sich offenbar nichts aus ihrem Leben machen.«

Er funkelte Ricarda, Trixie, Juliane und ein paar wenige andere Passagiere an, die noch kein Knallorange trugen. Sogar die Eltern der drei kleinen Mädchen zogen ihren Töchtern ungehalten die Westen über, bevor sie sich selbst versorgten.

»So was Unverschämtes!«, hörte Ricarda einen der Passagiere, die in der Nähe standen, schimpfen. »Er könnte uns ruhig höflicher begegnen«, pflichtete eine Frau bei.

»Jetzt ziehen Sie endlich Ihre Westen an«, sagte der Nörgler.

»Er meint es doch nur gut«, ergänzte Frau Rossach.

Da war Ricarda sich nicht so sicher. Auch Patrick schien unentschlossen zu sein. Er warf seinem Chef einen skeptischen Blick zu.

Seufzend zog Ricarda die Rettungsweste über ihren Kopf, blieben nur noch ihre störrischen Schwestern.

»Der tickt doch nicht mehr sauber«, ließ sich Trixie vernehmen, bevor sie ihre Rettungsweste auf den Boden fallen ließ und davonstiefelte. Da hatte sie die Rechnung aber ohne den Kapitän gemacht. Er drückte einen Knopf, und das Megafon begann eine Sirene nachzuahmen.

»Achtung! Achtung!«, brüllte der Kapitän, und dieses Mal hielt er die Flüstertüte direkt vor Ricardas Gesicht. Sie schaffte es nicht rechtzeitig, sich die Ohren zuzuhalten. »Frau über Bord! Ich wiederhole …«

»Ach nun lassen Sie den Quatsch.« Energisch riss Juliane ihm das Megafon aus der Hand. Die übrigen Passagiere hielten kollektiv den Atem an. Der Kampf der Giganten, Käpt'n Iglo gegen Eiskönigin Juliane.

»*Survival of the fittest!*«, rief der Kapitän – nun angenehm dünn – neben Ricarda. »Nur die Starken überleben. Mit Rettungsweste!«

Klack, klack machten Julianes Schuhe, als sie erhobenen Hauptes vom Deck schritt. Ricarda folgte ihr. Sie musste zugeben, die unpraktischen, aber feinen Lackballerinas erlaubten einen weit theatralischeren Abgang als ihre eigenen Sandalen.

13

Mit einem Coffee to go in der Hand schlenderte Trixie durch Krems. Am Morgen hatten sie diese kleine Stadt in der Wachau erreicht und waren nach dem Frühstück zur Stadtbesichtigung aufgebrochen. Nachdem Juliane ihr gestern schon so auf die Nerven gegangen war und sie sich mit Ricarda eine Kabine teilte, hatte sie beschlossen, allein zu gehen. Die beiden würden vielleicht auch noch jede Sehenswürdigkeit besichtigen, die ihnen unterkam, da schlürfte Trixie doch lieber ihren Milchkaffee und genoss die Sonne auf ihren nackten Armen. Ja, so konnte es sich leben lassen, dachte sie. Eine Donaukreuzfahrt war zwar nicht ihre Vorstellung von Traumurlaub und auf ihre Schwestern hätte sie verzichten können, aber alles in allem lief es doch super: bezahlte Ferien, und sie und der Rucksack waren aus der Schusslinie.

Gut, ja, etwas mehr Privatsphäre wäre nicht schlecht. Sie war schließlich jung und wollte flirten und nicht nur das … Aber da würden sie sich bestimmt arrangieren können.

Die Stadt war vermutlich *pittoresk,* wie die Kunstgeschichtsstudentin aus dem zweiten Stock im Wohnheim sagen würde. Trixie fand sie zwar romantisch mit den alten Häuserfassaden und den Zwiebeltürmen der Kirchen, aber schlicht und ergreifend zu klein. Trixie liebte große Städte. Wieso sie zum Studieren in Tübingen hängen geblieben war, war ihr selbst ein Rätsel. Berlin, ja, das wäre ein Traum. Sie rührte ein wenig in ihrem Milchkaffee mit viel Zucker. Vielleicht würde sie sich nach dem Urlaub in Berlin bewerben. Tübingen war ihr ohnehin nicht mehr wirklich geheuer, die Polizei war ihr dort schließlich auf der Spur.

Ja genau, eine Bewerbung an der FU oder der Humboldt. Zufrieden trank Trixie ihren Kaffee aus und überlegte sich, nach ihrer kleinen Altstadttour vielleicht doch das Schloss Wolfsberg in der Nähe zu besichtigen, genug Zeit hatte sie noch. Sie musste dazu über die Donau nach Angern und wohl einen Berg hinauf, sie hatte nur Fotos gesehen. Aber das würde schon zu bewältigen sein.

Aus den Augenwinkeln sah sie jetzt einen grünen Rock. Hatte den nicht diese hübsche Brünette vom Schiff heute Vormittag getragen? Trixie sah hoch und winkte.

»Hey, wir kennen uns doch!« Sie grinste.

Die Brünette schob sich ihre Sonnenbrille in die Haare und lächelte zurück. »Ah! Die streitsüchtige Schwester.«

»Zu Menschen außerhalb der Familie bin ich unwahrscheinlich nett«, sagte Trixie. »Zum Beweis: Darf ich dich auf ein Eis einladen?«

»Aber jederzeit!« Die Brünette lachte und reichte Trixie ihren Arm. »So ein sympathisches Angebot musst du in Berlin erst einmal finden.«

»Berlin?«

»Oh, entschuldige.« Sie lachte wieder. »Ich heiße Clarissa und komme aus Berlin.«

Trixies Lächeln wurde breiter. Falls die FU und die Humboldt sie nicht wollten … Da gab's doch noch mehr Unis und Hochschulen in Berlin, oder?

14

Juliane hatte sich als Erstes im Osten von Krems den Jüdischen Friedhof angesehen. Anschließend hatte sie sich für einem Rundgang durch die Altstadt entschieden und nicht nur die alten Gassen, sondern auch zwei Kirchen besichtigt. Gerade stand sie auf dem Pfarrplatz St. Veit, um auch diese Kirche von innen zu bewundern, als ihr Smartphone klingelte. Ohne auf das Display zu sehen, nahm sie das Gespräch an.

»Hopkins und Walter, Juliane Schuster am Apparat«, kam ihr über die Lippen, bevor sie überhaupt nachdenken konnte.

Sie schloss die Augen, daran wollte sie jetzt nicht denken. Jens hatte nicht zurückgerufen, und als sie es ihrerseits noch einmal versucht hatte, war wieder nur Melanie Meier am Apparat gewesen mit der Auskunft, Jens sei erneut bei einem wichtigen Termin.

»Mensch, Juli, du bist doch im Urlaub!«

Juliane konnte die Stimme nicht gleich zuordnen, die dort am anderen Ende kicherte und den verhassten Spitznamen benutzte.

Jemand anders rief aus dem Hintergrund: »Wie läuft's mit deinen Schwestern?«

Jetzt wusste Juliane die Anruferin einzuordnen. Nicht genug damit, dass diese ewig besorgten Yogafrauen ihr die dämliche Kreuzfahrt erst eingebrockt hatten, jetzt mischten sie sich auch noch weiter ein!

»Habt ihr euch schon versöhnt?«

»Im Moment bin ich froh, wenn wir alle diese Reise überleben.«

»Ach Juliane, halt dich doch an unsere Ratschläge! In den Arm genommen hast du sie noch nicht, wetten?«

Sie hatte Ricarda bei der Begrüßung den Arm gedrückt. Das zählte, oder?

»Hast du ihnen gesagt, wie wichtig sie dir sind?« Wieder eine neue Stimme, während die anderen im Hintergrund Tipps gaben. »Gib sie mir mal!« und »Ich hab noch eine Idee!« konnte Juliane hören.

»Hör zu, Juli, ...«

»Nenn mich nicht so.« Die Abwehrreaktion kam ebenso von selbst wie das Hopkins und Walter.

Eine Weile hörte sie in der Leitung nur aufgeregtes Flüstern. Nicht einmal die Muschel anständig zuhalten konnte diese Isabell. Oder Susanna. Eines der viel zu fröhlichen jungen Mädchen jedenfalls.

»Das sagt deine jüngste Schwester auch immer, nicht?«

Juliane verfluchte den Tag der Schwäche, an dem sie sich den Yogafrauen anvertraut hatte.

»Ich muss zum Schiff, wir legen gleich ab«, sagte sie, wobei sie nicht einmal lügen musste, es war schon fast halb fünf.

»Mach deine Yogaübungen! Wir rufen wieder an!«

Wenn das nicht die Drohung des Tages war!

Juliane ließ ihr Smartphone zurück in die Handtasche gleiten und beschloss, sich doch noch schnell die Kirche anzusehen. Im Eingangsportal kam ihr Frau Rossach entgegen, einen Herrn mit hellblauem Halstuch und grau meliertem Haar am Arm. Seine Zähne waren für sein Alter etwas zu weiß, seine Frisur war mit etwas zu viel Pomade in Form gebracht worden, und an seinen Händen befanden sich mindestens zwei Siegelringe.

»Juliane!«, rief die ältere Dame überschwänglich. »Wie schön, Sie zu sehen!«

Den grau melierten Herrn stellte sie als Luca vor, sein öliges Lächeln konnte nicht einmal Julianes strengster Blick gefrieren lassen.

»Küss die Hand, gnä' Frau«, näselte er und grabschte doch tatsächlich danach.

Juliane hob die Augenbrauen, aber Frau Rossach kicherte und tätschelte Luca den Arm. »Er hat einige Jahre in Österreich gelebt, müssen Sie wissen.«

»Dann müssen Sie aber auch wissen, dass ein Handkuss nur angedeutet wird«, wandte sich Juliane an Luca.

»Aber wer würde sich die Gelegenheit entgehen lassen, zwei so schöne Damen, wie Sie es sind, mit einem echten Handkuss zu bedenken?«, fragte er, und als Frau Rossach als Antwort wieder nur kicherte, beschloss Juliane, diesen Luca im Auge zu behalten. Der führte nichts Gutes im Schilde.

15

Nach einem interessanten Tag voller Sehenswürdigkeiten wollte Ricarda die letzte Stunde bis zum Abendessen am Pool verbringen, um vielleicht endlich die Artikel im *Biochemical Journal* zu lesen.

Ihre Schwestern hatten beschlossen, ihr zu folgen, und weil der Tag so friedlich verlaufen war und der Erste Offizier mit aufgeknöpftem Hemd in Ricardas Blickfeld an der Reling stand, war sie ihnen noch nicht einmal böse, sondern sah lächelnd zu, wie Trixie mit den drei kleinen Mädchen im Pool Wasserball spielte.

Juliane saß in einem weißen Stuhl neben Ricardas Liege und nippte an einem Glas Wasser mit Eiswürfeln. Auch sie sah zum Pool, wo Trixie der Jüngsten, Tatiana, gerade zeigte, wie man den Ball hoch in die Luft beförderte. Die Kleine jauchzte, schlug zu, und der Ball flog in hohem Bogen dem Nörgelrentner, der mit einem Hut über dem Gesicht auf einer Liege am Poolrand ein Schläfchen gemacht hatte, auf den Bauch.

»Diese Gören!«, schimpfte er. »Könnt ihr nicht aufpassen?«

»Das sind doch nur Kinder«, wagte Ricarda einzuwerfen, als sie sah, wie die Unterlippe der Kleinen gefährlich zu zittern begann.

»Dann hätten ihre Eltern ihnen Benehmen beibringen müssen. He, Sie da, sind das Ihre Kinder?« Er hielt sich offenbar gern in der Nähe von Menschen auf, um sich dann über sie zu beschweren.

»Weshalb haben Sie eigentlich keinen Antarktisurlaub gebucht?«, fragte Juliane spitz. »Da wären Sie ganz allein und müssten sich über niemanden aufregen.«

»Da ist es mir zu kalt.«

»Ah.« Sie wiegte bedächtig den Kopf, während sie einen Schluck Wasser trank. Dann fuhr sie fort: »Die Temperatur ist Ihnen hier aber sicher auch nicht recht, oder irre ich mich? Hier muss es Ihnen doch viel zu heiß sein um diese Jahreszeit …«

Trixie zeigte ihr vom Pool aus die hochgereckten Daumen. Ohren wie ein Luchs, dachte Ricarda, musste aber erneut lächeln.

»Warum machen Sie diese Reise hier? Um mir und allen anderen das Leben schwer zu machen?«, schoss der Nörgelrenter zurück.

»Wir … wir machen einen Familienurlaub«, stammelte Ricarda. »Meine … also, das sind meine Schwestern, und wir …« Ja, was? Weshalb machten sie die Kreuzfahrt eigentlich? Sie selbst, weil Juliane sie ausgetrickst hatte, Trixies Gründe waren ihr noch nicht ganz klar. Wieso war sie schon wieder in Erklärungsnot einem völlig Fremden gegenüber? »Fragen Sie Juliane«, sagte sie und lehnte sich zurück.

Die Sonne schien, sie hatte Urlaub, und Trixie und Juliane verstanden sich gerade. Vielleicht war doch alles nicht so schlimm, wie sie gedacht hatte. Den traumhaften Mann an der Reling nicht zu vergessen … Ricarda schloss für einen Moment die Augen. Vielleicht war diese Kreuzfahrt doch eine gute Idee.

»Komm auch rein, das Wasser ist super!«, rief Trixie ihr zu.

Ricarda schob ihre Brille zurecht. Damit zu schwimmen fand sie unglaublich albern, ohne traute sie sich aber auch nicht, weil sie so kurzsichtig war, dass sie sich als Kind im Schwimmbad auf dem Weg zurück zur Decke regelmäßig verlaufen hatte. Meist war sie so lange herumgetapst und hatte tapfer die Tränen zurückgehalten, bis irgendjemand ihre kleine Hand genommen und sie zurück zu ihrem Liegeplatz gebracht hatte. Meist war es ihre große Schwester gewesen, die nicht selten zum Trost einen Umweg über den Kiosk gemacht und ihr ein Eis spendiert hatte.

Ricarda sah zu Juliane, dann zu Trixie, dann krempelte sie kurz entschlossen die Beine ihrer hellen Leinenhose hoch und ließ sich am Poolrand nieder, die Unterschenkel baumelten im Wasser. Wie erfrischend das war! Trixie grinste und spritzte sie nass.

»Mit Kleidung ist Baden auch verboten!«, ließ die Zurechtweisung des Nörgelrentners nicht lange auf sich warten. »He, Sie da, raus aus dem Wasser!«

Klirrend stellte Juliane ihr Glas ab. »Wenn Sie nicht gleich unfreiwillig *im* Wasser landen wollen, dann sollten Sie mal ganz schnell lernen, sich zurückzuhalten.«

Sprach's, streifte ihre schicken Schuhe ab, zog ihr Kleid ein Stück höher und setzte sich demonstrativ neben Ricarda.

Ricarda nahm den Duft von Julianes Shampoo wahr, das sie seit ihrer Jugend nicht mehr gewechselt haben musste, dachte an damals im Schwimmbad, schloss die Augen und legte den Kopf an ihre Schulter. Am Abend zuvor hatte sie noch gedacht, die nächsten acht Tage würden die schlimmsten der letzten Jahre werden. Jetzt fühlte sie sich so glücklich wie seit Langem nicht mehr. Ricarda öffnete den Mund, um Juliane für die Versöhnungsidee zu danken, da traf sie ein riesiger Schwall Wasser.

»Trixie, du Biest!«

16

Statt des Tagesausflugs nach Krems schien die Sicherheitsübung vom Vormittag unter den Passagieren Thema Nummer eins beim Abendessen zu sein.

»Jetzt wissen wir wenigstens Bescheid, woll, Herbert?«, sagte Isolde, die ältere Frau am Nebentisch, die sich damit als Sauerländerin geoutet hatte. »Die machen es richtig.«

Sie nickte der Familie mit den drei kleinen Mädchen zu. Wie die meisten Kinder trugen die drei Mädchen die orangefarbenen Rettungswesten über ihren niedlichen Kleidchen. Die meisten Passagiere hatten ihre Westen auf dem Weg zum Büfett über den Arm gelegt, andere ließen sie während des Essens über der Stuhllehne hängen.

»Mama, können wir morgen wieder schwimmen gehen?«, fragte das älteste der drei Mädchen.

»Was für eine nette Familie, diese Wilhelms.« Trixie lächelte versonnen.

Juliane öffnete den Mund, und Ricarda erwartete schon eine scharfe Entgegnung, da ging ein Ruck durch ihre große Schwester.

»Wir sollten uns ein Beispiel an ihnen nehmen«, sagte sie.

Vor Überraschung wäre Ricarda fast die Gabel aus der Hand gefallen. »Bitte was?«

Trixie lachte laut auf, aber es klang überhaupt nicht amüsiert. »Das glaub ich jetzt nicht!«

Doch bevor es wieder zu einem Streit kommen konnte, unterbrach der Nörgelrentner sie. In der Mitte des Saals positioniert, stemmte er die Hände in die Hüften.

»Wir haben einen Dieb an Bord«, deklamierte er. Von irgendwoher sauste der Kapitän heran und gab ihm seine Flüstertüte. Der Nörgler räusperte sich. »Heute Nachmittag um etwa fünf Uhr wurde mir am Pool meine Sonnenbrille gestohlen.«

Ricardas Blick fiel auf Tatiana. Ihr war gerade schon aufgefallen, dass die Kleine eine viel zu große Sonnenbrille in den Haaren trug. Wenn Ricarda genauer hinsah, würde sie sagen, das Modell traf genau den Geschmack älterer Herren …

In diesem Augenblick nahm Trixie dem Kind die Brille vom Kopf und schob sie unter den Rand ihres Suppentellers.

»Später, Tatiana«, flüsterte sie ihr verschwörerisch zu.

»Sagen Sie mal …«

Tatianas Vater sah Trixie ungläubig an, dann die Sonnenbrille, dann wieder Trixie. Trixie zwinkerte unschuldig zurück, womit sie natürlich nicht verhindern konnte, dass Herr Wilhelm seine Tochter flüsternd befragte, woher die Brille kam.

»Du hast doch nicht etwa …«, begann Juliane, aber Trixie schaute sie nur mit großen Augen an.

»Geben Sie auf Ihre Wertsachen acht!« Der Kapitän hatte sich wieder sein Megafon geschnappt. »Leider wollen nicht alle Menschen auf dieser Welt Ihr Bestes – im Gegensatz zu mir.«

Auf dem Rückweg zu seinem Platz musste der Nörgelrentner an ihrem Tisch vorbei, wobei er Ricarda und ihren Schwestern einen bösen Blick zuwarf.

»Manche Menschen sind einfach so unachtsam«, sagte Trixie beiläufig wie zu sich selbst. »Verlieren ihre Sonnenbrillen und machen andere dafür verantwortlich.«

»Sie könnten wenigstens so tun, als wüssten Sie, was gutes Benehmen ist«, meckerte ihr Erzfeind zurück.

»Sagen Sie, wollen wir nicht Du zueinander sagen?« Trixie streckte ihm ihre Hand hin. »So oft, wie wir uns begegnen, könnte das der Beginn einer wunderbaren Freundschaft sein.«

Der Nörgelrentner riss die Augen auf, auf Ricardas überraschtes Auflachen hin schnaubte er, drehte sich auf dem Absatz um und verschwand an seinen Platz.

»Erst der Kapitän und dann dieser furchtbare Quengler.« Juliane pfählte ihre Tomate. »Diese Kreuzfahrt macht mich noch wahnsinnig.«

Ricarda biss sich auf die Lippen. Welche zwei Menschen auf dieser Kreuzfahrt sie vor allem wahnsinnig machten, verschwieg sie lieber. Ein gemeinsamer Feind war gut. Ein gemeinsamer Feind bedeutete, Trixie und

Juliane würden sich nicht gegenseitig ankeifen. Sehnsuchtsvoll blickte sie zum Nebentisch, wo die fünfköpfige Familie in trauter Eintracht zusammensaß. Trixie hatte recht, so sollte eine richtige Familie aussehen. Sich ein Beispiel an ihnen zu nehmen wäre eine hervorragende Idee. Sie drei hielten es keine zehn Minuten gemeinsam in einem Raum aus, ohne dass sich zwei von ihnen an die Gurgel gingen.

»Sind hier eigentlich gar keine normalen Menschen auf diesem Schiff?«, schimpfte Juliane weiter.

»Außer uns, meinst du?«, warf Trixie so süffisant ein, dass sogar Ricarda ihr einen bösen Blick zuwarf.

Sie trank selten Alkohol, aber wenn sie nicht am Tisch ihr Strickzeug auspacken wollte – und das wollte sie ganz bestimmt nicht, da würden nicht nur ihre Schwestern sie auslachen! –, brauchte sie etwas zur Nervenberuhigung. Als der Kellner vorbeikam, bestellte sie einen Rotwein.

»Ein Achtel oder ein Viertel?«

Juliane sah mit zusammengekniffenen Augen auf ihr Wasserglas, Trixie brachte dem kleinen Mädchen am Nebentisch bei, wie es dem Nörgelrentner eine lange Nase drehen konnte.

»Einen halben Liter, bitte.«

Zu dem halben gesellten sich noch ein Achtel und noch eines, und gegen zehn lag Ricarda mehr an ihrem Tisch, als dass sie saß. Juliane, die nur Wasser getrunken hatte, wobei sie bei jedem Schluck das Gesicht verzog, spielte mit ihrem Handy, Trixie sprang mit einer Gruppe anderer junger Frauen ausgelassen auf der Tanzfläche herum. Die Brünette im roten Kleid, die heute allerdings ein blaues Kleid trug – wieso standen dieser Frau Kleider nur so ausgezeichnet? –, war auch darunter.

Jetzt ging Patrick an der Tanzfläche vorbei und wurde sofort von der Brünetten animiert mitzumachen. Sie stupste ihn mit ihrer Hüfte an, und obwohl er abwinkte, legte er doch einen kurzen Tanz mit ihr aufs Parkett. Trixie johlte dazu lauthals und warf die Arme in die Luft, was von ihren neuen Freundinnen mit noch lauteren Jauchzern belohnt wurde. Ricarda fragte sich, weshalb ihre jüngste Schwester es schaffte, immer und überall Spaß zu haben, während Juliane nur ihre Arbeit im Kopf hatte und sie selbst sich um alles und jeden Sorgen machte.

»Ich brauche mehr Spaß im Leben«, sinnierte sie.

Juliane zog eine Augenbraue hoch. Mit dem Daumen deutete sie zur Tanzfläche. »Das ist doch alles nur bedeutungsloser Quatsch.«

Es hatte keinen Zweck, mit ihr zu reden. Zu Trixie traute sich Ricarda auch nicht, also entschied sie, ins Bett zu gehen. Der Wein hatte ihre Augen ohnehin schwer werden lassen. Wahrscheinlich schielte sie schon. Vor allem aber drehte sich alles, als sie aufstand. Oder das Schiff schwankte.

»Ich muss ins Bett.«

Sie ließ Juliane in Gesellschaft ihres Smartphones und Trixie auf der Tanzfläche zurück und suchte den

Weg zur Kabine. Als sie eine Tür zwischen zwei Gängen öffnete, kam ihr jemand entgegen.

»Was machen Sie denn hier so mitten in der Nacht?« Der Nörgelrentner sah sie misstrauisch an.

»Ich komme aus der Bar und bin auf dem Weg in meine Kabine.« Weshalb erklärte sie ihm das überhaupt?

»So, so.«

Was hieß denn hier »So, so«? Ricarda schob ihre Brille hoch. »Und selbst wenn ich auf dem Weg zu einem heimlichen Rendezvous wäre, bräuchte Sie das doch nun wirklich nicht zu interessieren.«

»Nein. Aber wenn Sie unschuldige Leute bestehlen oder anderen Unsinn treiben wollen, interessiert mich das sehr wohl. Glauben Sie nicht, ich hätte meine Sonnenbrille vergessen!«

War er jetzt die selbst ernannte Schiffspolizei?

»Ich bin Biologin. Ich habe einen Doktortitel. Und eine eigene Sonnenbrille.«

»Vor allem sind Sie und Ihre Schwestern Unruhestifterinnen!« Der Nörgelrentner hob seinen Zeigefinger. »Lassen Sie sich eines gesagt sein: Ich behalte Sie im Auge.«

»Tun Sie, was Sie nicht lassen können.«

So hoheitsvoll wie möglich wandte Ricarda sich ab und marschierte entschlossen den Gang entlang. Das konnte ja wohl nicht sein Ernst sein! Sie war eine anständige und unbescholtene Bürgerin. Ja gut, sie war einmal in Polizeigewahrsam genommen worden, aber der einzige Grund dafür waren ihre Schwestern gewesen – die Sache mit dem Reifenzerstechen. Was sich dieser Kerl herausnahm! Eine Frechheit! Egal … Zuerst einmal würde sie jetzt schlafen gehen.

Nachdem sie allerdings dreimal den Gang auf und ab getorkelt und etliche Treppen hoch- und wieder hinuntergestiegen war, musste Ricarda sich eingestehen, sich heillos verlaufen zu haben. Dieses Schiff war aber auch riesig! Erschöpft ließ sie sich zu Boden sinken und hörte dann ein seltsames Geräusch. Verwirrt sah sie sich nach einem Fenster um und stellte fest, dass es keines gab. Sie war mindestens ein Deck zu tief hinuntergestiegen – die schwere Tür vor ihr musste der Maschinenraum sein. Aber waren die Geräusche darin normal? Das Schiff schien … zu stottern.

Ricarda raffte sich hoch, tastete sich an der Wand entlang, da der Alkohol ihre Sehkraft getrübt und ihre motorischen Fähigkeiten beeinträchtigt hatte, und öffnete die große Tür. Sie musste sich mit aller Kraft dagegenstemmen, stolperte und fiel schließlich in eine große Öllache. Öl, Öl war richtig, das brauchte man auf einem Schiff. Aber in einer Lache auf dem Boden? Da war sie sich nicht so sicher.

Ricarda knöpfte ihre Strickjacke auf und überlegte, was sie tun sollte. Zunächst einmal aufstehen und vorsichtige Schritte machen, um nicht ins Schlittern zu kommen. Schön langsam fortbewegen und das Gleichgewicht halten. Gleich würde sie seekrank werden. Von wegen fehlende Vererbung.

An der Wand hing ein Telefon. Fantastisch! Ricarda

vergaß alle Umsicht, verlor die Balance und rutschte erneut aus.

In diesem Moment wurde mit einem lauten Krachen die Tür aufgestoßen.

»Ricarda! Was machen Sie denn hier? Haben Sie sich etwas getan?«

Patrick, immer noch in seiner blütenweißen Uniform, stand vor ihr. Sie musste die Augen zusammenzukneifen, um ihn nicht doppelt zu sehen.

»Hier ist Öl«, sagte sie, aber er schien es schon bemerkt zu haben.

Mit sicheren Schritten marschierte er auf einen Hahn an der Wand zu, aus dem das Öl langsam heraustropfte, wie Ricarda nun erkennen konnte, drehte ihn mit zwei kräftigen Bewegungen zu und rief dann über das Telefon jemanden von der Besatzung. Dann wandte er sich ihr wieder zu.

»Ich war das nicht!« Abwehrend hob sie die Hände.

»Weshalb sollten Sie auch?«, sagte er und lächelte. »Aber sagen Sie, was treiben Sie hier?«

»Ich … Ich war … Ich weiß nicht …«

Verdammt, sie hätte schon das zweite Glas Wein nicht mehr trinken sollen. Ricarda fuhr sich mit den Händen durch das Haar, wobei sie das Öl an den Fingern ganz vergaß.

»Geht es Ihnen gut?« Jetzt blickten die schönen und gar nicht traurigen Augen des Offiziers besorgt. Besorgte Augen. Die gefielen ihr.

Sie nickte, etwas heftiger, als ihr guttat, und geriet

wieder aus dem Gleichgewicht. Patrick fing sie auf, und vor Überraschung hätte sie beinahe laut geseufzt. Ihre Wange lag an seiner Schulter, und das fühlte sich so gut an … Sie hoffte, noch länger so verharren zu können.

»Mir geht's gut«, murmelte sie.

»Sind Sie …« Er schob sie ein wenig von sich weg. »Sind Sie betrunken?«

Ihre Wange hatte einen dunklen Fleck auf seiner strahlend weißen Uniform hinterlassen.

»Nur ein bisschen.« Sie versuchte, den Fleck wegzuputzen, und hinterließ tiefschwarze Fingerspuren. »Oh nein.«

»Vielleicht sollten Sie ins Bett.« Er fasste sie an der Schulter und führte sie aus dem Maschinenraum.

Eigentlich hatte sie ins Bett gehen wollen, ja genau, jetzt fiel es ihr wieder ein. Deshalb war sie im Maschinenraum gelandet. Inzwischen war ihr aber überhaupt nicht mehr nach schlafen, viel lieber würde sie weiter mit dem Ersten Offizier in der Öllache stehen.

Leider brachte er sie in nicht einmal zwei Minuten zu den Kabinen.

»Trinken Sie noch ein Glas Wasser«, sagte er, nachdem sie die Tür aufgeschlossen hatte. »Am besten auch sofort ein Aspirin nehmen.« Er zwinkerte ihr zu.

Sie nickte, machte einen Schritt in die kleine Kabine, da fiel ihr ein, dass sie noch etwas klarstellen musste. »Normalerweise trinke ich nicht. Alkohol verwende ich nur für tote Tiere. Zum Konservieren.« Zufrieden lehnte sie sich an den Türrahmen. Sein verwirrter Blick ließ sie ihre Erklärung jedoch noch einmal überdenken. »Biologin!«, rief sie. »Ich bin Biologin. Nicht … Psychopathin.« Und jetzt hatte er sicher das Wort Psychopathin im Kopf, sobald er sie wiedersah. Ricarda schloss die Augen. »Ich geh dann mal ins Bett.«

»Schlafen Sie gut.« Er lachte.

17

Der nächste Morgen brachte Kopfschmerzen, einen schwarzen Kaffee und das ungarische Esztergom, eine der ältesten Städte und frühere Hauptstadt des Landes. Obwohl Trixie ebenfalls eine Menge getrunken hatte, vor allem bunte Flüssigkeiten mit Schirmchen drin, schien sie im Gegensatz zu Ricarda noch nie etwas von dem Wort »Kater« gehört zu haben.

»Das liegt am Alter«, erklärte sie, während sie ein vor Fett triefendes Würstchen auf ihre Gabel spießte. »Ich bin noch jung und knackig, du bist schon über dreißig.«

»Und noch immer ohne Mann«, ergänzte Ricarda geistesabwesend den Spruch eines Arbeitskollegen.

»Ach da mach dir mal nix draus, Juli hat auch keinen und ich sowieso nicht.« Sie grinste. »Wir sind einfach nicht für Männer geschaffen.«

»Red keinen Unsinn.« Mit einem Klirren stellte Juliane ihre Tasse – schon wieder grüner Tee – ab.

»Hab ich da einen Nerv getroffen?« Trixies Lächeln war süß, die Augen hatte sie hart zusammengekniffen.

Ricarda stöhnte und stand auf, um sich einen weiteren Kaffee zu holen. Was war mit denen schon wieder los? Ihr Kopf fühlte sich an, als wäre er in Watte gepackt. Sie hatte wirklich keine Lust, jetzt in Streitereien verwickelt zu werden. Außerdem hatte sie das Gefühl, der Sache mit dem Öl im Maschinenraum noch einmal nachgehen zu müssen. In Gedanken versunken, bemerkte sie nicht, wie Patrick neben sie trat. Sie schreckte zusammen, als er sie ansprach.

»Nicht schon wieder!«

Hektisch tupfte sie mit einer Serviette an dem Fleck herum, den ihr verschütteter Kaffee auf seiner Uniform hinterlassen hatte.

»Mein Gott, sind Sie immer so ungeschickt? Sie sind ja eine Gefahr für die Allgemeinheit«, meckerte der Nörgelrentner hinter ihr.

Dass der Kerl aber auch überall auftauchte, wo sie gerade war! Sie war versucht, ihm den Rest des Kaffees über das Hemd zu kippen, aber Patrick hielt sie davon ab.

»Keine vorsätzliche Körperverletzung an Bord der *Santa Luisa«,* sagte er und nahm ihr die Tasse aus der Hand. Himmel, sie wurde schon genauso streitlustig wie ihre Schwestern.

»Entschuldigung«, murmelte Ricarda, wieder einmal mit hochrotem Kopf, während sie aus den Augenwinkeln mitbekam, wie Trixie und Juliane den Frühstückssaal verließen. Ihren Gesten nach zu schließen nicht in friedlicher Eintracht.

»Oder hat das Methode?«, zischte der Nörgelrentner in ihren Nacken.

Ricarda wirbelte herum, beinahe hätte sie ihm den

Ellenbogen in die Seite gestoßen. Recht geschehen wäre es ihm.

»Langfinger, Sie erinnern sich?« Er kniff die Augen zusammen. »Ich behalte Sie im Blick.«

»Das sagten Sie schon.« Ricarda seufzte.

Mit einem letzten wütenden Schnauben verschwand der Nörgler zurück an seinen Tisch.

Patrick räusperte sich. »Was werden Sie heute in Esztergom machen?«, fragte er.

Meine Schwestern davon abhalten, sich gegenseitig zu ermorden. Sie schaffte es gerade eben so, es nicht laut zu sagen.

»Oh, was freue ich mich auf Ungarn!« Die Brünette im roten Kleid, die heute Hosen trug, schenkte sich einen Kaffee ein, von dem sie nicht ansatzweise etwas über Patricks Uniform verschüttete. »Die Basilika muss ich natürlich als Erstes sehen. Wussten Sie, dass Stephan I. mit einer bayerischen Herzogstochter verheiratet war? Es gibt dort eine Statue von Königin Gisela.« Nicht nur hübsch war die Brünette, sondern auch noch gebildet. Ricarda hatte schon Schwierigkeiten, Budapest und Bukarest auseinanderzuhalten und den jeweils richtigen Ländern zuzuordnen. »Von der Maria-Valeria-Brücke erhoffe ich mir zwar nicht so viel, aber wie gesagt, die Kathedrale ist unglaublich. Möchten Sie etwas Bestimmtes besichtigen? Ich bin übrigens Clarissa. Wir können uns auch duzen.«

»Gern. Ich bin Ricarda. Und was das Sightseeing angeht … Ich … wir … also … Meine Schwester hat den Reiseführer«, stotterte Ricarda.

Bis vor drei Tagen hatte sie nicht einmal gewusst, dass sie überhaupt in den Urlaub fahren würde, und wegen der ganzen Christoph-Geschichte hatte sie am Wochenende keinen Kopf mehr gehabt, sich zu informieren. Sie hatte die Zeit mehr oder weniger mit Chips und Schokolade auf dem Sofa verbracht.

»Die Strenge oder die Süße?« Clarissa zwinkerte Patrick zu.

Natürlich, Ricarda stöhnte innerlich. Das ganze Schiff wusste schon, wer ihre Schwestern waren, Spotlight auf Trixie und Juliane. Und im Anhang auf sie selbst.

»Juliane, die Strenge«, antwortete sie schließlich.

»Juliane, die Entzückende«, hörte sie auf einmal eine ölige Stimme hinter sich. Ein älterer Herr, sehr schlank und mit hellblauem Halstuch, stand da und lächelte sie mit unglaublich weißen Zähnen an. »Entschuldigung, ich konnte nicht umhin, den Rest Ihrer Unterhaltung mitzubekommen. Küss die Hand. Ich hatte gestern schon das Vergnügen, Ihre bezaubernde Schwester kennenzulernen.«

Ricarda sah von Clarissa zu Patrick, der ein Schulterzucken andeutete.

»Na, immerhin einer, der meine Schwester mag.«

Ricarda versuchte es mit einem Scherz und entschuldigte sich dann, um ihre Sachen für die Besichtigung zu packen – vor allem Aspirin. Sollte Clarissa doch weiter mit Patrick sprechen und ihm zuzwinkern, vielleicht über ihre beiden Schwestern lästern. Es war ihr egal. Beides.

Kurz darauf hupte das Schiff, und das Brummen des Motors wurde drängender, sie mussten wohl den Hafen erreicht haben und anlegen. Ricarda wurde von der Sonne geblendet, als sie nach draußen trat.

»Wo haben Sie Ihre Rettungsweste?«, blökte es neben ihr, sodass sie vor Schreck beinahe über die Reling gefallen wäre. »Die Rettungswesten immer am Mann, junge Frau! Die Rettungswesten immer am Mann, hatte ich gesagt!«

Strafend blickte Käpt'n Iglo sie an, die Lippen zusammengepresst, die Stirn in Furchen gelegt. Musste der Mann nicht beim Anlegen helfen?

»Wir gehen doch gleich von Bord.«

»Das tut nichts zur Sache. Es kann schneller gehen, als Sie denken. Es sind auch schon Leute in der Nähe eines Hafens ertrunken!«, brummte er. »Da können wir dann der Familie sagen, dass sie einen leeren Sarg beerdigen muss.«

»Bei uns bleibt nicht mehr viel an Familie übrig, die ginge nämlich mit unter«, meldete sich Trixie fröhlich. »Ich hab meine Rettungsweste auch in der Kabine. Aber sehen Sie die steife Frau im Hosenanzug dort drüben?«, flüsterte sie dann verschwörerisch. »Fragen Sie die mal. Ich wette, die braucht eher als wir Nachhilfe in puncto Sicherheit.«

Mit einem letzten vorwurfsvollen Blick auf Ricardas

rettungswestenlose Wenigkeit marschierte Käpt'n Iglo hinüber zu Juliane.

»Musste das sein?«, fragte Ricarda.

»Wer hat uns diesen *Urlaub* denn eingebrockt?«

»Sagt mal, findet ihr nicht auch, dass es ziemlich komisch auf dem Schiff zugeht?«, fragte Ricarda ihre Schwestern später auf dem Weg zur Basilika, die auf einem Berg inmitten der Stadt thronte.

Julianes Reiseführer hatten sie entnommen, dass es die größte katholische Kathedrale Ungarns war, deren Ursprünge noch auf den heiligen Stephan um das Jahr 1000 zurückgingen. Die heutige Basilika stammte aus dem 19. Jahrhundert, und Ricarda fand sie mit ihrer riesigen Kuppel, die das gesamte Stadtbild beherrschte, sehr eindrucksvoll. Der Königspalast, eine mittelalterliche Burganlage inklusive Wehrmauern, befand sich direkt daneben.

»Was?«, fragte Trixie, während Juliane vor sich hin schnaufte. Es war heiß, und der Weg zwar kurz, aber steil.

»Na, zuerst das seltsame Telefonat des Kapitäns. Dann die andauernden Sicherheitsübungen. Das ist so lächerlich. Und jetzt noch ausgelaufenes Öl im Maschinenraum.«

»Als ob du nie über Nacht eine Petrischale offen zurücklassen würdest!«, stöhnte Juliane. »Fehler passieren.«

»Aber so viele Zufälle auf einmal?«

»Du bist paranoid.« Trixie winkte ab. »Ein bisschen Öl, und du denkst schon an einen Schiffsuntergang.

Wir sind ja nicht mal auf dem Meer, nur auf einem kleinen Flüsschen. Was soll da groß passieren? Bleib mal locker.«

Ein kleines Flüsschen! Ricarda wollte gerade den Mund öffnen, um ihre jüngste Schwester über Stromschnellen, Strudel und allgemeine Gefahren eines fließenden Gewässers aufzuklären – wozu war sie schließlich Biologin –, da wurde sie abgelenkt von Familie Wilhelm, die hinter ihnen den Weg herauflief. Die Mädchen trugen alle drei die gleichen Kleider, nur in unterschiedlichen Farben: Die Älteste in Rot, die Mittlere in Blau und Tatiana, die Kleinste, in einem leuchtenden Gelb, das sie schon mit diversen Erd- und Grasflecken geschmückt hatte. Sie hatte sich die viel zu große Sonnenbrille, die ihr ständig herunterrutschte, auf die Nase gesetzt.

»Das ist doch die Sonnenbrille, die du diesem Nörgler geklaut hast«, zischte Juliane Trixie zu.

»Wer? Ich?«, gab die zurück.

Auch Ricarda war die Sache unangenehm. »Was, wenn er das sieht?«

»Ich hab sie ihr geschenkt. Als ob irgendjemand so ’nem knuffigen kleinen Mädchen die Sonnenbrille wegnehmen würde.« Trixie machte eine wegwerfende Handbewegung. »Sieh doch, wie niedlich.«

Die drei Mädchen spazierten Hand in Hand den Weg entlang, Tatiana, die wegen der Brille ihren Kopf in den Nacken legen musste, in der Mitte, die Eltern folgten Arm in Arm.

»Ist das nicht nett?« Trixie seufzte. »Eine Familie wie aus dem Bilderbuch. Eine richtige glückliche Familie.«

»Nicht so etwas Verqueres wie wir, möchtest du das sagen?«, fragte Juliane spitz. Dann schien sie sich zu besinnen. Sie straffte die Schultern, setzte ein bemühtes Lächeln auf und sagte: »Entschuldigung, das war nicht so gemeint. Die Hitze bringt mich ganz durcheinander. Ich bin sehr froh, mit euch hier zu sein.«

»Wie bitte?« Ricarda blieb der Mund offen stehen. Was war nur los mit ihrer Schwester? Meinte sie diese Versöhnungsgeschichte wirklich ernst?

»Hör zu, ich ...« Juliane ging einen Schritt auf Trixie zu. Sie blickte zur Seite, kaute auf ihrer Unterlippe, dann wandte sie sich wieder ihrer jüngsten Schwester zu. Es sah Juliane gar nicht ähnlich, so lange herumzudrucksen. Plötzlich vibrierte es in ihrer Handtasche. Sie nestelte hastig darin herum. »Ich muss ...« Sie machte eine unbestimmte Kopfbewegung den Berg wieder hinunter. »Wir reden später.« Damit stakste sie davon und ließ Ricarda und Trixie stehen.

»Nee, das glaub ich jetzt nicht.« Trixie hielt ihre Hände von sich gestreckt und schüttelte den Kopf. »Echt. Juliane!«

Ohne Ricarda eines Blickes zu würdigen, lief sie ebenfalls davon, in die entgegengesetzte Richtung den Weg zur Basilika hinauf – allerdings in solch einem Tempo, dass Ricarda unmöglich hinterherkam.

»Was hab *ich* euch denn jetzt getan?«, fragte sie in die Luft.

Sie beschloss, der Familie mit den kleinen Mädchen ein Stück weit hinterherzuschlendern. Die blieb in diesem Augenblick stehen, und innerhalb der letzten Minuten schien viel passiert zu sein. Die Frisur der Ältesten war zerzaust, die Mittlere hatte sich mit ihrem Eis bekleckert, und mit der Jüngsten schien der Vater einen Kampf um die Brille auszutragen.

»Nun lass das Kind endlich in Ruhe«, schimpfte die Mutter auf ihren Mann ein.

»Die Sonnenbrille gehört ihr doch gar nicht. Wieso hat sie sie eigentlich wieder zurück?«

Seine Frau rollte mit den Augen. »Die junge Frau vom Schiff hat sie ihr wohl wiedergegeben. Irgendwann fällt sie ohnehin hinunter, ist kaputt, und das Thema hat sich erledigt.«

»Und sie schneidet sich an den Scherben, und wir können sie ins Krankenhaus schleifen!«

»Sei nicht immer so melodramatisch.«

»Sei du nicht immer so gleichgültig!« Entnervt entriss der Vater seiner Tochter die Brille. »Nun gib schon her, Tatiana, du kannst doch gar nichts sehen, wenn du immer in den Himmel starren musst, damit sie dir nicht von der Nase fällt.«

Durchdringendes Gebrüll war die Antwort.

»Meine!«, rief Tatiana, versuchte, ihre Brille zurückzuerobern, stampfte mit den Füßen auf und begann, wie am Spieß zu schreien.

Ihre Mutter warf die Arme in die Luft. »Na, das hast du ja hervorragend hinbekommen, du Supervater, du.«

Sie machte auf dem Absatz kehrt und verschwand allein bergab, in die Richtung, in die auch Juliane keine fünf Minuten zuvor gestürmt war.

»So viel zur glücklichen Familie«, murmelte Ricarda.

Noch bevor sie entschieden hatte, ob sie sich ebenfalls aus dem Staub machen sollte, sprach der überforderte Vater sie an: »Wir kennen uns doch vom Schiff?«

Leider, dachte Ricarda und stellte sich vor, wobei sie nervös ihre Brille die Nase hochschob. Die würde irgendwann auch noch einmal herunterfallen, und sie konnte garantieren, dass sie sich an den Scherben schnitt.

»Wären Sie vielleicht so nett und würden die Sonnenbrille nehmen?« Er drückte ihr die Brille des Nörgelrentners in die Hand. »Meine Tochter macht mich wahnsinnig. Nein, du kriegst die Brille nicht zurück, Tatiana. Die gehört dir nicht, weiß Gott, wo du das Ding wieder herhast!«

»Es war ein Gescheeeenk!«, heulte Tatiana.

»Das ist richtig«, unterstützte Ricarda das Mädchen. »Meine Schwester handelt manchmal ein bisschen gedankenlos.« Typisch Trixie.

»Nehmen Sie das unselige Ding, bitte. Oder ich zertrampel es an Ort und Stelle.«

Männer am Rande des Nervenzusammenbruchs …

»Alles klar.« Ricarda ließ die Brille in ihre Handtasche gleiten, für einen Herzinfarkt wollte sie nicht verantwortlich sein. Dann strich sie Tatiana besänftigend über das Haar. »Wir wollen ja keinen Ärger, oder?« Sie sah wieder Herrn Wilhelm an, als ihr etwas einfiel.

»Oh, eine Frage noch … Haben Sie auch das Gefühl, dass mit dem Schiff etwas nicht stimmt?«

Herr Wilhelm hielt Tatiana fest, die nicht aufhörte zu jammern. »Sie meinen das Essen?«, fragte er. »Sophia schimpft auch darüber, dass es ständig Fisch gibt. Meine Frau meint, so viel könnte man in der Donau gar nicht fangen.«

»Die Donau ist einer der fischreichsten Flüsse Deutschlands.« Die Biologin in Ricarda meldete sich zu Wort. »Aber eigentlich meinte ich diese seltsame Sicherheitsübung.«

»Oh.« Er ließ Tatiana los, die augenblicklich den Berg hinunterkugelte. »Komm sofort wieder her!«, brüllte er. Dann drehte er sich zu Ricarda um und sagte kurz angebunden: »Das ist Standard, auf allen Kreuzfahrtschiffen üblich. Werden Sie bloß nicht paranoid.«

Ricarda seufzte und sah ihm nach, wie er bei der Verfolgung seiner jüngsten Tochter ausrutschte und beinahe den Berg heruntergefallen wäre.

Tatianas Schwestern standen noch immer auf dem Weg.

»Alberne Heulsuse!«, rief Sophia, die Älteste.

Die Kleine lag ein ganzes Stück unterhalb im Gras, die Fäustchen geballt. »Arschloch!«, kreischte sie. »Ihr seid alle blöde Arschlochen!«

Ihr Vater riss erschrocken die Augen auf, und Ricarda machte sich schleunigst aus dem Staub.

Schwestern. Man konnte einfach nicht mit ihnen leben.

18

Wieder zitterten Julianes Hände. Sie hatte den Anruf nicht schnell genug entgegennehmen können, um keinen Preis hätte sie vor ihren Schwestern mit Jens geredet. Er hatte keine Nachricht auf die Mailbox gesprochen, natürlich nicht, sie wollte ja etwas von ihm. Außerdem sprach Jens grundsätzlich nicht auf Mailboxen, er war zu wichtig, um jemandem hinterherzulaufen.

Sie drückte die Rückruftaste.

»Hopkins und Walter, Melanie Meier am Apparat, wie kann ich Ihnen helfen?« Die quirlige Sekretärin nahm ihren Anruf entgegen. Juliane musste schlucken, bevor sie nach Jens verlangen konnte, und fast befürchtete sie, wieder abgewimmelt zu werden, als die Sekretärin sagte: »Augenblick, ich verbinde.« Etwa zehn Sekunden musste sie die Verbindungsmelodie ertragen – Mozarts »Kleine Nachtmusik« aus der Spieldose, was Juliane immer schon wahnsinnig gemacht hatte –, dann meldete er sich.

»Juliane! Wie schön, von dir zu hören! Wir haben viel an dich gedacht. Wie geht es dir?«

Sie sah ihn vor sich, wie er in seinem Chefsessel saß,

die Beine auf dem Schreibtisch, wie immer beim Telefonieren, und sich durch die noch vollen Haare strich.

»Gut, gut«, sagte sie etwas zu laut. »Deshalb rufe ich an. Ich kann wieder anfangen zu arbeiten.«

»Das ist … das sind ja fantastische Neuigkeiten!« Ihr war sein Zögern nicht entgangen. Sie biss sich auf die Lippen. »Aber meinst du nicht, du solltest dir noch etwas Ruhe gönnen? Es nicht gleich übertreiben?«, fuhr er fort.

»Jens …«

»Wir würden uns freuen, wenn du dich wieder voll reinstürzen könntest, Juliane, wirklich. Es ist nur so … Die Auftragslage, weißt du?« Sie wusste. Die Auftragslage war verdammt gut, aber als Ausrede immer geeignet. »Wir sind immer noch bestürzt über deine Kündigung, wir würden dich sofort wieder einstellen, mit einem Fingerschnippen.« Zu Demonstrationszwecken schnippte er tatsächlich mit seinen Fingern, sie hörte das Geräusch.

»Aber Andrea erledigt meine Arbeit genauso gut, und zwei sind eine zu viel«, ergänzte Juliane.

Andrea war ihre Volontärin gewesen, weitaus weniger qualifiziert, weitaus weniger engagiert, aber nach Julianes krankheitsbedingter Kündigung hatte Jens sie für weitaus weniger Geld als Ersatz bekommen können. Und solange sie keinen dramatischen Mist baute, würde er sie wohl weiterhin durchschleppen.

»Du hast sie fantastisch ausgebildet«, sagte Jens, besann sich dann aber eines Besseren und fügte hinzu:

»Nicht dass sie an deine Leistungen heranreichen würde.« Er machte eine Pause. »Wenn wir wieder einstellen, Juliane, ich verspreche dir, du bist die Erste, die wir anrufen.«

Sie nickte. Aufs Abstellgleis geschoben, zum alten Eisen geworfen, abserviert. Sie umklammerte ihren Terminkalender, als ob er ihr Halt geben könnte.

»Danke, Jens«, brachte sie schließlich hervor.

Langsam ließ sie das Smartphone sinken, nachdem er die Verbindung schon längst getrennt hatte.

Sie presste die Lippen aufeinander, ein Ausdruck, den sie sich in Stresssituationen angewöhnt hatte. Was hatten die Yogafrauen gesagt? Stress vermeiden, na, das klappte ja hervorragend. Juliane stöhnte auf. Was ärgerte sie sich über sich selbst! Vor einer Woche hatte sie erfahren, dass sie geheilt war, vollständig geheilt, und was die freudigste Nachricht ihres Lebens hätte sein sollen, ließ sie in ein tiefes Loch fallen. Irgendetwas musste mit ihr grundsätzlich nicht stimmen.

Sie überlegte sich, den Burgberg wieder hinaufzusteigen und die Basilika zu besichtigen. Jemand auf dem Schiff – die hübsche Brünette? – hatte davon geschwärmt. Aber wenn sie ehrlich zu sich selbst war, musste sie sich eingestehen, dass der Anstieg sie erschöpf hatte und sie sich setzen musste. Erneut hinaufzulaufen würde sie nicht schaffen. Es nervte sie, dass sie nicht mehr so leistungsfähig war.

Sie schulterte ihre Tasche und entschied, im erstbesten Café etwas Kühles zu trinken. Und einen Espresso, egal wie ungesund. Sie brauchte jetzt etwas, auf das sie sich freuen konnte.

»Juliane, Kind, setzen Sie sich doch zu mir!«, hörte sie eine Stimme.

Frau Rossach saß in ihrem plüschigen Pullover, den sie offenbar immer trug, an einem der Tische draußen vor dem Café, in das sie gerade einkehren wollte. Oder hatte sie mehrere davon?

»Ah, entschuldigen Sie …« Juliane suchte nach einer Ausrede. »Ich wollte noch die Stadt besichtigen, ich bin bisher nicht einmal bis zur Basilika gekommen.«

»Sie sehen müde aus.« Frau Rossach kniff die Augen zusammen und klopfte mit der Hand auf den Stuhl neben sich. »Die Basilika kann noch eine halbe Stunde warten.«

»Ich …«

»Nun setzen Sie sich schon. Sonst frage ich Sie noch, wer Sie da Wichtiges anrufen soll, dass Sie Ihr Handy nicht loslassen können.«

Überrascht lachte Juliane auf, sie hielt das kleine Ding tatsächlich noch fest umklammert. »Na gut. Ein halbes Stündchen.«

Sie steckte ihr Smartphone zurück in die Handtasche und setzte sich auf den Stuhl, den Frau Rossach ihr zurechtgerückt hatte.

»Wo sind denn Ihre reizenden Schwestern?«, fragte die ältere Dame.

»Hoffentlich in der Donau ertrunken.«

»Was sich liebt, das neckt sich.«

Juliane schnaubte.

»So schlimm?« Frau Rossach rief nach dem Kellner und bestellte zwei Gin Tonic.

»Doch keinen Alkohol!«

Es war helllichter Tag, nicht einmal ein Uhr, und ganz abgesehen davon plante Juliane ein gesundes Leben. Der Espresso, den sie vorhatte zu bestellen, sollte die Ausnahme bleiben.

»Für die Dame einen Cocktail mit viel Obst«, sagte Frau Rossach an den Kellner gewandt. »Die Vitamine gleichen die schädliche Wirkung des Alkohols wieder aus.« Sie lächelte verschmitzt, und Juliane fielen keine Gegenargumente mehr ein. Sie setzte schon den Versöhnungsplan in die Tat um, das war anstrengend genug, die Gesundheit würde folgen. »Auf die Familie!«, sagte Frau Rossach, als der Kellner die Bestellung gebracht hatte, und stürzte ihr Glas fast in einem Zug hinunter.

Juliane nippte an ihrem Getränk. »Sind Sie deshalb hier? Um Ihrer zu entfliehen?«

Die alte Frau reiste allein, und Juliane konnte sich gut vorstellen, dass sie zu Hause jede Menge Verpflichtungen wie zum Enkelsitting hatte.

»Nein«, sagte sie, ohne Juliane anzusehen, und zupfte am Ärmel ihres rosafarbenen Pullovers.

»Entschuldigung«, beeilte sich Juliane zu entgegnen, aber Frau Rossach schüttelte nur den Kopf. »Keine Sorge. Eine Freundin hat mir zu der Kreuzfahrt geraten. Sie meinte, ich würde mich sicher prächtig amüsieren. Lauter alte Leute!«

»Ha!« Juliane lachte auf. Neben der jungen Familie mit den drei Mädchen, ihr und ihren Schwestern befanden sich noch ein paar andere Frauen und Männer unter vierzig auf dem Schiff. Kreuzfahrten waren in, das hatte schon Isabell aus dem Yogakurs gesagt. »Und? Tun Sie das? Sich amüsieren, meine ich?«, fragte sie schließlich.

Frau Rossach lächelte. »Natürlich.« Überzeugt klang sie allerdings nicht.

»Käpt'n Iglo übertreibt mit seinen großen Reden und den Sicherheitsvorkehrungen.«

»Und unser lieber Herr Bohr mit den Regeln!« Ihre Augen blitzten auf.

»Meinen Sie den Nörgelrentner? Meine Schwestern nennen ihn so.«

»Das passt zu ihm. Und Sie? Weshalb machen Sie die Kreuzfahrt?«

Juliane sah lange in ihr Glas. Sie würde sich an diesem Schirm noch das Auge ausstechen.

»Ich habe gerade mit meinem Chef telefoniert.« Sie entschied sich für die Kurzversion. »Ich bin durch die Praktikantin ersetzt worden.«

Frau Rossach lehnte sich in ihrem Stuhl zurück und winkte dem Kellner.

»Na, dann ist es Zeit für die nächste Runde.«

»Meine Familie lebt in Hamburg.«

Juliane sah Frau Rossach an, etwas überfordert von ihrem dritten Cocktail. Wie lange hatte sie nichts mehr getrunken? Auch der abrupte Themawechsel machte ihr zu schaffen.

»Du hast mich vorhin gefragt, ob ich vor meiner Familie geflohen bin«, erklärte sie. Irgendwann zwischen ihrem fünften und Julianes drittem Drink waren sie zum Du übergegangen. »Meine Familie ist vor mir geflohen.«

»Oh.«

»Mein Sohn und ich verstehen uns nicht gut.« Sie sah an Juliane vorbei in die Ferne. »Ich weiß nicht, wie das passieren konnte. Ob ich ihn so erzogen habe, ob ich eine schlechte Mutter war?«

»Aber du warst eine Mutter«, sagte Juliane, ohne nachzudenken. »Eine Mutter zu haben ist auf jeden Fall immer besser als eine Schwester.« Frau Rossach, nein, Käthe, sah sie interessiert an. Juliane stellte ihr Glas ab. »Was ist mit deinem Sohn?«

Käthe nickte langsam. »Ich glaube, ich habe einen Egoisten großgezogen. Und nachdem er in den Norden geheiratet hat …« Sie schluckte. »Ich sehe meinen Enkel einmal im Jahr, an Heiligabend.«

»Hast du nur einen Enkel?«

»Einen Sohn, einen Enkel.«

»Und dein Mann?«

»Den Mistkerl habe ich schon zwanzig Jahre nicht mehr gesehen. Das ist auch besser so«, fügte sie hinzu. »Wenn der mir weiterhin auf die Nerven gegangen wäre, hätte ich ihn sonst irgendwann noch um die Ecke gebracht und könnte heute nicht hier mit dir sitzen.« Sie hob ihr Glas, Juliane stieß mit ihr an.

»Der Exfreund meiner Schwester hat sie mit seiner Psychotherapeutin betrogen. Sie hat sie auf der Couch erwischt.«

»Autsch.« Frau Rossach zog eine Grimasse. »Gut, dass sie dich hat.«

Juliane bestellte noch einen Cocktail. »Na ja … Sie hat es mir noch nicht einmal selbst erzählt. Ich weiß es von Trixie, die es ihr vorgestern Nacht aus der Nase gezogen hat.«

»Wenn man vom Teufel spricht …« Käthe deutete mit dem Kopf in Richtung Westen, aus der Ricarda und Trixie angeschlendert kamen. Beide hielten ein Eis in der Hand.

»Nicht!«, zischte Juliane, aber es war schon zu spät. Käthe winkte den beiden fröhlich zu.

»Man muss der Gefahr ins Auge blicken«, sagte sie zu Juliane. »Sie umarmen wie den besten Freund. Ich lass euch vielleicht besser allein.«

Juliane konnte der Argumentation nicht folgen, stattdessen leerte sie ihren Cocktail. »Ich hätte gern noch so ein buntes Getränk.«

19

»Da drüben ist Juliane!« Ricarda sah von ihrem Eis hoch. »Mit der alten Frau, dieser Frau Rossach.« Nachdem sie sich die eindrucksvolle Basilika angesehen hatte, war sie in der kleinen Stadt Trixie über den Weg gelaufen, die sich im gleichen Café ein Eis kaufen wollte. Kurz hatten sie überlegt, Juliane etwas mitzubringen, eine Waffel, die aß sie so furchtbar gern, aber dann hatten sie sich mit dem Verkäufer nicht gut genug verständigen können. Sie waren also durch die Stadt geschlendert, Trixie hatte etwas von »Juliane, immer im Stress und allein« gemurmelt, und jetzt saß ihre große Schwester hier an einem Tisch in der Sonne und schien das Leben zu genießen. Etwas steif stakste Ricarda die kleine hölzerne Treppe zur Terrasse des Cafés hinauf.

Bevor sie die kleine Frau oder Juliane begrüßen konnte, fragte Trixie: »Was war denn vorhin so wichtig?«

Juliane winkte ab. Die Geste wirkte leicht unkoordiniert.

»Ihre Schwester arbeitet zu viel«, erklärte Frau Rossach, wobei sie vom Stuhl aufstand und ihre Sachen zusammenpackte. Das ist nichts Neues, das hat Juliane immer schon getan, dachte Ricarda, sogar während der Schulzeit. »Es tut ihr gut, es einmal langsam angehen zu lassen«, sprach Frau Rossach weiter. »Und Job oder kein Job … irgendwann geht doch jeder in Rente.« Trixie kniff die Augen zusammen, und auch Ricarda musste zugeben, dass sie keine Ahnung hatte, wovon die ältere Frau redete. »So, und nun entschuldigen Sie mich, ich glaube, ich habe Luca dort unten gesehen.«

»Den Schleimer mit dem Halstuch?«, fragte Trixie entsetzt.

Sie hatte ihn also auch kennengelernt. Ricarda musste zugeben, dass ihr der Typ ebenfalls alles andere als sympathisch gewesen war, aber Frau Rossach lächelte nur glückselig, winkte und verschwand.

Ricarda drehte sich wieder zu Juliane.

»Luca, dieser Dandy!«

Ihre ältere Schwester kicherte, dann hielt sie sich erschrocken die Hand vor den Mund. Beinahe hätte Ricarda es ihr gleichgetan. Juliane und Kichern?

»Was ist denn mit dir los?«, fragte Trixie, nachdem Juliane auch noch beinahe ihr Glas umgestoßen hätte. Ihre große Schwester versuchte aufzustehen, blieb mit dem Fuß am Tischbein hängen und fiel zurück in den Stuhl, was einen neuerlichen Kicheranfall auslöste.

»Bist du betrunken?« Entsetzt riss Trixie die Augen auf.

Juliane schüttelte nachdrücklich den Kopf. »Hab bloß ein, zwei Gläschen mit Käthe gekippt.«

Käthe? Juliane duzte andere Menschen nicht. Ricarda hakte ihre Schwester ein und zog sie hoch. Leicht schwankend blieb Juliane dieses Mal stehen.

»Wieso bist du betrunken?« Trixie fuchtelte mit ihren Armen in der Luft herum.

»Ach Schätzchen!«

Mit einer Hand stützte Juliane sich auf Ricardas Schulter ab, mit der anderen strich sie Trixie über die Wange.

»Du bist Juliane. Du bist nicht betrunken«, sagte Trixie.

»Wie wäre es, wenn wir dich zurück aufs Schiff brächten?«, fragte Ricarda.

»Oder wir gehen tanzen!«, rief Juliane. »Mit Luca?« Erneut kicherte sie.

»Besser das Schiff.« Ricarda zog ihr Portemonnaie aus der Hosentasche.

»Du bist *nie* betrunken.« Trixie starrte Juliane immer noch an.

Sie stieß so grob gegen die rechte Schulter ihrer Schwester, dass die beinahe umgefallen wäre. Ricarda dachte an Stöckelschuhe, Würgen und Feuerwehr und drängte sich schnell zwischen die beiden Streithähne. Juliane schien nicht in der Verfassung zu sein, sich gegen Trixie zu wehren, und sie selbst wollte es nicht riskieren, Partei ergreifen zu müssen. *Nie hast du eine eigene Meinung, es heißt immer nur Ja und Amen mit dir …* Wieder spukte Christoph in ihrem Kopf herum.

»Hier.« Sie drückte Trixie einen Geldschein in die

Hand und legte den Arm um Juliane. »Wir rufen jetzt ein Taxi, dann fahren wir zum Hafen, du kannst auf dem Schiff noch ein bisschen tanzen und anschließend schlafen.«

»Schlafen«, murmelte Juliane und lehnte sich an Ricarda.

Obwohl sie ungewöhnlich leicht war, wie Ricarda fand, war es umständlich, sie zwischen den Tischen hindurchzunavigieren.

»Vielleicht hilfst du uns mal?«, fragte sie Trixie.

»Das kann doch nicht wahr sein«, murmelte die. »Juliane betrunken.« Abrupt drehte sie sich um und winkte dem Kellner. »Ich brauch einen Whiskey Cola.«

Ricarda hatte sich an Deck in eine Ecke hinter einer Bank verkrochen. Es war nicht besonders bequem, auf dem Boden zu sitzen, aber immerhin lief sie so keine Gefahr, entdeckt zu werden. Ihre Hände an den Stricknadeln flogen nur so, und der Schal, an dem sie gerade arbeitete – sie hatte keine Nerven für komplizierte Formen –, war schon zur Hälfte fertig. Falls sie jemals professionell Schals anfertigen wollte, musste sie einfach nur viel Kontakt zu ihren Schwestern haben, sie wäre in null Komma nichts mit achtundzwanzig Metern fertig.

Plötzlich hörte sie Schritte näher kommen. Hastig verstaute sie Schal und Nadeln in ihrer Handtasche, schob ihre Brille wieder auf die Nase und ordnete ihr Haar.

»Sie schon wieder!« Der Nörgelrentner blieb vor der Bank stehen.

»Hallo.«

Ricarda probierte ein Lächeln. Bloß nicht schuldbewusst aussehen! Oder zeigte ein Lächeln gerade Schuldbewusstsein? Er kniff die Augen zusammen und versuchte, einen neugierigen Blick auf die noch halb geöffnete Handtasche zu werfen. Ricarda legte ihre Hand darüber.

»Sie haben doch was zu verbergen«, murmelte er.

Der Typ war ja total paranoid. Paranoider noch als sie selbst. Apropos, da fiel Ricarda etwas ein. Ihre Schwestern glaubten ihr ja nicht. Vielleicht würde der Nörgelrentner sie verstehen …

»Sagen Sie, haben Sie auch den Eindruck, dass hier etwas nicht ganz mit rechten Dingen zugeht?«, fragte sie.

»Ha!«, schrie er und deutete mit dem Zeigefinger auf sie. »Wusste ich es doch!«

»Nicht mit mir.« Ricarda seufzte. »Mit dem Schiff.«

»Was hecken Sie aus?«

»Ich hecke gar nichts aus, Herrgott noch mal!« Langsam platzte Ricarda der Kragen. »Ich mache mir nur Gedanken über das Ölleck, das ich im Maschinenraum gefunden habe, über hysterische Sicherheitsübungen, über … Ach vergessen Sie's. Gehen wir zum Abendessen.« Sie sprang auf.

Nur einen knappen Schritt hinter ihr folgte der Nörgelrentner ihr in den Speisesaal. »Wenn Sie mich von

Ihrer Normalität überzeugen wollen, dann sollten Sie vielleicht nicht so verdächtig auf dem Boden herumhocken!«, meckerte er hinter ihr.

Ricarda hoffte, er würde sich nicht an ihren Tisch setzen, er war ja noch schlimmer als ihre Schwestern. Am besten er nahm mit Juliane und Trixie irgendwo weit von ihr entfernt Platz. Aber da winkte Trixie schon nach ihr. Sie und Juliane saßen an einem der Tische in der Mitte. Mit einem letzten misstrauischen Blick verschwand der Nörgler in einer Ecke des Saals.

Keine ihrer beiden Schwestern wirkte auch nur im Entferntesten schuldbewusst, als Ricarda sich setzte. Nachdem Trixie sie im Stich gelassen hatte, war es Ricarda allein überlassen gewesen, Juliane zurück aufs Schiff zu bringen. Daran schien Trixie jedoch keine Erinnerung zu haben. Sie funkelte Juliane böse an. Die hatte eine dunkle Sonnenbrille auf der Nase und zeigte keine Reaktion.

Ricarda dachte an das Strickzeug in ihrer Handtasche wie an ein Mantra. Immerhin schien Juliane wieder einigermaßen nüchtern zu sein, zumindest hielt sie sich aufrecht. Gerade leerte sie ihr Glas Wasser in einem Zug, zu essen befand sich allerdings noch nichts auf ihrem Teller. Ricarda wünschte ihr einen ordentlichen Kater.

»Meine lieben Passagiere, alle mal hergehört!«

Der Kapitän stellte sich mit der Flüstertüte an die Tür, während ein noch junger Matrose aus der Besatzung eine Stereoanlage hinter ihm herschleppte, abstellte und an einer Steckdose anschloss.

»Karaoke?«, flüsterte Trixie und schnipste mit den Fingern.

»Gut, dass wir hier alle so gemütlich beisammensitzen«, grölte Käpt'n Iglo in sein Megafon, sodass die Passagiere an den ihm am nächsten stehenden Tischen zusammenzuckten. »Heute Abend sprechen wir über Warnsignale und ihre Bedeutung.«

Ricarda sah Juliane an, die sich mittlerweile am Büfett ein Stück Lachs geholt hatte, den sie in aller Seelenruhe zerteilte. Das Spektakel in der Saalmitte würdigte sie keines Blickes.

Also drehte Ricarda sich wieder zu Trixie. »Warnsignale! Ich hab doch gesagt, hier stimmt was nicht!«

»Der spinnt doch!«, zischte ihre Schwester.

»Würden die drei Grazien in der Mitte wohl auch aufpassen? Dies ist eine wichtige Übung.« Der Kapitän sah sie ernst an. Ricarda rutschte in ihrem Stuhl nach unten. »Wie Sie wissen, gibt es diverse nautische Schallsignale. Frau Schuster!« Er sah sie direkt an. Du lieber Himmel, kannte er die Namen sämtlicher Passagiere? »Welche kennen Sie?«

»Wie bitte?«

Mit der Flüstertüte vor dem Mund kam er auf sie zu. »Wie erkennen Sie, dass es sich um einen Notfall handelt?«

Ricarda rutschte noch ein bisschen weiter unter den Tisch. »Eine … eine Sirene?«, stammelte sie.

Mit einer ausladenden Geste seiner freien Hand wandte er sich an die anderen Gäste. »Möchte vielleicht noch jemand seine Unkenntnis unter Beweis stellen? Nein? Dann ist Ihnen die Wichtigkeit unserer Übung jetzt ja vielleicht deutlich geworden.«

Er schnipste mit dem Finger in Richtung des uniformierten Besatzungsmitglieds, der daraufhin die Stereoanlage anstellte. Sieben kurze Töne, gefolgt von einem lang gezogenen, ertönten.

»Das allgemeine Warnsignal«, erklärte Käpt'n Iglo. »Wenn Sie diese Töne hören«, er nickte seinem Helfer zu, der die Töne noch einmal abspielte, »ziehen Sie sich sofort Ihre Rettungswesten über – falls Sie sie nicht ohnehin schon tragen – und versammeln sich auf Deck 2.«

»Wo genau dort?«, fragte der Nörgelrentner.

»Gute Frage. Hervorragende Frage!« Käpt'n Iglo strahlte. »Auf dem Achterschiff.« Auf die verwirrten Blicke der Passagiere ringsum verzog er den Mund. »Wie wollen Sie auf See überleben, wenn Sie nicht mal ein bisschen Basiswissen aufweisen können? Das Achterschiff ist hinten, wie der Name schon sagt!«

»Also hinten auf Deck 2 …«, sinnierte der Nörgelrentner.

Ricarda registrierte, dass sich einige der Passagiere Notizen machten, andere schüttelten den Kopf.

»Signalton 2!«, rief der Kapitän und verbeugte sich mit ausgestreckten Armen. Das Besatzungsmitglied drückte auf einen Knopf, und ein einzelner, sehr langer Ton erklang. »Hören Sie diesen Ton, meine Damen und Herren Seefahrer, lassen Sie alles stehen und liegen, und verlassen Sie das Schiff. Denken Sie nicht an Ihre Wertsachen oder Zahnbürsten, lassen Sie Schuhe und Kleidung liegen, aber vergessen Sie bloß nicht Ihre Rettungswesten.« Er ließ seinen Helfer den Ton wiederholen, dann nickte er zufrieden. »Also!« Er klatschte in die Hände. »Wir rekapitulieren: allgemeines Warnsignal?« Blitzschnell drehte er sich um hundertachtzig Grad und deutete mit dem Zeigefinger auf Clarissa, die an diesem Abend mit Frau Rossach an einem Tisch saß.

»Äh … kurze Töne und dann ein langer?«

»Aber wie viele?« Er wippte auf den Zehenspitzen auf und ab.

»Fünf?«

»Untergegangen«, triumphierte er. »Setzen! Frau Rossach, wie viele?«

Die alte Dame schaute auf und zögerte kurz. Da beugte Luca, der hinter ihr saß, sich vor und flüsterte ihr etwas ins Ohr. Sie nickte und tätschelte seine Hand, woraufhin er diese vertrauensvoll auf ihren Oberschenkel legte.

Ricarda riss ungläubig die Augen auf.

»Sieben Töne«, rief Frau Rossach.

Käpt'n Iglo lächelte. »Wie immer ein Vorbild. Nun zu Ihnen«, er zeigte auf Trixie. »‹Hup, hup, hup, hup, hup, hup, hup, huuuuuuuuuup. Was machen Sie?«

Trixie hob die Hand. Aber bevor ihre Schwester dem übereifrigen Kapitän einen Vogel zeigen konnte – Ricarda hatte nichts anderes erwartet –, sprang sie rasch ein. »Rettungswesten überstreifen und auf Deck 2 laufen!« Die Antwort trug ihr einen missbilligenden Blick sowohl von ihrer Schwester als auch vom Kapitän ein.

»Huuuuuuuuuuuuuuuuuuuuup«, schrie er wieder in sein Megafon, in leicht höherer Tonlage als vorher. »Herr Wilhelm!«

Der Familienvater warf seinen Töchtern einen schnellen Blick zu, dann ergab er sich in sein Schicksal und rezitierte ergeben: »Ich lasse alles stehen und liegen, außer natürlich der Rettungsweste, vielleicht darf ich auch noch an meine Kinder denken, und verlasse das Schiff.«

»Sehr gut.« Käpt'n Iglo nickte zufrieden, dann klemmte er sich das Megafon zwischen die Knie und klatschte in die Hände. »Das Warnsignal, los.« Sein Helfer ließ die sieben kurzen Töne mit dem folgenden langen erklingen. »Hopp, hopp, auf zum Achterschiff, Deck 2!«

Wie alle übrigen Passagiere, sah auch Ricarda verwirrt um sich. Juliane hielt inne, ihr Wasserglas auf halber Strecke zum Mund.

»Doch nicht jetzt, oder was? Wir essen!«, rief Trixie.

»Notsituationen kann man sich nicht aussuchen«, donnerte der Kapitän. »Wollen Sie lieber in aller Gemütsruhe Ihren Fisch zu Ende essen und später mit den Fischen schwimmen? Nein, junge Dame, im Ernstfall müssen Sie auch direkt reagieren.«

Er scheuchte die Passagiere an den ihm am nächsten stehenden Tischen auf, zog hier an Ärmeln, dort an Sakkos, bis schließlich alle auf dem Weg zum Ausgang waren und auch Trixie und Juliane sich nicht mehr länger weigern konnten.

»Das war das erste und letzte Mal, dass ich so einen geisteskranken Blödsinn mitmache!«, hörte Ricarda ihre jüngere Schwester noch fauchen.

20

Juliane stapfte hinter ihren Schwestern her. Was war das denn nur jetzt wieder für ein Schwachsinn, den sich der Kapitän da hatte einfallen lassen? Die Übungen waren schon albern genug, aber ausgerechnet während des Abendessens? Juliane versuchte, tief und gleichmäßig zu atmen, sich nicht aufzuregen, nichts an sich heranzulassen. Aber plötzlich bekam sie einen Ellenbogen in die Hüfte gerammt. Der nörgelige Herr Bohr schob sich an ihr vorbei und hastete zum Gang, an dem die Kabinen lagen. Zumindest soweit es sein Alter und sein Körperumfang zuließen.

Vor sich hin schimpfend erschien er einige Minuten später mit einem Handtuch in der Hand.

»Herr Bohr, Sie sind zu spät, Sie wären schon ertrunken!«, brüllte es nicht nur in ihr Ohr.

Ommm, Juliane, sagte sie im Stillen … In der Ruhe liegt die Kraft.

»Wenn wir schon hier sind, kann ich die Zeit wenigstens nutzen!«, rechtfertigte sich der Nörgelrentner und platzierte sein Handtuch auf einer der Liegen neben dem Pool.

»Sie reservieren sich jetzt schon einen Platz für morgen früh?« Her Wilhelm schüttelte den Kopf. »Das glaube ich ja nicht! Es ist nicht einmal neun am Abend!«

»Genau«, mischte Trixie sich ein. »Es gibt Leute, die mögen Nachtbaden.«

»Nacktbaden?« Lächelnd legte die hübsche Brünette, die Ricarda nicht zu mögen schien, den Kopf schräg.

»Beides.« Trixie grinste.

»Etwas mehr Ernsthaftigkeit, bitte!«, forderte der Kapitän.

»Die Poolliegen schon zwölf Stunden im Voraus zu belegen geht zu weit.« Der brave Familienvater ließ nicht locker.

»Spießer.« Seine Frau rollte mit den Augen.

»Wer? Ich?« Er drehte sich zu ihr um.

»Alle hier.«

»Also, ich finde, das hat Herr Bohr sehr klug gelöst«, mischte sich Isolde, die beim Essen immer an ihrem Nebentisch saß, ein. »Herbert, geh bitte auch, und hol unsere Handtücher.« An den jungen Vater gewandt sagte sie: »Dann muss ich morgen früh nicht noch im Nachthemd raus.«

Herr Wilhelm warf die Hände in die Luft. »Wollen Sie nicht lieber dazu mal was sagen!«, ranzte er den Kapitän an. »Das ist doch unmöglich.«

Juliane fasste sich an die Schläfe, eine Migräne kündigte sich an. Was für ein Kindergarten, das durfte ja wohl nicht wahr sein. Luca hatte seinen Arm um Käthe gelegt, und da musste Juliane bald wirklich eingreifen, Ricarda schmachtete den Ersten Offizier an und lief die ganze Zeit mit ihrer Handtasche durch die Gegend, als hätte sie ihr Vermögen darin gebunkert, und jetzt – Herbert Meier oder Müller kam gerade mit zwei großen Badetüchern angeschlurft – legte Käpt'n Iglo wieder los.

»Inzwischen wären Sie alle ertrunken!«, brüllte er. »Elendig ertrunken!«

Juliane platzte der Kragen. »Dann hätte die arme Seele wenigstens endlich Ruh!«

Sie warf ihm und den Streithähnen noch einen bösen Blick zu und marschierte schnurstracks zurück in den Speisesaal. Sie hatte Hunger. Und ein kleines Gläschen Wein würde ihr jetzt auch nicht schaden.

21

Als sie die Notfallprobe und das Abendessen endlich hinter sich gebracht hatten und auf dem Rückweg in ihre Kabine waren, atmete Ricarda auf. Das war genug Aufregung gewesen für einen Tag.

»Oh, das ist ja ein hübscher Schal«, rief Trixie, nachdem sie die Tür geöffnet hatte. Ricarda zuckte zusammen. Der Schal war vor dem Essen fertig geworden. Weshalb hatte sie ihn nur auf dem Kopfkissen liegen lassen? »Lediglich ein bisschen warm für die Jahreszeit, findest du nicht?« Trixie setzte sich zu ihr aufs Bett.

»Ist für nachts!« Gerade noch rechtzeitig fiel ihr eine Ausrede ein. »Wenn ich mal nicht schlafen kann und dann an die frische Luft möchte … Nachts kann es schon kalt werden.«

Trixie nahm den Schal, schmiegte sich an ihn und verzog den Mund. »Der kratzt ja.«

Es war ein Sonderangebot. Leider das einzige Wollknäuel, das Ricarda dabeihatte. Und das hatte sie nun auch komplett verstrickt.

»Du, ich hab gar nix Warmes mit.« Trixie legte den Schal zurück aufs Bett. »Kann ich mir den vielleicht mal ausleihen?« Alarmiert riss Ricarda die Augen auf.

»Na, nur mal abends«, sagte Trixie besänftigend. »Für ein Date.«

Natürlich hatte Trixie gerade mal zwei Tage nach Beginn der Kreuzfahrt ein Date! Wenn sie ihr den Schal lieh, konnte Ricarda die Wolle nicht wieder aufribbeln und noch einmal benutzen. Allein der Gedanke daran, die nächsten Tage nicht stricken zu können, ließ ihre Finger zucken. Aber was sollte sie ihrer Schwester sagen?

»Okay«, gab sie schließlich nach.

Vielleicht hatte Christoph doch recht. Sie hatte irgendein Problem. In Gedanken zog Ricarda den Gürtel ihrer Strickjacke enger. Vielleicht konnte sie die aufdröseln und was Neues draus machen? Sie besaß drei Wolljacken, auf eine konnte sie gut verzichten.

22

Trixie beschloss, den Abend ruhig auf Deck ausklingen zu lassen. Vielleicht würde sie später noch an die Bar gehen, ein Bier trinken und etwas flirten. Oder das Thema Nachtbaden/Nacktbaden in Angriff nehmen. Vielleicht würde sie aber auch einfach nur in die Sterne gucken und sich einen Plan für die Smartphones zurechtlegen. Was sollte sie mit dem Rucksack tun? Jonas anrufen? Nee, das konnte sie nicht riskieren. Außerdem hatte sich in den letzten Tagen Wut auf ihn in ihr angestaut. Der Mistkerl hatte doch genau gewusst, dass die Polizei kommen würde. Und hätte er mit der Wimper gezuckt, wenn sie den Rucksack bei Trixie gefunden und sie statt ihn mitgenommen hätten?

Trixie merkte, wie ihre Hände die Reling fester umklammerten. Sie löste ihre Finger und blickte sich um. Ganz hinten am Schiff stand eine einsame Gestalt – ebenfalls an der Reling. Trixie konnte nicht genau sagen, woran es lag, aber sie meinte an der Haltung zu erkennen, dass sie irgendwie unglücklich war. Schwankte sie? Beim Näherkommen erkannte sie Frau Wilhelm.

»Ist Ihnen nicht gut?«, fragte Trixie.

Frau Wilhelm sah auf, ihre Augen waren rot gerändert. Dann beugte sie sich über die Reling und würgte. Es dauerte ein paar Minuten, bis sie wieder aufrecht stand.

Trixie wich zurück. Ricarda hätte in diesem Augenblick vermutlich sowohl ein Taschentuch als auch einen Kaugummi bereitgehalten. Sie selbst hatte keine Erfahrung darin, Menschen zu trösten. Schließlich setzte sie sich auf den Boden.

»Setzen Sie sich doch zu mir. Wenn ich Ihnen irgendwie …«

Frau Wilhelm ließ sich neben ihr nieder und zog lautstark die Nase hoch. »Ich … ich bin schwanger.«

Ihr Schniefen schien kein Weinen aus überschwänglicher Freude zu sein, trotzdem probierte Trixie es mit einem Glückwunsch.

Ein verächtliches Schnauben war die Antwortet. »Es ist nicht von meinem Mann«, kam kurz darauf eine Erklärung. Trixie öffnete den Mund, schloss ihn wieder.

Frau Wilhelm seufzte. »Ich bin übrigens Lisa.«

»Beatrix … lieber Trixie.«

»Oh Gott, Trixie … Meine Ehe ist eine einzige Katastrophe! Haben Sie … hast du meinem Mann schon mal zugehört? Der Kerl hat nichts zu erzählen, rein gar nichts, ist eine wandelnde Schlaftablette. Wie sollen wir da noch aufregenden Sex haben? Der wirkt besser als jedes Valium. Meine Kleine ist möglicherweise auch nicht von ihm, aber vielleicht hat er Glück, da kann ich mir nicht so sicher sein. Wünschen würde ich es mir ja, allein, damit die drei als Schwestern besser zueinanderpassen, weißt du. Aber einen Vaterschaftstest möchte ich lieber nicht machen wollen. Jesus, Maria und Josef, kannst du dir vorstellen, wie das ist, mit so einem Langweiler den Rest seines Lebens zu verbringen? Da kann man sich ja gleich die Reling hier hinunterstürzen«, sprudelte es aus ihr heraus.

»Das ist doch alles …«, begann Trixie, wusste aber nicht, wie sie den Satz zu Ende bringen sollte. *Nicht so schlimm? Kein Beinbruch? Wird schon wieder gut?* »Ich finde deinen Mann gar nicht so langweilig.«

»Ha! Da irrst du dich aber gewaltig!«

»Ihr … ihr seid so eine nette Familie.« Kinder brauchten doch ihre Eltern!

»Mein Mann ist der penibelste Mensch auf Gottes weiter Erde, und das kann auf die Dauer ganz schön nervtötend werden. Was mich geritten hat, ihn damals zu heiraten, das weiß der Teufel. Es war vermutlich sein hübsches Gesicht, das mich abgelenkt hat, da hab ich aus lauter Rosa-Brillen-Enthusiasmus Ja gesagt und wusste nicht mal, weshalb. Lass dir eines gesagt sein, Trixie: Fall nie auf einen gut aussehenden Kerl rein. Finde erst raus, ob er auch was im Kopf hat!« Sie fuhr sich mit der Hand übers Gesicht. »Aber was sage ich dir das … Du bist noch jung, du studierst wahrscheinlich noch. Du denkst vermutlich nicht im Entferntesten ans Heiraten.«

Dachte Trixie tatsächlich nicht.

»Aber denk an meine Worte, lass dir nichts vormachen von blendendem Aussehen und einer feschen Uniform! Feuerwehrmann ist er nämlich, der Karsten, und schick sieht die schon aus, das kann ich nicht bestreiten. Aber nach zehn Jahren möchte man doch noch andere Vorteile seines Ehegatten aufzählen können als *Schick sieht er aus in seiner Uniform.*«

»Äh …« Trixie räusperte sich, aber bevor sie etwas sagen konnte, sprach Lisa längst weiter: »Und Kommunikation! Weißt du, wie wichtig so etwas ist? Menschen sind kommunikative Wesen, ich bin ein kommunikatives Wesen … Und Karsten? Das letzte Mal, dass er mit mir geredet hat, wirklich geredet hat, war vermutlich auf unserer Hochzeitsreise. Keinen Ton kriegt er jetzt raus, wenn er mit mir zusammen ist!«

Trixie hatte so eine Vermutung, woran das liegen konnte.

»Und ein schrecklicher Pedant ist er, sagte ich das schon? Und so ein Angsthase! Weißt du, dass unsere Kinder nur Stoffspielzeug besitzen? *Plastik ist gefährlich, Liebling, möchtest du Tatiana mit ausgestochenem Auge ins Krankenhaus bringen? Und was glaubst du, wie oft Holz splittert?* Was für ein furchtbarer Schwarzseher. Man muss doch auch ein bisschen Spaß haben im Leben. Da gehört ein kleines Risiko dazu! Meine Güte, der armen Tatiana hat er tatsächlich die Sonnenbrille wieder weggenommen!«

»Was?« Trixie sah auf. »Die hab ich ihr geschenkt!«

»Siehst du? Was ich dir die ganze Zeit schon erzähle! Es ist doch kein Wunder, dass ich diesen Kerl betrogen habe!«

Vielleicht hatte Lisa ein bisschen recht. Trotzdem.

»Das ist deine Familie. Karsten ist dein Ehemann. Ihr habt drei Kinder. Kinder brauchen ihre Eltern!« Wo käme die Welt denn hin, wenn jeder jeden einfach so mir nichts, dir nichts betrügen und verlassen würde?

Lisa wischte Trixies Einwand mit einer Handbewegung weg. »Das stimmt, aber die drei treiben mich manchmal in den Wahnsinn …« Sie hielt einen Moment inne, dann fügte sie hinzu: »Vielleicht sollte ich Karsten einfach das Sorgerecht übertragen.« Trixie schnappte nach Luft. »Weißt du, der einzige Grund, warum ich noch keinen Nervenzusammenbruch bekommen habe, liegt darin, dass ich einen Freund habe.« Sie klopfte sich auf den Bauch. »Jetzt sieht es natürlich ein bisschen anders aus. Da ist er der Grund, dass ich kurz vor einem Nervenzusammenbruch stehe.« Sie schlug die Hände vors Gesicht. »Karsten und ich, wir haben ein gemeinsames Handy. Kannst du dir das vorstellen? *Wir sind doch ein Ehepaar!«* Lisa zog das Wort Ehepaar sarkastisch in die Länge. »Das waren tatsächlich seine Worte. Und wer sollte schon nur einen von uns anrufen wollen?« Mit ihrem Fuß stampfte sie auf dem Boden auf. »Und jetzt kann ich meinen Freund nicht erreichen!« Mit einem Seitenblick auf Trixie fügte sie hinzu: »Ich muss ihn unbedingt anrufen.« Erneut trat sie zu, dieses Mal gegen die Reling. »Du hast nicht zufällig ein Handy, das du mir mal leihen kannst?«

Trixie kratzte sich am Kinn. »Also eigentlich …«

Sie grinste und überschlug im Kopf schon einmal ein paar Zahlen.

23

Ricarda saß in ihrer Kabine auf dem Bett und löste ihre Strickjacke in sämtliche Bestandteile auf, als sie draußen auf dem Gang ein Geräusch hörte. Trixie? Sie war vor einer Weile an die frische Luft gegangen. Schnell versteckte sie die Wolle unter dem Kopfkissen und schlich zur Tür. Jetzt werd nicht wieder paranoid, schalt sie sich in Gedanken selbst, legte dann aber doch das Ohr an die Tür. Es gingen einfach zu viele seltsame Dinge vor sich. Schritte waren das, eigentlich nicht ungewöhnlich, es war schließlich ein Gang. Allerdings marschierte die Person immer auf und ab, sie schien kein Ziel zu haben.

Vorsichtig öffnete Ricarda ihre Kabinentür einen Spalt. Der Kapitän, das hätte sie sich ja denken können. Die Hände an die Hosennähte gepresst, tigerte er vor den Kabinen auf und ab, bis er sich schließlich einen Ruck zu geben schien, die Schultern straffte und die Tür zum Deck aufstieß. Ohne zu überlegen, beeilte Ricarda sich, ihm zu folgen.

Als sie vorsichtig aufs Deck schlich, stand er an der Reling und blickte sich um. Ricarda duckte sich im Schutz der Dunkelheit hinter einen Rettungsring und sah zu, wie er laut aufseufzend die Hände auf die Reling stützte. Nach einigen Minuten holte er ein Taschentuch hervor und schnäuzte sich vernehmlich.

Ricarda wollte gerade wieder zurück in ihre Kabine, da bemerkte sie aus den Augenwinkeln einen weiteren Schatten. Da versuchte eindeutig noch jemand, nicht gesehen zu werden – jemand mit einem dicken Bauch.

Vorsichtig trat Ricarda den Rückzug an. Ob der alte Bohr ebenfalls den Kapitän beschattete, oder verfolgte er eigene finstere Ziele?

Es war kurz vor halb neun, Trixie lag noch im Bett, als Ricarda versuchte, sich die Zähne zu putzen. In dem winzigen Bad war sie nun schon zum zweiten Mal mit dem Ellenbogen gegen das Regal gestoßen. Der Tag fing ja hervorragend an! Nicht nur, dass sich all ihre Nervenenden zusammenkrümmten, nein, sie hatte auch noch die halbe Nacht damit verbracht, ihre Jacke aufzuribbeln, damit sie wieder Wolle hatte, um sich zu beruhigen. Sie spuckte die Zahnpasta aus und spülte mit Wasser nach.

Sieben kurze Töne, gefolgt von einem langen, schallten durch die Kabine.

»Achtung, Achtung! Dies ist eine Sicherheitsübung! Bitte begeben Sie sich an Deck. Deck 2 auf dem Achterschiff!«, dröhnte die Stimme des Kapitäns aus den Lautsprechern.

»Nicht schon wieder.« Ricarda konnte Trixies Stöhnen durch die geschlossene Tür hören.

»Sie können den gesamten Tag in Budapest verbringen, da können Sie relaxen. Vorher haben wir noch Zeit, Ihnen den Umgang mit den Rettungsbooten zu erklären. Es will ja niemand sterben, oder?«

Ricarda fuhr sich mit dem Handtuch über den Mund und schlüpfte in ihre Jeans. Erneut wurde sie von dieser nicht wirklich erklärbaren Unruhe in Bezug auf das Kreuzfahrtschiff ergriffen. Waren die zahlreichen Übungen Panikmache vom Kapitän, oder gab es einen realen Grund? Sie öffnete die Tür zur Kabine, um Trixie aufzuscheuchen.

Die wühlte sich mit zerstrubbelten Haaren aus der Bettdecke und rümpfte die Nase. »Wenn der so weitermacht, spring ich bald freiwillig von Bord.«

»Bitte in Zweierreihen aufstellen! Wir werden Sie evakuieren! Gesittet und ordentlich zu den Rettungsbooten auf Deck 2. Alle, die sich backbord befinden, begeben sich zum zweiten Deck backbord, alle die steuerbord stehen, zum zweiten Deck steuerbord.«

Auf dem Gang stießen sie mit Juliane zusammen.

»Wo ist denn backbord? Und wo sind wir?«, fragte Ricarda.

In den Lautsprechern knackte es, dann war, als ob er ihre Frage gehört hätte, wieder der Kapitän zu vernehmen. »Backbord ist links, meine Damen und Herren Seefahrtignoranten, steuerbord ist rechts!«

Inzwischen war Ricarda sicher, dass Käpt'n Iglo nur ein Ersatzkapitän war. Wahrscheinlich einer, den man aus irgendwelchen dubiosen Gründen vom Dienst suspendiert hatte. Irgendein akuter Notfall musste die Reederei dazu gezwungen haben, diesen völlig ungeeigneten Mann einzusetzen, vielleicht hatte sich der eigentliche Kapitän am Tag der Abfahrt ein Bein gebrochen.

»Wieso lässt er diese Dinge nicht seinen Ersten Offizier regeln?«

Der war wenigstens nett und höflich und sah gut aus. Wobei das vermutlich keine Grundbedingung in seinem Job war, aber es half durchaus ...

Schweigend und schlecht gelaunt – zumindest schloss sie das aus Julianes gefurchter Stirn und Trixies Schnute –, marschierten sie zu dritt die Treppe hoch zum zweiten Deck. Dort konnte man über die Reling nicht hinaus auf die Donau sehen, große orangeweiße Rettungsboote, die vor dem Schiffsrumpf festgemacht waren, versperrten die Sicht. Der schmale Bereich vor der Reling war voller Menschen.

»Hopp, hopp!«, knarzte nun die Flüstertüte hinter ihnen. Wer zu spät kam, zog sich Käpt'n Iglos Zorn zu. Der stieg gerade, wieder mal mit Patrick im Schlepptau, die Treppe von der Brücke herunter – offenbar um einen Kontrollgang zu machen. »Bitte an der Reling aufstellen.« Die Schiffsbesatzung stand neben den Rettungsbooten und sah betreten drein. »Zum Einsteigen bitte systematisch vorgehen«, dröhnte es aus dem Megafon. Wieso hält er es immer genau an mein Ohr?, dachte Ricarda. »Zunächst hatte ich daran gedacht, nach dem Alphabet vorzugehen, aber mein Erster Offizier«, der Kapitän klopfte Patrick, der mit rotem Kopf neben ihm stand, auf die Schulter, »meinte, es könnte zu Verwirrungen führen, wenn wir erst die Personalien überprüfen müssten.«

Ungläubig sah Ricarda ihre Schwestern an, und auch unter den übrigen Passagieren brach Unruhe aus.

»Das war die letzte Fahrt, die ich mit dieser Kreuzfahrtgesellschaft gemacht habe!«, hörte Ricarda jemanden sagen. »Der gehört doch in Behandlung, der Kerl.«

»Man sollte sich bei der Reederei beschweren!«, pflichtete eine andere Frau bei.

»Frauen und Kinder zuerst?«, hörte sie die kleine Frau Rossach von irgendwoher rufen.

»Die schönen Frauen zuerst!«, ergänzte der schleimige Luca und zwinkerte erst ihr, dann Juliane zu.

»Wer zuerst kommt, mahlt zuerst!«, maulte der Nörgelrentner, der sich gerade bis zur ersten Reihe durchboxte.

»Dies ist nicht die *Titanic!«,* rief der Kapitän. »Es gibt genug Rettungsboote für alle! Wer sich nicht zivilisiert benimmt, kriegt nur noch einen Platz im Eiswasser!«

»Darf der so mit uns Passagieren reden?«, fragte Ricarda Trixie, die zweifelnd mit den Schultern zuckte.

Zumindest hatte er erreicht, dass der alte Bohr die Klappe hielt und den Einsatz seiner Ellenbogen stoppte.

»Wir möchten natürlich allen das Leben retten, allen!«, lenkte Käpt'n Iglo ein. »Aber dafür müssen Sie die Verhaltensregeln erlernen und sich dementsprechend gesittet benehmen.« Er holte tief Luft. »Natürlich herrscht das Prinzip: Wer zuerst an der Reling ist, steigt zuerst ins Rettungsboot ein. Aber«, er hob die Stimme, »jeder Drängler, jeder Schubser, jeder Rempler muss sich wieder hinten anstellen. Wir üben nun das Verhalten im Evakuierungsfall noch einmal ein.« Er trat einen Schritt zurück. »Fassen Sie sich jeweils zu zweit an den Händen.« Als sich niemand rührte, brüllte er: »Haben Sie sogar die Grundschule verschlafen? Zweierpärchen bilden!«

Erschrocken zuckte Ricarda zusammen und griff nach der Hand ihrer Schwester.

Trixie grinste. »Der hat eindeutig schon vor dem Frühstück einen im Tee!«

Nur Juliane stellte sich quer. »So etwas Lächerliches mache ich nicht mit.«

»Du willst ja nur keinen Fremden anfassen.« Trixie streckte ihr die Zunge heraus.

»Still jetzt!«, meckerte der Nörgelrentner, während er Herbert zur Seite schubste und nach Juliane fasste, woraufhin die ihm auf seine Finger schlug.

Von irgendwoher drängte sich die kleine Frau Rossach mit Luca zwischen die Streithähne, schnappte sich Julianes Hand und leitete die von Herrn Bohr an ihren Begleiter weiter.

»Genug geredet«, grölte der Kapitän. »Denken Sie an die fünf G! Gesittet und geordnet mit Güte, Geduld und Gelassenheit.«

»Ha! Geschnallt! Wir sind in ’nem Esoterikkurs«, murmelte Trixie.

»Ich habe Sie gehört!« Böse funkelte Käpt’n Iglo sie an. So entschuldigend wie möglich lächelte Ricarda und schob nervös ihre Brille hoch, die gar nicht heruntergerutscht war. Ihr wurde immer mulmiger zumute. War sie denn die Einzige, die ein Bewusstsein für die Gefahr hatte, in der sie alle schwebten? Vielleicht sollten sie dankbarer sein für das Sicherheitstraining. »Nun versammeln Sie sich vor den Rettungsbooten. Beim Einsteigen wird Ihnen ein Crewmitglied behilflich sein«, fuhr er fort.

»Oh! Darf man sich das aussuchen?«, fragte Trixie und grinste Ricarda an. »Für wen würdest du dich entscheiden?«

Ricarda spürte, wie sie rot anlief. Patrick, der vor dem Rettungsboot direkt vor ihr wartete, nickte seinem Kapitän zu. Clarissa stand in der ersten Reihe und warf ihr langes glänzendes Haar über die Schultern. Trixie seufzte. Das konnte Ricarda nur zu gut nachvollziehen. Trixie hatte zwar die schönsten Haare von ihnen dreien, aber ihre Locken waren weit entfernt davon, glänzend zu sein.

»Um kein Chaos anzurichten, werden wir das Einsteigen heute natürlich nur simulieren«, schrie der Kapitän in die Flüstertüte. Diesmal stand Patrick ihm am nächsten, der prompt mit schmerzverzerrtem Gesicht zusammenzuckte. Nachdem alle dem jeweiligen helfenden Besatzungsmitglied einmal die Hand gereicht und so getan hatten, als würden sie ins Rettungsboot einsteigen, mussten sie sich noch einmal am allgemeinen Nottreffpunkt am Achterdeck versammeln. »Das wird im Notfall hoffentlich besser klappen!«, rief Käpt'n Iglo. »Und bis dahin: üben, üben, üben!« Damit wurden sie endlich entlassen.

»Hup, hup, hup, hup, hup, hup, hup, huuuuuuuuuuuuuuuuuuuuup«, schrie Käpt'n Iglo ihnen hinterher.

Trixie fasste sich nur an den Kopf.

Ricardas Nerven waren immer noch gespannt wie Drahtseile. Sie musste dringend ein wenig relaxen. Nach dem Sicherheitsübungsdebakel hatten sie beschlossen, vor dem Ausflug nach Budapest noch eine Runde schwimmen zu gehen. Oder besser: Trixie hatte das beschlossen. Juliane hatte abgewinkt und war schon losmarschiert, und sie selbst wollte schon gar nicht ins kalte Nass vor der Stadtbesichtigung.

Ricarda eilte in die Kabine, um ihr Strickzeug zu holen. Leider war ihre alte Jacke maschinell zusammengestanzt gewesen, und nun stand sie vor einem ganzen Berg kurzer Wollfäden, die sie mühevoll zusammenknüpfen musste. Sie verkroch sich ans hinterste Ende von Deck 2 und kramte die Nadeln und das Wollwirrwarr aus ihrer Handtasche.

»Sie stricken!« Erschrocken ließ sie die Tasche fallen. Da suchte sie sich immer schon die einsamsten Orte aus, und trotzdem ging es auf dem Schiff zu wie in einem Taubenschlag! »Aber was ist das denn für eine Wolle, Kind? Das geht doch nicht!«

Fachkundig griff Frau Rossach nach dem, was von der ehemaligen Strickjacke übrig war. Wie sich die alte Dame so still und leise hatte anschleichen können!

»Ein Notbehelf.« Ricarda hoffte, nicht zu unhöflich zu sein, als sie ihr das Strickzeug aus den Händen nahm. »Und ich stricke nicht.«

Frau Rossach hob die Augenbrauen.

»Ich meine, nur selten.« Ricarda stopfte alles zurück in die Tasche.

Plötzlich fing die alte Frau an zu lachen. »Verstehe! Es ist Ihnen peinlich.«

»Was glauben Sie, was meine Schwestern dazu sagen würden?!«

»Vielleicht: *Oh, wie schön, strickst du mir einen Schal zu Weihnachten?*«

Kopfschüttelnd klärte Ricarda sie über ihre Schwestern auf. »Trixie würde sich über mein ›Oma-Hobby‹ kaputtlachen.« Sie biss sich auf die Lippen. Oje, hatte sie Frau Rossach jetzt beleidigt? Aber noch röter konnten ihre Wangen ohnehin nicht mehr werden. »Und Juliane würde sich über die Zeitverschwendung aufregen und mir einen DaWanda-Account aufzwingen, damit ich mit diesem Firlefanz wenigstens noch etwas Geld verdiene.«

»Man kann mit Stricken Geld verdienen?« Frau Rossach kramte in ihrer eigenen Handtasche.

»Kommt darauf an. Vielleicht. Ich weiß es nicht, ich

habe ja keinen Shop im Internet. Da gibt es so eine Seite, auf der man Selbstgefertigtes verkaufen kann. Wir könnten meine Schwester fragen, die kennt sich aus. Sie ist PR-Managerin und macht irgendwas mit … Social Media. Das heißt, sie hat mit dem Internet zu tun.«

»Hatte«, sagte Frau Rossach gedankenverloren. »Das hat sie mir erzählt.«

Dann zog sie ein dickes Notizbuch hervor, das vor lauter eingeklebten Fotos und anderen Dokumenten schon aus allen Nähten platzte.

»Was meinen Sie damit?«, fragte Ricarda, dann wurde sie abgelenkt von den Skizzen und Fotos in Frau Rossachs Büchlein. »Das ist ja wunderschön!«, hauchte sie. Im olympischen Stricken musste Frau Rossach schon mehrfach Gold geholt haben.

»Meinen Sie, damit ließe sich etwas anfangen?«

Ricarda blätterte das Buch durch. Nach etwa zwanzig Seiten gestrickter Pullover, Mützen und Kuscheltiere stieß sie auf ein gehäkeltes Schaf. Schnell schob Frau Rossach ihre Hand darüber.

»Das war ein Experiment. Ich häkle nicht.«

»Ein Experiment?«

»Meine Nachbarin, Frau Berger, die schwört aufs Häkeln, sagt, bei schwindendem Augenlicht ist das besser als Stricken.«

»Bei schwindendem Augenlicht?« Ricarda rückte ihre Brille zurecht. »Nein, Frau Rossach, lassen Sie sich nicht beirren. Stricken ist eindeutig die schönere Handarbeit.«

»Sehen Sie, das habe ich ihr auch gesagt. Und zum Beweis dieses Schaf gehäkelt. Nun gucken Sie sich mal mein Strickschaf an!« Sie blätterte um.

Ricarda lächelte. »Der Fall ist glasklar.«

Ein Weilchen fachsimpelten sie über das Stricken, über die Vorteile dem Häkeln oder Sticken gegenüber – vom Knüpfen brauchte man gar nicht anzufangen, auch wenn sich die kurzen aufgeribbelten Fäden von Ricardas Strickjacke wohl noch am ehesten dazu geeignet hätten –, und machten Pläne, wie Frau Rossach ihre selbst gestrickten Produkte unters Volk bringen konnte.

»Ich frage Ihre kluge Schwester!«, sagte die ältere Dame schließlich. »Zeit hätte sie im Augenblick ja.«

»Ja, hier, auf der Kreuzfahrt.« Ricarda lachte. »Aber lassen Sie sie mal wieder zu Hause sein, da heißt es nur noch Meeting hier, Meeting dort, da kriegen Sie sie nicht einmal nachts ans Telefon.«

Frau Rossach sah Ricarda an. Schließlich fuhr sie sich mit der Zunge über die Lippen und sagte: »Kümmern Sie sich ein bisschen um Juliane.« Damit verabschiedete sie sich.

Ricarda blieb verwirrt zurück. Wie meinte sie das denn? Und viel wichtiger: Seit wann weckte Juliane Sympathie bei anderen Menschen?

24

Budapest war herrlich. Es war zwar heiß, viel zu heiß, wie Juliane fand, vor allem in den Schluchten zwischen den großen Häusern, in denen kaum ein Baum oder anderes Grün zu sehen war, trotzdem war sie fasziniert von der ungarischen Hauptstadt. Die ausladenden Straßen und Gebäude wirkten majestätisch, versprühten aber gleichzeitig einen so altmodischen Charme, dass Juliane die Monarchie fast vor Augen sah. Besonders gut gefielen ihr die altmodischen gelben Straßenbahnen, die quietschten und knarzten und viel zu enge Türen mit viel zu hohen Stufen hatten. Noch vor einer Woche hätte sie vermutlich die Stirn gerunzelt und den Pragmatismus der modernen Frankfurter Bahnen gelobt.

Heute war sie so gut gelaunt, dass sie sogar einen Spaziergang in der prallen Sonne über die Kettenbrücke auf sich nahm, die berühmte Brücke über die Donau, die unter dem Grafen Széchenyi im 19. Jahrhundert errichtet wurde. Am ersten Brückenpfeiler blieb Juliane stehen. Das Wasser der Donau glitzerte, hinter ihr, direkt am Ufer, erhob sich das eindrucksvolle Parlament – ein heller Bau mit rotem Dach. Am anderen Ufer lag die altertümliche Burg über dem Gellértberg, links daneben die Fischerbastei mit ihrem Zuckerbäckerambiente. Trixie würde sie sicher gefallen, dachte Juliane, aber die lag wahrscheinlich noch am Pool.

Zum ersten Mal in diesem Urlaub wünschte sich Juliane einen Fotoapparat. Sie zückte ihr Smartphone, das in genau diesem Augenblick zu klingeln begann. Private Nummer. Jens? Mit zittrigen Fingern wischte Juliane über das Display.

»Isst du auch genug Gemüse?« Isabell kicherte ausgelassen.

»Und schläfst du viel? Schlafen ist wichtig!«, hörte sie eine andere der Frauen, die sie nicht gleich zuordnen konnte.

»Bewegung an der frischen Luft! Vielleicht ein bisschen schwimmen.« Das war wieder Isabell.

»Ja, aber das Wichtigste ist doch: Wie läuft's mit deinen Schwestern?« Marlene brachte das Gespräch auf den Punkt.

Juliane seufzte. »Ich hab meinen Job nicht wiederbekommen.«

Erst hatte sie ihn auf Eis legen müssen, wegen der Krankheit, und jetzt … jetzt rief Jens sie nicht mehr an.

»Aber Schätzchen!«, rief Marlene. »Das ist im Augenblick völlig unwichtig!«

Das fand Juliane ganz und gar nicht. Rechnungen warteten. Ihr Leben blieb nicht stehen.

»Zuerst müssen wir uns darum kümmern, dass es dir gut geht.«

Wir?

»Also: Was hast du mit deinen Schwestern heute noch vor? Geht doch an der Bar etwas trinken!«

»Ich soll Alkohol vermeiden.« Das hatten die Ärzte ihr eingetrichtert.

»Die Ausnahme bestätigt die Regel«, mischte sich Isabell wieder ein. »Hin und wieder darfst du schon einen draufmachen. Hauptsache, du hast Spaß.«

Spaß. Was Spaß war, wusste Juliane schon seit Ewigkeiten nicht mehr.

»Heute lädst du deine Schwestern zu einem Glas Rotwein ein. Das ist gut fürs Herz, also quasi sogar gesund.« Die lustige Susanna war das. »Du hast nur noch vier Tage Zeit, also an die Arbeit! Bis bald!«

Juliane nahm ihr Handy vom Ohr und beendete das Gespräch. Weshalb riefen die Yogafrauen sie eigentlich dauernd an? Was war ihr Ziel? Was wollten sie von ihr?

»Ich dachte, du hättest keine Freundinnen«, sagte in diesem Moment jemand hinter ihr. Sie drehte sich um. Käthe stand, einen bunten Hut auf dem Kopf, mit einer Flasche hinter ihr. »Nur Wasser, keine Sorge. Aber das werden wir gleich noch mit etwas anderem aufpeppen.« Sie zwinkerte Juliane zu. »Ich habe eine kleine Rundfahrt mit der Straßenbahn gemacht, das hat mir die hübsche Brünette – wie heißt sie noch? – empfohlen. Sind diese gelben Bahnen nicht entzückend?« Juliane nickte. Klein, gelb und altmodisch ratterte eine gerade am Ufer entlang. »Aber mit der Tram kommt man nur über die andere Brücke, die Freiheitsbrücke.« Sie deutete auf die nächste Brücke über die Donau, etwas südlicher gelegen. Juliane blätterte in ihrem Reiseführer. Szabadság híd hieß sie auf Ungarisch, huch, das sollte mal jemand aussprechen. Die Jugendstilbrücke war im Krieg von der Wehrmacht gesprengt, aber schon ein gutes Jahr später als Erste der neun Donaubrücken wiedereröffnet worden. An der grünlichen Farbe konnte man sie gut erkennen. »Jedenfalls«, fuhr Käthe fort und senkte den Blick bedeutungsvoll auf Julianes Handy, »es ist schön zu sehen, dass jemand auf dich wartet, wenn du wieder zu Hause bist.«

Juliane blinzelte verwirrt. »Jemand auf mich … Nein, nein. Das sind bloß … meine Yogafrauen. Ich kenne die gar nicht richtig, wir machen nur einen Kurs zusammen.«

»Und dass sie dich mögen und Freundinnen sein wollen, das kannst du dir nicht vorstellen?« Käthe lächelte ein bisschen wehmütig.

»Freundinnen?«

Juliane hatte noch nie Freundinnen gehabt. In der Schule nicht, und danach schon gar nicht. Sie hatte ihre Schwestern und ihre Arbeit. Sie hatte ihre Prioritäten gesetzt. Dann folgte der große Streit mit ihren Schwestern, Freundinnen hatte sie trotzdem nicht gesucht. Und jetzt? Was hatte sie eigentlich erwartet von Beatrix und Ricarda? Dass sie ihr um den Hals fielen und alle Zwietracht vergessen war? Nein, das natürlich nicht. Aber dass sie so gar nicht miteinander redeten … Juliane fuhr sich mit der Hand durchs Gesicht. Nun gut, das war ein Problem für den nächsten Tag …

25

Budapest war toll gewesen, und Ricarda hatte sich verliebt – in die Stadt natürlich! Bei dem Wort »verliebt« dachte sie gerade ausschließlich an die Stadt und nicht etwa an den Ersten Offizier. Den kannte sie doch gar nicht richtig.

Budapest hingegen … Die Mehlspeisen! Ein bisschen schlechtes Gewissen hatte sie, dass sie die Stadtbesichtigung aufs Notwendigste reduziert und sich stattdessen zuerst im Café des Hotels Astoria ein Stück Sachertorte und anschließend noch einmal im Gerbeaud in der Innenstadt eine berühmte Gerbeaud-Schnitte gegönnt hatte. Kurz hatte sie noch überlegt, sich doch den Heldenplatz anzusehen und dort in der Nähe im Café Gundel einen der berühmten Gundel-Palatschinken hinterherzuquetschen, aber obwohl sie das Mittagessen hatte ausfallen lassen, wäre das zu viel des Guten gewesen.

Jetzt fehlte ihr zu ihrem Glück nur noch eines: Stricken. Deshalb irrte sie wieder einmal auf dem Schiff umher, aber jedes Mal, wenn sie sich auf einer Bank, einem Poolsessel oder in der hintersten Ecke der Bar niedergelassen hatte, spürte sie Blicke in ihrem Nacken. Wenn sie sich umdrehte, meinte sie, eine hastige Bewegung zu sehen. Wurde sie verfolgt?

Schließlich gab sie es auf und bestellte an der Poolbar eine Cola. Dann würde sie eben wieder in ihrem *Biochemical Journal* lesen, bis es Zeit fürs Abendessen war. Dieser Supersäurenartikel war tatsächlich höchst interessant, den konnte sie zwischen den Strickmustern mal eben durchsehen.

»Ricarda …« Patrick, der Erste Offizier, lächelte sie an und deutete auf den freien Stuhl neben ihr. »Darf ich mich setzen?«

»Gern.« Sie legte das Journal zur Seite, das er neugierig betrachtete.

»Richtig, Sie sind Biologin.«

Sie versuchte, sich nicht darüber zu freuen, dass er sich ihren Beruf gemerkt hatte. Das musste gar nichts bedeuten, vielleicht war er einfach ein aufmerksamer Mensch. Lächeln musste sie trotzdem. Doch dann wurde sie wieder ernst.

»Sagen Sie«, begann sie. Wo sie ihn schon hier hatte, konnte sie auch gleich erzählen, was sie bedrückte. »Mit dem Schiff ist alles in Ordnung?«, fragte sie. Er zog die Augenbrauen hoch. »Nicht dass ich glaube, dass etwas nicht in Ordnung wäre«, sagte Ricarda hastig. »Nur … also … die vielen Sicherheitsübungen … Ist das normal? Oder besteht hier … ein erhöhtes Risiko?«

Patrick lachte und legte für einen viel zu kurzen Moment seine Hand auf ihren Arm. »Nein, nein, da können Sie …« Er stockte. »Können wir uns nicht vielleicht duzen? Ich bin Patrick. Ricarda, richtig?« Er lächelte sie an, sein Blick strahlte Wärme aus.

»Richtig.« Ricarda lächelte zurück. Dann fiel ihr ihre Frage wieder ein. »Ist das Schiff in Gefahr?«

»Wirklich nicht. Da kannst du ganz beruhigt sein, die vielen Sicherheitsübungen sind reine Routine.« Bei den letzten Worten zuckte es leicht um seinen Mund. Ricarda sah ihn zweifelnd an. »Ja, ich gebe zu, es wirkt etwas … übertrieben. So ist er nun mal, unser Käpt'n.« Er legte die Hände auf die Oberschenkel. »Normal ist eine Übung zu Beginn der Reise, in der alles durchgegangen wird. Aber was ist gegen besondere Gründlichkeit einzuwenden? Hauptsache, es bleibt noch genug Freizeit, das Leben an Bord und die Ausflugsziele zu genießen.«

Ricarda nickte, da war was dran.

»Vorsicht ist die Mutter der Porzellankiste, und besser Vorsicht als Nachsicht«, sinnierte Patrick weiter. *»Better safe than sorry,* wie es auf Englisch heißt.«

»Okayyy.« Wie Trixie zog Ricarda den letzten Vokal in die Länge.

»Entschuldigung.« Patrick fuhr sich mit der Hand durchs Gesicht. »Er ist einfach nur sehr gründlich, unser Chef. Gründlich und vorsichtig. Und will für alle nur das Beste.« Er sah auf die Uhr. »Ich muss leider los, gleich gibt es Abendessen, und unserem Kapitän ist die familiäre Atmosphäre sehr wichtig, deshalb muss ich …« Bedauernd hob er die Hände und stand auf.

Was war denn das für ein Gespräch gewesen? Ricarda war sich nicht sicher, ob es sie beruhigt oder ihre

Ängste eher noch geschürt hatte. Sie seufzte und griff zu ihrem Journal. Bis es auch für sie Zeit war, zum Abendessen zu gehen, vertiefte sie sich in das Muster für eine Strickweste und warf hin und wieder einen Blick in den Supersäure-Artikel, der sich dahinter verbarg.

Als Ricarda schließlich in den Speisesaal kam, standen ihre Schwestern schon in der Schlange am Büfett. Sie stellte sich dazu, was den alten Bohr prompt zu einer Schimpftirade veranlasste.

»Die Dame und ihre Schwestern wieder! Meint wohl, sie wäre was Besseres, ja? Vordrängeln gibt es hier nicht. Stellen Sie sich am Ende der Schlange an wie wir anderen auch!«

Juliane drehte sich zu ihm um, lächelte süßlich und spießte das letzte Stückchen Kalbsfleisch auf, in dem er schon fast seine Gabel hatte.

»Ein echter Gentleman lässt einer Dame natürlich den Vortritt«, sagte sie zu Trixies großer Freude und schwebte zum Tisch zurück.

Der böse Blick des Nörgelrentners blieb noch lange an ihrem Rücken haften.

Ricarda hatte sich gerade gesetzt und ihren geräucherten Lachs probiert, da marschierte Käpt'n Iglo wieder einmal in den Speisesaal, das ältere Ehepaar im Schlepptau.

»Wir haben erneut eine traurige Nachricht zu vermelden!«, blökte der Kapitän in sein Megafon, dann ließ er theatralisch den Kopf hängen. »Wir haben mittlerweile schon den zweiten Diebstahl zu vermelden. Es geht um Handtücher!« Er machte eine dramatische Pause, dann reichte er die Flüstertüte an Isolde.

»Ja … also … unsere Handtücher sind uns von der Liege gestohlen worden. Heute früh zwischen neun und halb zehn. Es waren ein blaues und ein rotes Handtuch. Richtig gute vom Kaufhof, nicht die billigen von Woolworth. Zum Baden will man sich ja wohlfühlen, woll?«

Herbert griff zum Megafon. »Eine Unverschämtheit ist das. Gerade nur schnell zum Frühstück wollten wir. Und skrupellose Verbrecher stehlen unsere Handtücher. Das zahlt doch keine Versicherung!«

»Sind wir nicht über die Visa versichert, Herbert?«, sprach Isolde ins Megafon. »Die zahlen doch auch bei Gepäckverlust. Das ist wirklich großzügig, finde ich. Seitdem habe ich mir eine Kreditkarte zugelegt. Erst war ich ja skeptisch, man weiß ja nie, was da passieren kann, man hört ja so allerlei, auch mit der NSA und so. Aber bei solch einer Versicherungsleistung! Bei unserem Reisebüro kostet das immer extra. Und nicht zu knapp, woll? Nichts gegen unsere Frau Steiner, die sucht uns immer die besten Hotels. Aber die Kosten … Was haben wir letztes Jahr gezahlt, Herbert? Fünfundsechzig Euro?«

»Nun machen Sie aber mal einen Punkt!«, rief der Nörgelrentner dazwischen.

»Pro Person!«, rief Herbert aufgebracht. Der Kapitän runzelte die Stirn und schnappte sich das Megafon wieder. »Kommen wir auf das eigentliche Thema zurück: den Dieb unter uns.« Er machte eine Pause, in der er jeden der Passagiere an den Tischen einzeln musterte. »Das macht mich sehr traurig. Sind wir nicht eine Gemeinschaft?« Er breitete die Arme aus, dann hielt er sein Megafon erneut vor den Mund. »Ich gebe dem Dieb hiermit die Chance, die Dinge ehrenhaft ins Lot zu bringen. Die Handtücher sowie Herrn Bohrs Sonnenbrille können bis morgen um acht noch anonym auf der Brücke abgegeben werden. Keine Strafverfolgung, keine Ächtung. Wir sind eine Gemeinschaft, wir verzeihen. Aber«, er hob die Stimme, »wir wollen keine Verräter unter uns!«

Er verbeugte sich, Herbert und Isolde applaudierten.

»Ich glaub, es hackt. Der ist doch nicht mehr normal im Oberstübchen«, flüsterte Trixie und tippte sich an die Stirn.

Ricarda dachte an die Sonnenbrille, die sich noch in ihrer Handtasche befand. Sollte sie die anonym abgeben? Sie konnte sagen, der wirkliche Dieb habe sich nicht auf die Brücke getraut, was ja nicht einmal gelogen war.

»Die Sonnenbrille wird wohl auf Nimmerwiedersehen verschollen sein«, sagte Trixie. »Tatiana scheint sie verloren zu haben.«

»Was hast du anderes erwartet von einem kleinen Mädchen?«, fragte Juliane.

Als Trixie lachte, biss Ricarda sich auf die Lippe. Wenn sie ihren Schwestern sagte, dass sie die Sonnenbrille hatte, würde Trixie sie sicher der kleinen Tatiana zurückgeben wollen, und Juliane würde erneut einen Kleinkrieg mit dem alten Bohr anfangen.

»Vielleicht taucht sie ja an ganz unerwarteter Stelle noch einmal auf«, sagte sie schließlich.

26

Trixie verließ den Speisesaal, dieser verrückte Kapitän konnte einem aber auch auf die Nerven fallen! Von ihren spießigen Schwestern brauchte sie gar nicht erst anzufangen.

Sie wollte gerade in den Gang zu ihrer Kabine einbiegen, als sie stutzte. Vorsichtig lugte sie um die Ecke. Vor der benachbarten Kabinentür standen Herbert und Isolde und debattierten hitzig.

»Aber was, wenn wir der Versicherung nicht rechtzeitig Bescheid sagen?«, fragte Isolde aufgeregt. »Wenn wir die Handtücher nicht melden, kommen wir denn da unserer Pflicht als Versicherungsnehmer nach? Also, Herbert, da können die uns doch … Wir rufen einfach mal da an.«

Trixie rollte unwillkürlich mit den Augen, bog dann langsam in den Gang ein und schloss ihre Tür auf.

»Bist du verrückt? Weißt du, was ein Ferngespräch kostet? Die haben hier Preise, das ist ein Wahnsinn!« Trixie horchte auf. »Und dann noch vom Schiffstelefon!«, rief Herbert. »Die nehmen es doch von den Lebenden!«

Trixie änderte ihre Pläne augenblicklich und trat

auf die beiden zu. »Ich hätte da eine Idee.« Sie strahlte das Ehepaar an. »Es wäre natürlich für den Augenblick eine kleine Investition. Aber was Sie auf lange Sicht an Geld sparen, wissen Sie, da gibt es ganz tolle Apps, Skype zum Beispiel, da können Sie komplett umsonst telefonieren.«

»Äpps?« Isolde sah sie verwirrt an.

»Umsonst?« Herbert merkte auf.

»Und entsperrt sind die Dinger auch schon, sie brauchen bloß noch eine klitzekleine Prepaid-Karte, die Jonas zufälligerweise gefunden … Ach kommen Sie mal mit, ich zeig Ihnen da was.« Fröhlich zog Trixie die beiden in ihre Kabine und schloss die Tür hinter ihnen.

27

Ricarda musste zugeben, dass das Essen auf dem Schiff gar nicht schlecht war, auch wenn es sonst einiges zu beanstanden gab. Vor allem die Nachspeisen hatten es ihr angetan. Sie überlegte, vielleicht noch in der Bar etwas zu trinken, dann entschied sie sich aber, erst mal in die Kabine zu gehen. Vielleicht war Trixie ja schon da.

Gerade als sie die Tür geöffnet und Trixie, die zufrieden grinsend auf dem Bett lag, begrüßt hatte, kam Juliane den Gang hinuntergehastet.

»Ich wollte euch fragen …«, begann sie und brach dann ab. »Also, ich meine …« Noch einmal setzte sie an. »Wir machen ja zusammen Urlaub …« Ricarda sah zu Trixie, die mit den Schultern zuckte, sich aber zumindest halb interessiert im Bett aufsetzte. »Wollen wir nicht gemeinsam den Abend verbringen?«, kam Juliane schließlich über die Lippen. »Vielleicht bei einem Glas Wein?«

»Weil wir uns alle so superlieb haben?« Trixies Antwort klang wie eine Frage.

»Weil …« Wieder brach Juliane ab, »… weil wir drei uns immer noch bessere Gesellschaft sind als die anderen Passagiere?« Auch ihre Antwort klang wie eine Frage.

»Ich bin netter als der Nörgelrentner«, sagte Ricarda. »Stimmt. Und als Herbert und Isolde.« Was für ein Kompliment.

»Aber nicht so nett wie die alte Frau Rossach!«, fiel Trixie ein. Das Grinsen schien sich in ihrem Gesicht festgebrannt zu haben.

»Dafür doppelt so nett wie der schmierige Luca.« Juliane lachte.

»Erinnere mich nicht an den!«

Ricarda hatte seine weißen Zähne vor Augen und wie er immer um Frau Rossach herumschwirrte. Darum würde sie sich auch noch kümmern müssen, der Kerl führte doch nichts Gutes im Schilde. Über die ganze Sorge um das Schiff hatte sie nur noch keine Zeit gehabt, sich in dieser Hinsicht Gedanken zu machen.

»Der scharzwenzelt schon die ganze Zeit um die alten Damen herum.« Trixie stand auf. »Der sucht sicher eine, der er das Geld aus der Tasche ziehen kann. Diesem Heiratsschwindler vermiesen wir die Tour. Aber erst mal lade ich euch auf 'nen Cocktail ein.« Sie zog einen Hundert-Euro-Schein aus ihrer Hosentasche.

»Hast du in Budapest eine Bank überfallen?«, fragte Juliane entsetzt.

»Da hätte sie Forint bekommen«, warf Ricarda ein, auch wenn sie ebenfalls neugierig war, woher Trixie so viel Geld hatte.

Trixie lachte. »Hab ein gutes Geschäft gemacht.«

Juliane kniff die Augen zusammen.

»Nur ’n altes Handy verkauft«, sagte Trixie beruhigend, hakte sich bei ihren Schwestern unter und führte sie in die Bar an die Theke.

Zwei Stunden später saß Ricarda vor einem Cocktail auf einem Barhocker, die Arme auf den Tresen gestützt, und schaute traurig zur Tanzfläche. Dort hüpfte wieder einmal Clarissa herum. Nein, sie hüpfte natürlich nicht, sie wiegte sexy die Hüften und bewegte sich graziler, als Ricarda es auch nur im Traum konnte. Trixie hatte sich Clarissa offenbar als neue beste Freundin ausgesucht, ihre kleine Schwester tanzte mindestens genauso sexy, aber wesentlich offensiver.

Clarissa winkte nun gerade Patrick zu, der sie vom Rand der Tanzfläche aus beobachtete.

»Immer gerate ich an die falschen Männer«, murmelte Ricarda und bestellte noch einen Gin Tonic.

»Konzentrier dich lieber auf deine Arbeit.« Juliane, die auf dem Barhocker neben ihr saß, trank wieder nur Wasser.

»Allerdings ist es besser, es endet, bevor es angefangen hat, als dass ich wieder nach drei Jahren Beziehung betrogen werde«, überlegte Ricarda weiter.

»Meine Güte, sind Sie immer so negativ?« Frau Rossach, heute in einem Traum aus rosafarbenem Chiffon, kam zu ihnen. »Sie sind ja noch schlimmer als Ihre Schwester.«

Das konnte gar nicht sein! Ricarda warf einen Blick auf Juliane. Bis auf die Tatsache, dass sie gerade ihr

Wasserglas leicht angeekelt von sich schob, sah sie tatsächlich zufrieden aus. Wer hätte das gedacht!

»Ich verliebe mich immer in die falschen Männer.«

Juliane nickte nachdrücklich.

»Wen haben Sie sich denn ausgesucht? Doch nicht Herrn Bohr?« Die ältere Dame kicherte, während sie auf den Barhocker neben Juliane kletterte. Dann zwinkerte sie Ricarda zu. »Richtig, falsch, gibt es das in der Liebe überhaupt?« Juliane sah zu Ricarda, ihre Lippen formten den Namen Luca, zumindest vermutete Ricarda das, denn ihr ging der Lackaffe auch durch den Kopf. Frau Rossach sah sich Ricardas Glas interessiert an. »Was trinken Sie denn da Spannendes? Ich glaube, das hätte ich auch gern. Und Juliane braucht wieder Vitamine.« Sie winkte dem Barkeeper, um Juliane einen bunten Saft mit Ananas und Melonenscheiben zu bestellen. »Also erzählen Sie, wer hat es Ihnen angetan? Unser Kapitän? Sein Erster Offizier? Aha!«

Offenbar war Ricarda schlagartig knallrot geworden, denn Frau Rossach grinste triumphierend.

»Verraten Sie mich bloß nicht!«, zischte Ricarda.

Das hatte ihr ja gerade noch gefehlt. Patrick flirtete mit Clarissa auf der Tanzfläche, und die graue Maus an der Bar machte sich lächerlich.

»Was soll sie nicht verraten?«

Natürlich tauchte Trixie wieder einmal im richtigen Augenblick auf. Mit geröteten Wangen und blitzenden Augen sah sie Ricarda an. Glücklicherweise war Frau Rossach schlagfertig.

»Dass Ihre Schwester über geheime Zauberkräfte verfügt«, sagte sie.

Trixie lachte. »Oh, mischst du mir dann vielleicht einen Liebestrank?«

Weshalb drehte sich wieder alles um Liebe? Jetzt auch noch Trixie?

»Wozu brauchst du einen Liebestrank?«, fragte Juliane schärfer, als die Situation verlangte.

Aus dem Alter, dass man auf ihre Freunde achtgeben musste, war auch das Nesthäkchen heraus, fand Ricarda.

»Vielleicht liegt der Liebeszauber ja auf dem Schiff.« Frau Rossach lächelte, als sie ihren Cocktail hob, den der Barkeeper ihr in diesem Moment brachte.

Trixie zog die Augenbrauen hoch. »Luca?«

Es musste sich wirklich bald jemand um diesen Kerl kümmern. Nicht dass er sich ausgerechnet diese nette Dame aussuchte.

»Sag mal, Käthe, Luca hat dich nicht zufällig um Geld gebeten?« Auch Juliane schien die Sache ein Anliegen zu sein.

»Oh, aber natürlich!« Frau Rossach strahlte, während Ricarda und ihre Schwestern sich entsetzt ansahen. »Nun macht nicht solche Gesichter.« Die ältere Dame prostete ihnen zu. »Als ob ich nicht genug Verehrer hätte und auf so einen Hallodri angewiesen wäre.«

»Aber … aber …«, stammelte Juliane.

Trixie lachte. »Entspann dich, Juli, und trink mal dein Gemüse. Frau Rossach und ich, wir haben das mit der Liebe im Griff.« Sie winkte dem Barkeeper und ließ sich drei Schnapsgläser bringen.

»Pálinka«, erklärte sie. »Sozusagen das Nationalgetränk Ungarns. Aprikosenschnaps soll der Beste sein.«

Juliane schob ihr Glas zur Seite. »Schön, dass dein Studium sich auszahlt. Du kennst das Nationalgetränk Ungarns. Dann haben sich die dreiundzwanzig Semester ja gelohnt.«

Ging das schon wieder los. Ricarda setzte ihr Glas an den Mund und stürzte den Pálinka in einem Zug hinunter. Sie hustete.

»Ist da jemand neidisch, der sein Studium nicht geschafft hat?«, fragte Trixie wie beiläufig und lehnte sich an den Tresen.

»Ich wollte eben Geld verdienen«, sagte Juliane schließlich.

»Ja, das liebe Geld.« Trixie seufzte. »Das war dir immer schon wichtiger als die Familie. Deshalb dann auch der Hausverkauf.«

Ricarda konnte sehen, wie sich Julianes Wangenmuskulatur verkrampfte. Etwas wehmütig musste sie Trixie allerdings recht geben. Das Haus war ihre Kindheit gewesen. War das ganze Geld die Erinnerungen wert gewesen? Als die anderen drei sie ansahen, merkte sie, dass sie den letzten Satz wohl laut gesagt hatte.

»Es können ja nicht alle die Grille spielen«, entgegnete Juliane, »eine zumindest muss als Ameise im Winter das Überleben sichern. Und woher kriegst du dein Geld, Beatrix? Du Superstudentin? Das BAföG haben sie dir inzwischen doch gestrichen. Und wenn wir von Uniabschluss reden: Bei dir sieht es ja nun auch nach allem anderen als einem Diplom aus.«

»Bachelor und Master heißt das jetzt.«

Ricarda trank auch Julianes Pálinka. Die schien schließlich schon ihren … Gemüsedrink nicht zu mögen. Ob Trixie ihren Schnaps vielleicht ebenfalls nicht wollte? Sie schielte zu ihrer kleinen Schwester hinüber, die das Glas im Augenblick noch fest in der Hand hielt.

»Und du bist das große Vorbild?«, fragte Trixie.

Juliane stand auf. »Ich hab mein Studium geschmissen, um mich um dich zu kümmern«, sagte sie scharf. »Zwei Monate hätte ich noch gebraucht. Eine mündliche Prüfung. Aber dann ist … der Unfall passiert, und du warst da. Ich habe mein verdammtes Leben für dich aufgegeben.«

Trixie stand stocksteif vor ihr. Blass war sie geworden, und Ricarda fühlte sich ebenfalls ganz schwindelig.

Dann sagte Trixie leise: »Ich hab dich nicht darum gebeten.«

Sie presste die Lippen zusammen, knallte ihr Schnapsglas auf den Tresen, drehte sich um und verschwand zurück auf die Tanzfläche, wo sie Clarissa an der Hüfte packte und herumwirbelte.

»Ach Juliane.« Frau Rossach ergriff ihre Hand.

Ricarda nutzte die Gelegenheit und schnappte sich Trixies Pálinka.

Ihre Schwestern waren immer schon ein Fluch gewesen. Weshalb sie sich nicht einfach vertragen konnten, überstieg ihren Verstand. Vermutlich hatte sie sich aus dem Grund in ihre Hausaufgaben, ihr Studium, ihre Doktorarbeit gestürzt, dort hatte sie Formeln, an denen sie sich festhalten konnte. Und wenn sich ihre Viren auch nicht immer so verhielten wie erwünscht, waren sie dennoch weitaus berechenbarer als ihre verrückten Schwestern.

»Entschuldigt mich.«

Sie schnappte sich ihre Handtasche, in der Gott sei Dank noch ihr Strickzeug steckte, und verschwand nach draußen. Ruhe, Abgeschiedenheit, Stricknadeln, das brauchte sie jetzt.

Tatsächlich fühlte Ricarda sich mit jeder Bewegung, mit der sie eine Masche aufnahm, ruhiger. Vielleicht tat der Pálinka inzwischen seine Wirkung. Nach einer halben Stunde beschloss sie, zurück zu ihren Schwestern zu gehen. Dummerweise hatte der Schnaps außer Beruhigung noch eine Nebenwirkung: Sich auf dem Schiff zu orientieren fiel ihr nicht mehr so leicht. Auf ihren Erkundungstouren hatte sie schon fast sämtliche Gänge besucht, aber im Augenblick war ihr nicht mehr ganz klar, wo diese Abkürzung durch den Schiffsbauch war. An der Küche im untersten Deck vorbei und …

Hörte sie da Schritte? Egal, weiter, nein … Stopp, was war das jetzt? Ricarda hob den Kopf. Da roch doch etwas komisch.

Feuer. Das war eindeutig Feuer, was sie roch! Aus der Küche!

Noch bevor die Panik einsetzen oder sie sich fragen konnte, weshalb eigentlich weder Alarm noch Sprinkleranlagen losgingen, raste Ricarda, die Handtasche unter den Arm geklemmt, in Richtung Küche. Als sie durch die Tür stürmte, schlug ihr Hitze entgegen. Unachtsam neben dem Herd abgestellte Holzbrettchen standen in Flammen, irgendwie hatten sie Feuer gefangen. Nicht mehr lange, und es würde auf die Geschirrhandtücher und Schürzen übergreifen, die ganz in der Nähe an einem Haken hingen.

Das Strickzeug noch in der Hand versuchte Ricarda, einen Topf mit Wasser zu füllen. Ricarda, nachdenken, du bist Wissenschaftlerin, versetzte sie sich mental einen Tritt, ließ dann die Wolle fallen und verbrühte sich prompt am heißen Wasser die Finger. Sie fluchte. Versehentlich hatte sie den falschen Hahn erwischt.

Und was hatte der Kapitän beim Sicherheitstraining gesagt? Wo standen die Feuerlöscher? Da in der Ecke! Der Mann hatte offenbar einen sechsten Sinn für Gefahr. Ricarda versprach sich selbst, ihre Rettungsweste ab jetzt zumindest immer in Griffweite zu haben. Sie sprintete zum Feuerlöscher. Während sie versuchte, ihn aus seiner Verankerung zu lösen, schrie sie laut um Hilfe. Die Dinger sollten doch extra für den Notfall konstruiert sein! Leicht zu bedienen wäre da eine der ersten Bedingungen.

Der Rauch wurde immer dichter, Ricarda musste husten. Jetzt bloß nicht schlappmachen! Sie zog sich ihr T-Shirt über Nase und Mund und schleppte den Feuerlöscher zum Herd.

»Hilfe!« Wieso hörte sie denn keiner?

Lagen die alle schon schnarchend im Bett? Ricarda drückte probehalber auf den Sprühknopf, was schwerer war als gedacht, und taumelte. Mit aller Kraft versuchte sie es erneut, und zischend entwich weißer, weicher Schaum, der die Küche in kürzester Zeit in eine Winterlandschaft verwandelte. Es stank bestialisch. Ihr Hustenreiz verstärkte sich, und ihre »Hilfe!-Feuer!«-Rufe kamen nur noch krächzend heraus.

Plötzlich schwang die Küchentür auf.

»Das hätte ich mir ja denken können«, hörte sie eine altbekannte Stimme. »Nicht nur Unruhe-, auch noch Brandstifterin!«

Der alte Bohr. Wo kam der denn jetzt her? Sie befanden sich im untersten Deck, und normale Passagiere hatten hier gar keinen Zutritt. Wenn sie nicht gerade einen Schlupfwinkel zum Stricken suchten.

»Herrgott, ich versuche zu löschen!« Ricarda drehte sich um, und der Nörgelrentner wurde von oben bis unten in weißen Schaum gehüllt. »Oh nein, das tut mir leid!«

Vor Schreck rutschte ihr der Feuerlöscher aus den Händen und fiel mit einem lauten Scheppern auf den Boden. Ricarda zuckte zusammen. Das schien aber der letzte Notruf zu sein, den die Schiffsbesatzung benötigte. Keine Minute später wimmelte es in der Küche von Menschen in Blaumännern und Uniformen, die nicht nur das von ihr so heldinnenhaft bekämpfte Feuer endgültig löschten, sondern sich auch um den keuchenden und würgenden Nörgelrentner kümmerten.

»Sie ... Sie ...«, brachte er nur hervor.

»Es tut mir so leid«, konnte Ricarda nur wiederholen. »Wenn Sie mich einen Blick auf die Inhaltsstoffe werfen lassen, kann ich Ihnen sagen, ob Sie bleibende Schäden ...«

»Keine Sorge, keine Sorge!«, unterbrach in diesem Moment Patrick, der die Situation mit einem Blick erfasst zu haben schien. »Alle Stoffe an Bord dieses Schiffes sind ungefährlich, und so ein kleines Schaumbad ist doch ganz nett.« Seine blitzsaubere Uniform wirkte in der rußgeschwärzten Küche ungemein weiß.

»Und du bist die Heldin der Stunde?« Lächelnd kam er auf sie zu.

»Dass ich nicht lache! Die Brandstifterin ist sie!«, gab der Quengler zurück. Ricarda seufzte. »Hier habe ich sogar den Beweis! Ihre Stricknadeln! Am Tatort!«

Er wollte die von der Hitze verbogenen und halb geschmolzenen Nadeln vom Boden aufklauben, ließ sie aber sofort wieder fallen. Von der aufgeribbelten Wolle waren nur noch ein paar verkohlte Überreste geblieben.

»Die sind mir beim Löschen in die Quere gekommen.«

»Genau wie ich, nicht wahr?« Der alte Bohr ließ nicht locker.

»Ah, ich denke, wir sollten Herrn Bohr schnell auf der

Krankenstation durchchecken lassen«, griff Patrick ein. »Vielleicht wurden ja doch giftige Dämpfe freigesetzt. Man weiß ja nie …« Er wies eine junge Frau in Uniform an, den alten Mann hinauszubringen, dann drehte er sich zu Ricarda um. »Das war wirklich mutig.«

Ricarda verschwieg lieber, wie ungeschickt sie sich mit dem Feuerlöscher angestellt hatte, und hoffte, dass es keine Videoaufzeichnungen gab.

Lässig wie Trixie zuckte sie mit den Schultern. »Eine Frau tut, was eine Frau tun muss.«

»Das Feuer hat dich beim Stricken unterbrochen?« Er grinste.

Da war es dann auch schon wieder vorbei mit der Lässigkeit, Hitze stieg ihr in die Wangen.

»Das ist so schön entspannend.« Sie sah auf die traurigen Reste ihrer Stricknadeln.

»Das stimmt, im Winter abends vor dem Fernseher gibt es nichts …« Er brach ab, straffte die Schultern und fuhr fort: »Also, jeder hat so seine Hobbys.« Dann berührte er sie leicht am Arm. »Ist alles in Ordnung bei dir? Rauch eingeatmet? Schock?«

Sie schüttelte den Kopf. »So lange war ich ja nicht in der Küche, und so groß war das Feuer auch wieder nicht.« Im Endeffekt hatte es außer ihrem armen Strickzeug nur ein paar Schränke und Holzbrettchen verkohlt.

»Bist du sicher?« Patrick sah sie eindringlich an. »Möchtest du vielleicht … Also, hättest du Lust …«

Er wurde von einer Kollegin unterbrochen, die ihm

mitteilte, dass er auf der Brücke gebraucht wurde. Na klar, er war der Erste Offizier. Es hatte ein Feuer gegeben.

Auf dem Weg zurück zur Kabine drehten sich Ricardas Gedanken im Kreis, hauptsächlich um Patrick, den sie sich doch eigentlich aus dem Kopf hatte schlagen wollen. Was für Chancen hatte sie schon gegen die schöne Clarissa? Wie er sie angesehen hatte, so beeindruckt und gleichzeitig fürsorglich … Oder?

Ricarda schlug die Arme um sich. Es dauerte eine ganze Weile, bis sie endlich zur Ruhe kam. Sie war schon längst zurück in ihrer Kabine, da fiel es ihr wieder ein: Hatte sie nicht jemanden weglaufen hören, kurz bevor das Feuer ausgebrochen war? Eindeutig, sonst wäre sie gar nicht aufmerksam geworden. Und da waren Schritte gewesen, schnelle Schritte. Je länger sie darüber nachdachte, desto sicherer wurde sie, dass das Feuer in der Küche durch Brandstiftung verursacht worden war. Nur von wem? Und weshalb?

28

Trixie überlegte sich gerade, ins Bett zu gehen, da klingelte ihr Handy. Eine Nachricht der Kunststudentin aus dem zweiten Stock: *Die Polizei war heute hier und hat nach dir gefragt. Was ist los?!? Wo bist du???*

Trixie schluckte. *Ist Jonas wieder da?*

Ja, wieso?, war die sofortige Antwort.

Ach du grüne Neune. Es war eindeutig, was passiert war: Jonas hatte sich herausgeredet und sie anschwärzen wollen. Alter Verwalter, was ein Glück, dass sie so einen guten Instinkt hatte. Sie war gleich abgehauen. Nur was jetzt? Was sollte sie mit dem Rucksack machen? In der Donau versenken? Die Smartphones darin waren eine ganze Menge Geld wert.

Sie unterdrückte den Impuls, nach Juliane zu suchen. Sie war die letzten fünf Jahre ohne ihre große Schwester klargekommen, da brauchte sie sie in dieser kleinen Krise auch nicht.

In der Küche schien es einen Tumult gegeben zu haben, Trixie hatte Geschrei gehört, hektische Betriebsamkeit. Vielleicht konnten sich die Köche nicht einigen, welche Art Fisch es morgen zum Abendessen geben sollte … Langsam ging ihr der viele Fisch auf die Nerven. Nicht dass sie die Vier-Sterne-Menüs nicht zu schätzen wusste – das Essen in der Mensa und die Tiefkühlpizza am Wochenende waren nicht gerade abwechslungsreich, aber sie war eher der Schnitzel-und-Pommes-Typ. Juliane war der Fischtyp, eindeutig, das passte zu ihr. Glitschig und gewandt und wie ein Lachs immer gegen den Strom schwimmen, auch wenn es noch so viel Arbeit bedeutete. Und was für ein Typ war Ricarda? Ja, Ricarda war vermutlich der höfliche Typ, der auch Ziegenhirn aß, um den Gastgeber glücklich zu machen. Nirgendwo anecken, es allen immer recht machen wollen … Wie sehr Trixie diese Haltung zum Hals heraushing! Noch wesentlich mehr als der viele Fisch.

Aber jetzt musste sie erst mal darüber nachdenken, wie sie strategisch geschickt vorging. Am besten, sie genehmigte sich noch einen Cocktail …

29

Traurig saß Ricarda im Nachthemd vor den Überresten ihrer Stricknadeln. Sie waren nicht mehr zu retten, aber eine kleine Zeit des Bedauerns war ihr doch wohl vergönnt. Gerade als sie sich überwunden und sie schweren Herzens in den Mülleimer geworfen hatte, kam Trixie in die Kabine.

»Puh, was stinkt denn hier so?« Zur Demonstration hielt sie sich die Nase zu.

»Feuer«, antwortete Ricarda geistesabwesend. »Allerdings weiß ich noch nicht, wer es gelegt hat.«

»Was?«

»Ach nichts, ich denke nur laut. Hier stimmt was nicht.«

»Alles klar, Miss Marple. Irgendwie hab ich das Gefühl, das hättest du schon mal gesagt.« Trixie legte den Kopf schräg, dann sagte sie: »Ich geh ins Bad.«

Ricarda nickte. Vielleicht sollte sie eine Liste anlegen. Mögliche Verdächtige: Käpt'n Iglo, der hatte sie schon am ersten Tag misstrauisch gemacht. Und seine Faszination für Rettungsübungen. Der Mann wusste etwas. Auf jeden Fall mehr, als er zugab.

»Ich bleib dabei. Der Kapitän ist total komisch«, sagte sie, als Trixie in T-Shirt und Boxershorts aus dem Bad zurückkam.

»Er ist ein Freak!« Trixie warf sich auf ihr Bett.

»Ja, aber das meine ich nicht.« Ricarda setzte sich gerade hin. »Hast du nicht das Gefühl, dass er was zu verbergen hat?«

»Der hat 'ne beginnende Psychose. Da ist allerdings nicht mehr viel zu verbergen.«

»Du weißt, was ich meine!«

»Nee, weiß ich echt nicht.« Trixie gähnte. »Aber mach dir mal nicht so viele Sorgen. Du denkst einfach zu viel nach. Du bist halt Wissenschaftlerin. Muss 'ne Berufskrankheit sein.«

Dann zog sie sich einfach die Decke bis unter die Nasenspitze und drehte sich zur Wand.

Ricarda seufzte und legte sich ebenfalls hin. Aber da war noch etwas, das sie beunruhigte.

»Du, Trixie?«, flüsterte sie. »Glaubst du, Juliane hat ihr Studium wirklich unseretwegen geschmissen?«

Bis heute hatte Ricarda sich nie Gedanken darüber gemacht. Warum eigentlich nicht?

Unwilliges Stöhnen antwortete ihr. »Das hat sie nur gesagt, damit wir ein schlechtes Gewissen kriegen.«

»Aber sie *hat* zwei Monate vor ihrer letzten Prüfung aufgegeben. Und sie *hat* sich um uns gekümmert.« Hauptsächlich um Trixie, aber das wusste die jüngere Schwester selbst.

Trixie schälte sich aus ihrer Decke. »Du weißt doch, wie arbeitswütig sie ist. Sie hatte einfach keine Lust mehr, weiter herumzusitzen und nichts zu verdienen.«

»Aber …«

»Ich bin müde.« Trixies Stimme klang viel zu laut in der kleinen Kabine.

»Ich dachte nur …«

»Denk halt einfach nicht so viel!«

Trixie knipste das Licht aus, und Ricarda konnte hören, wie sie sich in ihrem Bett herumwarf.

Ihre Schwestern. Ricarda knabberte an ihrem Daumennagel. Und ausgerechnet jetzt war sie strickzeuglos.

»Wir müssen dem Nörgelrenter einen Freund finden«, sagte Trixie beim Frühstück.

Beinahe hätte Ricarda ihren Orangensaft über den Tisch gespuckt. Wieder einmal taten ihre Schwestern, als wäre nichts passiert, und jetzt wollte Trixie sich um den alten Bohr kümmern? Die sollte lieber nach ihren eigenen Problemen schauen.

Juliane blickte in eine Ecke des Speisesaals, wo er einsam an einem Tisch saß. Die kleinen Mädchen der Wilhelms am Tisch neben ihm warfen ihm immer wieder verstohlene Blicke zu und kicherten.

»Was dieser Mann in fünfundsechzig Jahren nicht geschafft hat, werden wir nicht in drei Tagen hinkriegen«, sagte Juliane.

»Vier, wenn wir heute mitrechnen«, korrigierte Trixie. »Und wir werden es hinkriegen. Wenn unsere Eiserne Lady«, sie wies mit dem Kinn auf Juliane, »eine Freundin gefunden hat, wird das mit dem Nörgelrentner ein Kinderspiel.«

Juliane legte ihr Besteck zur Seite, und Ricarda schloss für einen Moment die Augen.

»Nicht schon am frühen Morgen …« Ricardas Finger zuckten.

Zu ihrer Überraschung lächelte Juliane jedoch nur und ignorierte Trixies Einwand. Was mit ihr los war, musste Ricarda auch noch herausbekommen. Gleich nachdem sie das Geheimnis des Kapitäns ergründet hatte.

»Freunde rufen sich gegenseitig an«, sagte Trixie. »Freunde brauchen Handys.«

Ricarda war sich zwar nicht sicher, was sie von der Aussage zu halten hatte, aber vorsichtshalber nickte sie einfach mal. Es war gerade so schön friedlich.

»Achtung, Achtung, hergehört!« *Friedlich.* Sie hatte es nicht einmal laut gesagt, und doch hatte sie es verhext. Käpt'n Iglo kam mit seiner Flüstertüte in den Saal. »Meine Damen und Herren«, posaunte er durch den Raum, »bevor wir heute in Bratislava von Bord gehen, werden wir die letzte Lektion aus meinem persönlichen Seenotrettungshandbuch durchgehen.« Ein kollektives Stöhnen ging durch den Saal, einige der etwas höflicheren Passagiere hielten sich erschrocken die Hand vor den Mund. Doch Käpt'n Iglo, das hatte Ricarda inzwischen gelernt, ließ sich durch nichts entmutigen. Kurz stemmte er die Arme in die Hüften, dann grölte er: »Wie leiste ich Erste Hilfe?« Er marschierte auf die erschrockene Familie Wilhelm zu und zerrte Herrn Wilhelm am Hemdsärmel mit sich. »Legen Sie sich mal da auf den Boden.« Der arme Mann blickte zweifelnd auf den dunklen Fußboden, der am Abend zuvor noch als Tanzfläche hergehalten hatte. Patrick, den Ricarda erst jetzt entdeckte, kam mit einem gequälten Gesichtsausdruck und einer Decke herbeigeeilt, die er vor Herrn Wilhelm auf den Boden legte. »Im Notfall können Sie sich natürlich keine Unterlage besorgen«, begann Käpt'n Iglo, aber Patrick legte ihm beschwichtigend die Hand auf den Arm. Missmutig schüttelte der Kapitän den Kopf, dann schien er sich aber an seine Mission zu erinnern. Er winkte dem Matrosen, der ihm schon beim Abspielen der Signaltöne behilflich gewesen war. »Mein Assistent wird Ihnen nun die stabile Seitenlage sowie die korrekte Herzmassage und Mund-zu-Mund-Beatmung vermitteln.« Immerhin ist es nur eine Demonstration, dachte Ricarda, und biss in ihre Brötchenhälfte. Einen Vortrag konnte sie sich anhören, das war sie von Konferenzen gewohnt. Einige Kollegen hatten das Schlafen mit offenen Augen mittlerweile perfektioniert. Käpt'n Iglo klatschte in die Hände. »Auf, auf! Wir bilden einen Kreis um unsere beiden Schauspieler!«

»Das ist doch jetzt nicht sein Ernst!«, zischte Juliane, aber der Kapitän ging schon los und scheuchte alle von ihren Stühlen auf.

Mit ihrem Brötchen in der Hand schlurfte Ricarda also mit den anderen in die Mitte des Saals. Sie hatte keine Lust abzuwarten, ob ihre Schwestern sich mal wieder weigern und eine Szene provozieren würden, auch wenn ihr Gehorsamseifer von den beiden mit bösen Blicken gewürdigt wurde.

»Sie spielen ohnmächtig«, wies der Kapitän Herrn Wilhelm an. »Und nun: Rettungsaktion!«

Mit geröteten Wangen erklärte der Matrose ihnen zunächst die stabile Seitenlage. »In der stabilen Seitenlage kann die bewusstlose Person nicht ersticken.« Er positionierte Herrn Wilhelm lang ausgestreckt, drehte ihn dann auf die linke Seite, wobei er eine Hand unter dem Kopf hielt, und winkelte schließlich sein rechtes Bein an.

Käpt'n Iglo brüllte wieder in seine Flüstertüte. »Jeder sucht sich einen Partner!« Als er sah, dass alle sich nach einer passenden Person umsahen, schrie er: »Halt! Stopp! In einem Notfall können Sie sich auch nicht aussuchen, wen Sie retten wollen. Ich ordne zu!« Mit schnellen Schritten marschierte er von einen zum anderen, fasste hier jemanden an den Schultern, zerrte dort jemanden am Arm, bis er fast allen einen zufälligen Übungspartner zugeordnet hatte. Ricarda versuchte, Patricks Blick auszuweichen, als der Kapitän sie zu ihm schob. »Sie üben mit der braven Frau Schuster«, sagte er zu Patrick, während er ihre beiden Schwestern, die mit übereinandergeschlagenen Beinen und verschränkten Armen immer noch an ihrem Tisch saßen, vorwurfsvoll anstarrte.

»Na dann … Die brave Frau Schuster …«, murmelte Patrick. Fast hätte sie es zu verhindern geschafft, aber jetzt wurde Ricarda doch noch rot. Sie schob ihre Brille die Nase hinauf. Er zwinkerte ihr zu. »Stille Wasser sind ja bekanntlich tief.«

Der Kapitän hatte inzwischen Frau Rossach zu Trixie an den Tisch geschubst. Nun waren als Einzige noch Juliane und der Nörgelrentner übrig. Sie standen sich wie zwei Boxer vor dem Kampf feindlich gegenüber.

Abwechselnd sollten sie sich nun auf den Boden legen, damit der jeweilige Partner üben konnte, sie in der stabilen Seitenlage zu positionieren.

»Wagen Sie es nicht, mich anzufassen!«, protestierte der alte Bohr.

»Wenn Sie lieber ersticken möchten, gern.« Juliane sah gelangweilt auf ihre Fingernägel.

»Herr Bohr, legen Sie sich auf den Boden«, rief Käpt'n Iglo durch seine Flüstertüte.

Mit spitzem Finger zeigte der Nörgler auf Juliane: »Von der lasse ich mich nicht retten. Da krepier ich lieber!«

Mit diesen Worten stürmte er aus dem Saal, und nicht einmal der Kapitän, sein Megafon und lautstarke Drohungen eines nahenden Todes konnten ihn aufhalten.

Juliane strich sich ein paar imaginäre Flusen von der Bluse.

Meine Schwestern schaffen es doch jedes Mal, im Mittelpunkt zu stehen, dachte Ricarda. Selbst wenn sie nur andere dazu bringen, eine Szene zu machen.

»Zur Strafe üben Sie jetzt mit mir«, sagte Käpt'n Iglo ungehalten zu Juliane.

Die Ironie seiner Worte schien ihm dabei zu entgehen, aber immerhin konnte die Übung nun endlich begonnen werden. Ricarda legte sich als Erste hin und versuchte, ihre Muskeln nicht zu sehr zu verkrampfen. Sie atmete ganz flach, als Patrick sie so sanft wie möglich anfasste. Behutsam, aber mir sicheren Griffen positionierte er ihre Hand unter dem Kopf und beugte ihr Bein.

»Du kannst das wirklich gut«, sagte sie schließlich.

Sein Gesicht war ihrem eigenen gefährlich nahe gekommen, und jetzt blickten seine wunderschönen braunen Augen direkt in die ihren.

»Ein Erste-Hilfe-Kurs ist Grundvoraussetzung für meine Ausbildung«, war seine Antwort. »Ich hätte gedacht, wenn du den ganzen Tag mit gefährlichen Chemikalien arbeitest, müsstest du dich auch auskennen«, fügte er dann mit einem Zwinkern hinzu.

»Viren«, korrigierte Ricarda abwesend. Seine Augen waren wirklich schön. So dunkel. Und warm blickten sie. »Da kann man mit Erster Hilfe nichts retten.«

»Man braucht sicher gleich Ganzkörperschutzanzüge, wenn eine Petrischale zerbricht.« Patrick lachte.

»Dann ist es schon zu spät. Der sichere Tod erwartet einen.« Ricarda setzte sich auf. Nun war sie an der Reihe, Patrick in die stabile Seitenlage zu bringen. »Aber bei Chemieunfällen kann ich Ätzwunden versorgen«, sagte sie geistesabwesend, während sie sich zu erinnern versuchte, welcher Arm wie angewinkelt werden musste.

»Beruhigend zu wissen.« Wieder suchten seine Augen ihre, und unwillkürlich hielt Ricarda den Atem an.

»Die Mund-zu-Mund-Beatmung!«, brüllte Käpt'n Iglo nun in sein Megafon.

Ricarda zuckte zusammen.

»Was?«, hörte sie ringsherum Proteste von den übrigen Passagieren. »Das geht jetzt aber zu weit!« Und Juliane sah aus, als würde sie es dem nörgeligen Bohr gleichtun und aus dem Saal flüchten.

»Hahaha, kleiner Scherz!« Der Kapitän klopfte sich auf die Schenkel. »Herz-Lungen-Wiederbelebung heißt das in der Fachsprache, und die Beatmung wird meist Mund-zu-Nase durchgeführt.« Verunsichert sah Ricarda sich um. Das war doch nicht mehr normal. »Beginnen wir mit der Herzmassage!«

Oh Himmel. Vorsichtig sah Ricarda sich um, aber die übrigen Passagiere schienen sich in ihr Schicksal ergeben zu haben, also legte sie ihre Hände auf Patricks Brust. Auf Patricks feste, muskulöse Brust, an die man sich sicher schön ankuscheln konnte. Sie räusperte sich.

»Sag mal, der Kapitän …« Sie zögerte. Wie sollte sie einem Ersten Offizier ihren Verdacht gegenüber seinem Chef mitteilen? Und was, wenn er eingeweiht war? Oh nein, Patrick als Mitwisser! Sie schob den Gedanken resolut beiseite und probierte es über einen Umweg. »Er ist wirklich sehr auf die Sicherheit der Passagiere bedacht, nicht?« Vorsichtig drückte sie ihre Hände nach unten. Patrick nickte. »Und das finde ich auch gut, wirklich! Aber …« Er zog fragend die Augenbrauen hoch. »Ich habe einen Verdacht.« Ricarda holte tief Luft. »Ich glaube, der Kapitän sabotiert die Reise«, kam es dann in einem Atemzug aus ihr heraus.

»Er tut was?« Patrick schüttelte den Kopf. »Also, da geht dir jetzt aber die Fantasie durch. Die *Santa Luisa* ist sein Schiff, sein Ein und Alles. Er fährt es schon ewig. Ja, ich gebe zu, er wirkt manchmal etwas … unorthodox«, er zog eine Grimasse bei dem Wort, »aber dennoch würde er niemals etwas tun, was die Reise oder das Schiff gefährdet.«

Ricarda dachte kurz nach, aber sie war nicht überzeugt. »Wie lange arbeitest du schon mit ihm zusammen?«

»Einen knappen Monat. Warum?«

Ricarda biss sich auf die Unterlippe.

30

Der Kapitän hatte einen Vollschaden, so viel war sicher. Aber Trixie hatte ein weiteres Smartphone verkaufen können. Als sie Frau Rossach in die stabile Seitenlage bugsiert hatte, war der alten Dame ein Handy aus der Hosentasche gerutscht, das man im besten Falle antiquiert nennen konnte.

»Mit Technik kenne ich mich nicht so aus«, hatte sie gesagt. »Wer braucht den ganzen Schnickschnack in meinem Alter schon!«

»Gerade in Ihrem Alter!«, entrüstete sich Trixie. »Auf so einem winzigen Display könnte selbst ich niemals im Leben etwas erkennen. Ins Internet kommen Sie damit auch bestimmt nicht.«

Nachdem Trixie ihr alle Vorzüge eines Smartphones erläutert und sich bereit erklärt hatte, nach dem Abendessen mit ihr an Deck die Prepaidkarte einzubauen, alle wichtigen Apps zu installieren und die Handhabung zu erklären, war sie jedoch Feuer und Flamme gewesen.

»Das heißt, ich kann Kontakt zu anderen alten Damen aufnehmen, die mit mir Doppelkopf spielen möchten?« Ihre Augen glänzten.

»Vielleicht auch ältere Herren«, stellte Trixie richtig.

Manchmal auch sicher Teenager, die bei einer Niederlage mit Schimpfwörtern um sich warfen. Aber das würde Frau Rossach noch früh genug entdecken.

»Oder ich kann mich mit jemandem über das Stricken austauschen. Und meine Anleitungen weitergeben oder gar etwas verkaufen? Das ist dieses Social Media, richtig? Davon hat Ihre Schwester mir erzählt.«

Etwas unsicher hatte Trixie genickt und das Geld kassiert. Hundert Euro. Vielleicht sollte sie den Preis erhöhen. Als Lisa wegen ihrer Schwangerschaft nach einem Handy gefragt hatte, hatte sie nicht darüber nachgedacht, da war sie froh gewesen, die heiße Ware loszuwerden. Anscheinend konnte sie richtig viel verdienen mit ihrem Verkaufstalent und Jonas' gestohlenen Smartphones. Eine ganze Menge davon befanden sich noch in dem Rucksack, sie musste unbedingt mal zählen, aber sicher waren es zwanzig. Zwanzig mal hundert, nee, hundertfünfzig, das war immer noch günstig genug, also zwanzig mal hundertfünfzig, oh ja, da konnte Trixie sich noch ein paar neue Turnschuhe kaufen und ihren Schwestern ein paar Drinks ausgeben. Die hatten es echt nötig. Und möglicherweise waren sogar noch ein paar neue Bücher für die Uni drin.

Und gleich in Bratislava, wo sie gerade anlegten, konnte sie sich nicht nur einen Kaffee, sondern auch ein großes Stück Kuchen leisten und vielleicht Clarissa auf einen Aperol Spritz einladen. Die Sache begann, ihr Spaß zu machen.

31

Wieder war strahlendes Wetter, der Tag versprach heiß zu werden. Juliane war sich nicht sicher, ob sie sich auf den Ausflug nach Bratislava freuen sollte. Bis vor Kurzem hätte sie noch über jeden die Nase gerümpft, der Urlaub am Pool einer Kulturreise vorzog. Aber heute? Es würde anstrengend werden. Ohnehin fühlte sie sich von Tag zu Tag erschöpfter, obwohl sie recht gut schlief in ihrer Koje. Man spürte kaum jemals ein Schaukeln. Nicht nur die Ausflüge, vor allem ihre Schwestern – oder besser gesagt ihre Schwester, Einzahl, denn eigentlich war es ausschließlich Trixie – zerrten an ihren Nerven. Gestern hatte die Jüngste es geschafft, sie so wütend zu machen, dass sie sich zu der verletzenden Bemerkung über ihr Langzeitstudium und ihren eigenen Verzicht auf einen Uniabschluss hatte hinreißen lassen.

Mit ihrer Handtasche unter dem Arm machte sie sich auf den Weg an Deck. Das Schiff hatte schon einen Signalton gegeben, sie legten an. Nun in der Hauptstadt der Slowakei, wenn sie Deutschland mitzählte, das vierte Land auf ihrer Reise. Trixie und Ricarda hatten vorgeschlagen, dass jede wieder auf eigene Faust loszog. Sie hatten alle so unterschiedliche Vorstellungen davon, was sehenswert war in der Stadt und was nicht.

»Oh Juliane!« Käthe, die ihren Wollpullover an diesem Tag gegen ein weißes Baumwolltwinset getauscht hatte, winkte ihr zu. »Wie wär's später mit einem Gläschen?«, fragte sie dann augenzwinkernd.

Eine kleine Verschnaufpause würde Juliane nachher gut brauchen können, das wusste sie jetzt schon, aber auf Alkohol musste sie heute unbedingt mal verzichten.

»Auf einen Tee«, sagte sie also.

»Einen Orangensaft«, verhandelte Käthe, und Juliane war sich nicht sicher, ob sie sich das geflüsterte »mit etwas Wodka drin« nur eingebildet hatte.

»In zwei Stunden im Café neben dem Rathaus?«, fragte Käthe. »Da gibt es sicher eines. In jeder Stadt gibt es Cafés neben dem Rathaus.«

Juliane nickte, den kleinen Bratislava-Reiseführer hatte sie eingesteckt. Sie würde sich die Burg erst mal schenken, die konnte sie, wenn sie Lust hatte, auch später noch besichtigen. Zunächst reichte ein Stadtbummel in der kleinen, aber sehr hübschen Staré Město, der Altstadt.

Das Palais Grassalkovich beeindruckte sie dann mit seiner schmucken Fassade und dem schönen Garten. Vor allem aber die hellen, in verschiedenen Farben gestrichenen Häuser in den Straßen der Altstadt gefielen Juliane, bildeten sie doch einen reizvollen Kontrast zum beeindruckenden, aber graubraunen Budapest vom Vortag. Die schmalen Kopfsteinpflastergassen waren nur für Fußgänger zugänglich, in den farbenfrohen Häuschen befanden sich kleine Geschäfte, Cafés und Restaurants. Das Michaelertor mit seinem einundfünfzig Meter hohen Turm befand sich am Ende eines, wie Juliane fand, besonders hübschen Sträßchens.

Sie war dankbar für den Schatten, der zwischen den Häusern herrschte, nur auf dem großen Platz vor dem Alten Rathaus mit dem Rolandsbrunnen schien unerbittlich die Sonne. Irgendwo musste sie doch noch ein Tuch haben.

Auf der linken Seite des Platzes befanden sich mehrere Cafés. Während sie langsam an ihnen vorbeischlenderte, blickte Juliane auf die Uhr. Es war inzwischen schon halb zwei, sie hatte sich ein kleines bisschen verspätet. In dem Moment entdeckte sie Käthe, die an einem der Tische unter den Schirmen die Beine ausstreckte und ihr jetzt winkte. Käthe hatte schon für sie bestellt, sogar tatsächlich etwas ohne Alkohol.

»Damit du erst einmal zu Kräften kommst.«

Juliane ließ sich im Schatten auf den Stuhl neben ihr sinken und trank in großen Schlucken von der Saftschorle.

»Tut das gut!«

»Du passt nicht genug auf dich auf, Kind.«

Juliane wollte protestieren, wurde jedoch von ihrem klingelnden Handy unterbrochen. Sie flüsterte »Entschuldigung« und nahm das Gespräch an. Falls es Jens war, konnte sie es sich nicht leisten, den Anruf zu ignorieren. Vielleicht hatte er es sich doch anders überlegt. Vielleicht hatte die Praktikantin – ehemalige Praktikantin – einen Fehler gemacht …

»Juliaaaaaaane!«, schrie es am anderen Ende. »Ich habe gerade an dich denken müssen!«

Das war eindeutig nicht Jens. Aber ob es Isabell oder Susanna oder eines der anderen Yogamädels war, konnte sie nicht sagen.

»Oh, entschuldige, grad ist es ganz schlecht«, wich Juliane aus. »Weißt du, ich sitze in einem Café in Bratislava und …«

»Du sitzt in einem Café?«

Das hatte sie doch gerade gesagt oder nicht?

»Und du … genießt deinen Urlaub?«

Was sollte denn der Unsinn?

Perlendes Lachen schallte durch den Lautsprecher. »Ach Süße, das ist toll. Genau das sollst du tun. Einfach mal loslassen, die Seele baumeln lassen! Drück deine Schwestern, ich berichte den anderen, und dann melden wir uns bald wieder! Tschüüüs!«

Schon hatte sie das Gespräch beendet. Stirnrunzelnd ließ Juliane ihr Smartphone in der Handtasche verschwinden.

»Seit wann bin ich für die *Süße?«,* fragte sie mehr sich selbst als Käthe.

Die ältere Dame lächelte. »Ist doch nett.«

Juliane runzelte die Stirn. Nett. »Das will ich gar nicht sein.«

»Nicht du, deine Freundinnen!« Käthe lachte.

»Das ist auch noch diskussionswürdig.«

Sie kannte die Frauen nur durchs Yoga. Sie hatte sieben Jahre neben ihrer gleichaltrigen Nachbarin gewohnt, ohne dass sie sich auch nur geduzt hatten, mit ihrer Arbeitskollegin hatte sie sich fünf Jahre das Büro geteilt, ohne sie ein einziges Mal außerhalb eines beruflichen Kontextes zu treffen.

»Du und deine Schwestern …«, begann Käthe zögerlich.

Auf diese Diskussion hatte Juliane noch weniger Lust. »Schwieriges Verhältnis«, sagte sie daher knapp und versuchte, das Thema zu wechseln. »Vielleicht lege ich mich am späten Nachmittag an den Pool. Etwas Entspannung würde mir sicher guttun.«

»Vor allem, weil du dir so viele Sorgen um deine Schwestern machen musst.« Käthe ließ nicht locker. »Die Ältere mit ihren Männern, die Jüngste mit dem Studium. Die machen es dir wirklich nicht leicht.« Neugierig sah sie Juliane an.

»In keiner Familie läuft es ohne Probleme ab.«

Käthe nickte, und Juliane erinnerte sich an die Geschichte um ihren Sohn. Hatte sie etwas Falsches gesagt? Aber dann lächelte Käthe, ein wenig traurig, ein wenig verständnisvoll.

»Davon kann ich ein Lied singen«, sagte sie.

Ach was soll's, dachte Juliane. War das nicht ein Rat von Marlene gewesen? Sich einmal alles von der Seele zu reden?

»Ich hab das Haus unserer Eltern verkauft. Deshalb hassen sie mich.«

»Sie hassen dich doch nicht.« Käthe schüttelte den Kopf.

»Beatrix ist ausgerastet. Unser Haus, das Haus ihrer Kindheit, die letzte Bindung an unsere Eltern.« Juliane sah auf ihre Hände. »Ich war so froh, es endlich los zu sein. Ich habe geackert wie ein Pferd, das Studium geschmissen, mich ins Arbeitsleben gestürzt, um die Hypothek abzubezahlen.«

»Hypothek?«

»Unsere Eltern waren alles, aber nicht besonders klug, was finanzielle Dinge angeht.« Juliane schnaubte. »Ich habe BWL studiert. Als ich etwas später nach ihrem Tod mit der Bank sprach, konnte ich nur die Hände über dem Kopf zusammenschlagen. Wir waren am Ende, hatten kein Geld, nichts. Und ich hatte noch keinen Abschluss. Wie sollte ich Ricarda und Beatrix durchbringen?« Käthe schwieg, und schließlich fuhr Juliane fort. »Ricarda war so klug, viel klüger als ich. Ich, ich bin fleißig, kann arbeiten. Aber Ricarda, die musste studieren, und Beatrix sollte doch auch ein gutes Leben haben.«

»Du hättest das Erbe ausschlagen können. Der Staat hätte euch unterstützt.«

»Von Sozialhilfe leben?« Nein, das hätte ihr Stolz niemals zugelassen. »Ich wollte ihnen alles ermöglichen.«

»Das hast du auch geschafft«, sagte Käthe und griff nach ihrer Hand.

Juliane ließ es zu. »Nein, nichts habe ich geschafft, habe als Mutterersatz versagt, habe ihnen nicht einmal finanziell ein Polster schaffen können. Das Haus musste ich verkaufen, und von dem Geld konnte ich nur noch die letzten Schulden tilgen.«

»Stopp, stopp!«, sagte Käthe. »Du hast nicht versagt!«

»Und ob ich das habe. Ricarda, ja, gut, einen Doktortitel hat sie, einen Job. Aber Freunde? Mann und Kinder? Fehlanzeige. Sie gerät immer an diese Typen, die … Dann Beatrix …« Sie lachte bitter.

»… studiert mit Mitte zwanzig immer noch. Das genaue Gegenteil von dir.« Käthe nickte langsam. »Juliane, hör mir mal zu. Du hast Unglaubliches geleistet. Du bist nicht für alles verantwortlich, was deine Schwestern mit ihrem Leben anstellen. Abgesehen von einer gewissen Eigenverantwortung, meinst du nicht, der Tod deiner Eltern hat auch eine kleine Rolle gespielt?« Juliane zuckte mit den Schultern, und Käthe fuhr fort: »Hast du mit ihnen mal darüber gesprochen?«

»Die beiden wissen von nichts.« Sie zögerte. »Ich war doch die Älteste.«

»Vielleicht ist es an der Zeit, dass du mit ihnen redest. Richtig redest.«

Käthes Griff um ihre Finger wurde fester, und Juliane spürte, wie sich die Anspannung in ihr ein ganz klein wenig löste.

32

Trixie hatte eigentlich mit Ricarda gemeinsam die Stadt erkunden wollen, aber ihre ältere Schwester war untergetaucht. Vermutlich hatte sie sich an diesen Ersten Offizier gehängt, diesen Patrick. Ricarda und Männer, das war eine unendliche Baustelle, das hatte sie als halbes Kind schon mitbekommen. So klug sie auch war, was ihr Studium und ihre Viren anging, mit Männern hatte sie kein Händchen. Jede Beziehung endete in einer Katastrophe. Dass ihr letzter Lebensgefährte sie mit seiner Psychotherapeutin betrogen hatte, sprach ja wohl Bände.

Trixie beschloss, diesem Schönling mal näher auf den Zahn zu fühlen. Wenn der ernsthafte Absichten hatte – und vor allem, wenn Ricarda die hatte –, musste sie ihn erst prüfen. Trixie saugte ihre Unterlippe zwischen die Zähne. Nur wie ging sie da am gescheitesten vor?

Als Erstes würde sie mal irgendwo in einem Restaurant einkehren, die slowakische Küche war doch so ähnlich wie die der umliegenden Länder, da gab es doch deftige Fleischgerichte. Ein leckeres Schnitzel und ordentlich fettige Pommes, das wäre nach den italienischen Vorspeisen und dem vielen Fisch der *Santa Luisa* jetzt genau das Richtige. Es war zwar immer noch nicht das richtige Wetter dafür, aber nach einer ausgiebigen Besichtigungstour, auf der sie die »Blaue Kirche« sogar von innen betrachtet hatte, war sie hungrig genug. Beim Essen würde ihr auch sicher eine gute Idee für diesen Patrick einfallen.

»Na, auch ohne Familie unterwegs?«, hörte sie eine Stimme hinter sich. Herr Wilhelm. Karsten, wie sie von seiner Frau wusste.

»Familie?« Trixie schnaubte. »Wenn Sie meine Schwestern meinen, nee, die hab ich glücklicherweise abgehängt.«

So genau musste er ja nicht wissen, wie es wirklich war. Wenn Juliane und Ricarda nicht mit ihr unterwegs sein wollten, pfft ... Wen störte das schon? Sie sicher nicht, sie hatte die Schnauze voll von ihren Schwestern, sie wollte ohnehin lieber allein sein.

»Das Gefühl kenne ich.« Herr Wilhelm sah auf seine Schuhe. »Ich liebe meine Töchter ja, und meine Frau, na ja, irgendwie natürlich, aber ...« Er blickte sich um.

»Sagen Sie, Sie sind doch 'n Mann.« Trixie kratzte sich an der Nase. »Wann würden Sie sagen, kann man erkennen, dass ein Mann es mit einer Frau ernst meint?«

»Haben Sie einen Verehrer?«

Trixie zuckte mit den Schultern und hoffte, es wirkte einigermaßen verlegen. Sie musste ihm ja nicht gleich auf die Nase binden, um welche zwei Personen es hier ging.

»Ich weiß nicht.« Herr Wilhelm sah etwas unglücklich aus, wie er da mit hängenden Schultern vor ihr stand und hinunterstarrte. »Aber ich würde sagen, es ist ein schlechtes Zeichen, wenn er sich für andere Frauen interessiert. Meinen Sie nicht?«

Da konnte etwas dran sein. Trixie legte den Kopf schräg. Ja, das war eine Idee. »So in der Art, dem Hund ein Steak hinhalten?«, fragte sie. Herr Wilhelm sah sie verwirrt an. »Wenn der Hund jetzt der Mann ist und das Steak eine andere Frau«, erklärte Trixie. »So 'ne Art Treuetest.«

Bei dem Wort erinnerte sie sich an Lisa und musste husten. Außerdem fiel ihr noch etwas anderes ein. »Gute Idee eigentlich!« Sie schlug Herrn Wilhelm auf die Schulter.

Der sah immer noch leicht verwirrt aus. »Nach zehn Ehejahren besteht den sowieso keiner mehr«, murmelte er.

Oha. Wusste er von der Schwangerschaft seiner Frau? Oje, und wusste er, dass Trixie davon wusste? Ihr wurde heiß.

Er deutete auf eine Bank, die einige Meter entfernt im Schatten stand. »Setzen wir uns?«

Er schlurfte vor ihr her, und als sie schließlich nebeneinandersaßen, Trixie zurückgelehnt mit ausgestreckten Beinen, er mit geradem Rücken, die Knie im rechten Winkel akkurat aufgestellt, seufzte er laut.

»Was ist denn los?«, fragte Trixie schließlich.

Jetzt hatte er sie schon so weit, jetzt konnte er auch

endlich mit der Sprache herausrücken. Sie würde einfach alles abstreiten.

»Eheprobleme.« Er seufzte erneut, lang gezogen und hörbar leidend.

Trixie rutschte auf der Bank hin und her. Als er keine Anstalten machte, weitere Erklärungen zu geben, sagte sie: »Ihre Frau und Sie scheinen … nicht viele Gemeinsamkeiten zu haben.« Um es nett auszudrücken.

»Ich habe einen Fehler gemacht, einen ziemlich schlimmen.« Herr Wilhelm knetete seine Hände. »Ich war … etwas unkorrekt, was unsere Steuern angeht.« Treuherzig sah er Trixie an, die fragend die Augenbrauen hochzog. Eine Steuererklärung hatte sie noch nie gemacht. »Wissen Sie, wir haben zu Hause ein Arbeitszimmer, Lisa ist ja Lehrerin. Das misst zwölf Quadratmeter, was ziemlich genau dreizehn Prozent unserer Wohnfläche ausmacht.« Trixie nickte. So weit konnte sie folgen. »Für die Heizkosten habe ich mich aber verrechnet und fälschlicherweise vierzehn Prozent veranschlagt.«

»Und weiter?«

»Was heißt hier *und weiter?* Ich habe quasi Steuerhinterziehung betrieben!«

»Sie haben ein Prozent der Heizkosten zu viel angegeben. Ich weiß ja nicht, wie viel Grad es bei Ihnen in der Wohnung hat, aber ich vermute, das wird noch unter fünf Jahren Gefängnis bleiben.« Er sah auf seine Hände, offenbar war ihr Witz nicht angekommen. Trixie knuffte ihn aufmunternd in die Seite. »Ehrlich, ich glaube nicht, dass die Ihnen einen Strick daraus drehen, wir sind doch alle nur Menschen.«

Ein weiterer Seufzer, das konnte er wirklich gut. »Damit fängt die Geschichte doch erst an«, sagte er gequält.

Oh, bitte nicht. Sehnsüchtig sah Trixie zu einem Restaurant auf der gegenüberliegenden Straßenseite, in dem sich farbenfroh gekleidete Menschen bestens zu unterhalten schienen.

»Ich hatte ein Gespräch mit meiner Sachbearbeiterin, müssen Sie wissen. Sie können sich meinen Schrecken nicht vorstellen, als sie mich zu sich zitierte.« Noch jetzt, bei dem Gedanken daran, schien er zusammenzuzucken. »Sie hat mir alles genau vorgerechnet.« Sein Blick schweifte in die Ferne. »Was für eine Frau. Simone hat sich nicht nur die Zeit genommen, mir diesen Rechenfehler zu erklären, sondern auch, welche ernsthaften Konsequenzen solch ein nachlässiger Umgang mit hochoffiziellen Dokumenten nach sich ziehen kann.«

Trixie nickte zweifelnd. Aber Herr Wilhelm schien ernsthaft besorgt, und vor allem ernsthaft angetan von seiner Steuerprüferin.

»Und da haben Sie sich verknallt?«, fragte sie schließlich.

»Wo denken Sie hin?« Entrüstet sah er sie an. »Ich bin verheiratet!«

Nun ja, auf welch starkem Fundament diese Ehe stand, wollte Trixie jetzt nicht tiefer erörtern.

»Was dann?«

»Nun ja, im Endeffekt hab ich mich natürlich verliebt«, räumte er ein. »Aber das geht ja nicht so schnell.«

»Natürlich nicht.«

»Ich musste sie erst näher kennenlernen. Aber ich kann Ihnen versichern, ihre Gewissenhaftigkeit erstreckt sich auf all ihre Lebensbereiche.«

So genau wollte Trixie es dann doch nicht wissen. Oder was hatte er gemeint?

»Das … freut mich für Sie.«

»Oh Gott, es ist furchtbar!« Er schluchzte auf und schlug sich die Hände vors Gesicht. »Natürlich haben wir noch nicht … na ja, Sie wissen schon.« Trixie wusste. Wollte es sich aber nicht vorstellen. »Wie kann ich meiner Frau noch unter die Augen treten?«, jammerte er. »Sie wird am Boden zerstört sein.«

Oder auch nicht. Trixie legte ihm eine Hand auf die Schulter. »Ach wissen Sie, manchmal überraschen einen die Menschen, die man liebt.«

»Und die Mädchen! Was bin ich doch für ein herzloser Mensch!«

Etwas hilflos tätschelte Trixie seinen Arm. »Wo die Liebe hinfällt …«, sagte sie. »Da kann man nichts machen.«

Er nahm seine Brille ab, putzte sie und blickte Trixie eindringlich in die Augen. »Ich bin den ganzen Tag mit meiner Familie zusammen. Dabei denke ich an nichts anderes als an Simone.«

Trixie nickte. »Haben Sie sie schon angerufen?«

»Was?«

»Na ja, ich meine, jeder hört doch gern, dass er geliebt wird, oder? Und wenn sie Ihnen nicht aus dem Kopf geht, sagen Sie ihr das. Vielleicht kann sie Ihnen bei dem Dilemma mit Ihrer Familie sogar helfen.«

»Meinen Sie?«

»Na, auf jeden Fall!« Trixie nickte nachdrücklich. »Nur dürften Sie das natürlich nicht von Ihrem normalen Handy tun, Ihre Frau könnte das mitbekommen, wissen Sie.«

»Stimmt. Sie könnte die Anrufliste kontrollieren«, stimmte er ihr zu.

»Eben. Aber da heute Ihr Glückstag ist, hab ich eine gute Nachricht für Sie!«

Vielleicht ist das Gespräch mit Herrn Wilhelm doch keine reine Zeitverschwendung, dachte Trixie. Und da der Mann bald sicher jede Menge Steuern sparen würde, waren hundertfünfzig Euro doch ein Klacks.

33

Ricarda suchte nach einem Wollfachgeschäft. Aber es schien in Bratislava wirklich alles zu geben, nur keine Möglichkeit, Wollknäuel und Stricknadeln zu erwerben. Sie war schon die gesamte Fußgängerzone dreimal auf und ab gegangen. Strickte man in der Slowakei nicht? Oder gab es Geheimtipps, die nur die Einheimischen kannten?

Wegen dieser verflixten Wolle hatte sie es nicht einmal geschafft, irgendetwas zu besichtigen, außer geistesabwesend durch die Altstadt zu schlendern. Frustriert ließ sie sich auf einem Mäuerchen in der Innenstadt nieder. Gegenüber lag ein Schuhladen, der auf einem Schild verkündete, auch Euro entgegenzunehmen. Sie blickte auf ihre ausgelatschten Sandalen und gab sich einen Ruck. Unzählige Kartons mit Schuhen in unglaublich kleinen Größen standen da zu Türmen aufgestapelt. Ballerinas wollte sie haben. Nicht so schicke Lackballerinas wie Juliane sie trug, sondern normale Ballerinas. Solche, die bequem waren und gut aussahen. Oder, na ja, wenigstens halb bequem, aber dafür sehr schön. Gedankenverloren ging sie von Kartonturm zu Kartonturm, bis sie mit jemandem zusammenstieß.

»Oh, hallo, Mitpassagierin!« Clarissa, heute mondän mit weißem Rock und golden glitzerndem Oberteil, strahlte sie an.

»Ach.« Ricarda strich sich eine ihrer mausbraunen, nicht glänzenden Haarsträhnen hinter das Ohr.

»Hier, sieh mal, sind die nicht toll?« Clarissa hielt ihr ein paar Sandalen mit mörderisch hohen Absätzen hin.

»Darauf kannst du laufen?«

»Ich muss. Ich bin doch so klein.« Ihre hübsche brünette Konkurrentin lachte.

Das war Ricarda noch gar nicht aufgefallen. Sie sah nach unten. Auch jetzt trug Clarissa Schuhe mit Absätzen, trotzdem war sie fast eine Handbreit kleiner als sie selbst. Irgendwie wirkte sie größer.

»Mir wären Ballerinas lieber«, sagte Ricarda. »Damit kann man viel besser fliehen.«

»Fliehen?«

»Evakuieren.« Ricarda wurde rot. »Ich meine, nicht dass ich davon ausgehe, dass das Schiff untergeht, aber ...«, mit einer unbestimmten Geste versuchte sie, Clarissa zu verdeutlichen, was sie meinte, »... falls doch ...«

Die nickte. »Die Sicherheitsübungen machen mich nervös.«

»Dann das Feuer. Im Maschinenraum ist Öl ausgelaufen. Und findest du nicht auch, der Kapitän verhält sich seltsam?«

»Ach je, der mit seinen Predigten übers Zusammenhalten!« Clarissa lachte. »Aber jetzt mal im Ernst: Über einen Schiffsuntergang musst du dir keine Sorgen machen. Heutzutage sind die Dinger doch supersicher und werden andauernd gewartet.« Sie sah auf die Sandalen in ihren Händen, dann auf die schwarzen Ballerinas, die Ricarda gerade beäugte. »Was meinst du? Wir kaufen jetzt unsere Schuhe, und dann gehen wir zusammen ein Eis essen!«

34

Dummerweise war Trixie an ihr Smartphone gegangen. Sie hatte es nicht ausgestellt, und als eine unbekannte Nummer auf dem Display aufleuchtete, hatte sie reflexartig den Anruf entgegengenommen.

»Wo bist du?«, schrie Jonas. Mist. Die Kunststudentin hatte sie noch gewarnt. »Du kannst doch nicht mit meinem Rucksack abhauen, verdammt, Trixie, du solltest nur drauf aufpassen!«

»Aufpassen, bis die Gefahr vorüber ist, hast du gesagt.« Sie schnaubte. »Du wusstest genau, dass die Polizei dir auf der Spur ist, dass sie vielleicht ins Wohnheim kommt. Du hast riskiert, dass sie die Dinger bei mir finden. Bei mir! Ich wär in den Knast gegangen, du Vollidiot!«

»Als ob du mit deinen niedlichen Locken und deinen siebenundsiebzig Semestern Ethnologie verdächtig geworden wärst.«

»Ich glaub, du tickst nicht mehr sauber! Du hast mich absichtlich in die Schusslinie katapultiert. Was hat das mit meinen Locken zu tun?«

»Ich will meine Ware wieder!«

Ha! Dieser unverschämte Mistkerl. Was würde

Juliane ihm antworten? »Du kriegst überhaupt nix wieder, du schuldest mir was.« Trixie unterbrach den Anruf.

Dieser Vollpfosten. Eindeutig schlimmer als ihre Schwestern.

Als sie um die nächste Straßenecke bog, wäre sie beinahe mit dem alten Bohr zusammengestoßen.

»Sie! Genauso lebensgefährlich wie Ihre durchgeknallte Schwester!« Er warf ihr einen bösen Blick zu.

»No risk, no fun«, murmelte Trixie.

Sein Blick wurde noch böser.

In diesem Moment vibrierte ihr Smartphone. Die Kunststudentin. *Jonas stößt Drohungen aus. Alles okay? Geht's dir gut?*

Kurzerhand machte Trixie ein Foto des »pittoresken« Sträßchens und schickte es ihr. *Urlaub in Bratislava, alles in Butter,* schrieb sie dazu.

Der Nörgelrentner kniff die Augen zusammen und schielte auf das Display. »Was machen Sie da?«

»Musste nur kurz ein Foto verschicken.«

»So was kann Ihr Handy?«

»Das kann noch viel mehr«, sagte Trixie und steckte es wieder ein.

»Ich interessier mich für Bilder. Das kleine Ding kann also Bilder machen … unauffällig …« Trixie zog die Augenbrauen hoch. »Wenn man jemanden beschatten möchte, zum Beispiel«, erklärte er weiter.

»Sind Sie Privatdetektiv?«

»Sagen wir mal so.« Er hob das Kinn. »Es gibt gewisse Subjekte auf diesem Schiff, die man besser im Auge behalten sollte.«

Wen meinte er denn damit? Trixie sah den alten Bohr prüfend an. Er schien ja ein besonderes Auge auf Ricarda zu haben. Konnte sie es mit ihrem Gewissen verantworten, ihre Schwester für läppische hundert Euro an den Nörgelrentner und seine Beschattungstechniken auszuliefern?

»Zweihundert Mäuse, und Sie können im Auge behalten, wen Sie wollen.«

35

Auf der Suche nach einem Eissalon schlenderten Ricarda und Clarissa durch die Stadt. Cafés schien es in Bratislava jedenfalls genug zu geben.

Am Rathausplatz sahen sie plötzlich jemanden unter einer Marquise, der ihnen winkte. Beim Näherkommen stellte sich heraus, dass es Frau Rossach war. Sie sah nett aus in ihrem Twinset, doch Ricarda schwitzte allein beim Hinsehen.

»Wie schön, euch zu treffen«, sagte Frau Rossach, als sie sich zu ihr an den Tisch setzten. »Juliane ist gerade gegangen, sie wollte sich noch ein Stündchen hinlegen.«

Was? Juliane hatte es sich schon wieder mit dieser alten Dame nett gemacht?

»Ich wusste gar nicht, dass Sie beide sich kennen, Clarissa und … Ricarda. Ich darf doch Ricarda sagen?«, fuhr Frau Rossach fort. »Und klar kennen Sie sich, Sie sind ja fast im gleichen Alter, da finden sich schnell Freundschaften, wenn man so viele Gemeinsamkeiten hat.«

Die größte Gemeinsamkeit ist vermutlich Patrick, dachte Ricarda. Wobei Clarissa ihr in der Hinsicht meilenweit voraus war, denn während diese immer aussah, als wäre sie geradewegs einem Modemagazin entstiegen, war Ricarda schon froh, wenn sie nicht zu sehr nach Laborratte aussah.

»Ja, wir kennen uns«, sagte Clarissa fröhlich. »Wer kennt die drei Furien schließlich nicht?«

»Die drei was?« Verunsichert setzte Ricarda sich auf. Das wurde ja immer besser!

»Ihr seid Gesprächsthema Nummer eins unter den Passagieren.«

Als sie Ricardas Gesichtsausdruck sah, beugte Frau Rossach sich nach vorn und sagte: »Ach machen Sie sich nichts draus. Wenn der Kapitän tatsächlich endlich schafft, das Schiff zu versenken, denkt niemand mehr an das schwesterliche Trio Infernale.«

»Das Schiff versenkt? Woher wissen Sie, dass er das Schiff versenkt?«

»Das war ein Scherz!«, mischte sich nun Clarissa ein. Selbst ihr Lachen klang perlend und ungemein lieblich. »Wir haben doch vorhin schon über all den Quatsch gesprochen, den er verzapft. Der macht jeden wahnsinnig.«

Frau Rossach nickte zustimmend, aber Ricarda war nicht überzeugt. Sie versuchte, das Thema noch einmal aufzunehmen. »Bin ich wirklich die Einzige, die denkt, dass etwas mit dem Schiff nicht stimmt?«, fragte sie. »Ich glaube nämlich, wir sind tatsächlich in Gefahr.«

»Aber Kind!« Frau Rossach sah sie entsetzt an. »Diese Kreuzfahrtschiffe sind nach den allerneuesten Standards gebaut, da kann nichts passieren.« Sie zwinkerte Ricarda zu. »Außerdem gibt es ja auch noch den schicken Ersten Offizier, der uns retten würde.«

Auf das Thema wollte Ricarda nun wirklich nicht eingehen, schon gar nicht mit Clarissa an ihrer Seite.

»Ach ja«, seufzte Frau Rossach. »Die Liebe! Clarissa, sind Sie verliebt?«

»Oh, und ob!« Die hübsche Brünette blickte verschmitzt drein. »Aber Frau Rossach, was ist denn mit Ihnen und Luca?«

»Ach je.« Wieder seufzte die ältere Dame, diesmal klang es aber weitaus bekümmerter. »Ich mache mir allmählich doch ein bisschen Sorgen.«

»Passen Sie gut auf sich auf«, sagte Ricarda. Sie merkte auf einmal, dass sie die alte Dame ins Herz geschlossen hatte.

»Hat Luca etwa versucht, Sie zu etwas zu nötigen?«, fragte Clarissa.

Frau Rossach sah verwirrt von einer zur anderen. »Na, deshalb mache ich mir doch die Sorgen. Er ist ja schon ein Schätzchen«, Clarissa und Ricarda sahen sich an, »aber er ist ein wenig naiv.« Sie trank aus und bestellte beim Kellner einen weiteren Gin Tonic. »Ich glaube, ich habe unser Spiel zu weit getrieben. Der arme Junge glaubt tatsächlich, bei mir wäre Geld zu holen. Ich habe schon ein ganz schlechtes Gewissen.« Sie legte die Hände in den Schoß. »Er ist so auf mich fixiert, dabei hätte er so viele andere Möglichkeiten, an Geld zu kommen.«

»Äh …« Clarissa schienen ebenso die Worte zu fehlen wie Ricarda.

»Vielleicht sollte ich die Geschichte beenden, bevor er sich zu große Hoffnungen macht. Dann kann er sein Glück bei einer der anderen Frauen versuchen.« Sie zog die Unterlippe zwischen die Zähne. »Oder es mit ehrlicher Arbeit probieren.«

»Oh …« Clarissa wurde nicht eloquenter. Ricarda hielt sich lieber ganz heraus.

Frau Rossach nickte. »Ja, das wäre wohl das Beste. Ich rede mit ihm. Heiratsschwindeleien, das hat doch heutzutage keine Zukunft. Mit Internet und den neuen Handys kann man auch gar nicht mehr so mir nichts dir nichts verschwinden. Den würde ja jede Frau wiederfinden.«

»Sie meinen wirklich, er ist ein Heiratsschwindler?«, fragte Ricarda schließlich. »Meine Schwester hatte das auch schon vermutet.«

»Gut, dass Sie sich darauf nicht einlassen«, sagte Clarissa.

Frau Rossach hob ihr Glas. »Hoffen wir mal, dass er die Neuigkeiten positiv aufnimmt. Auf die Ehrlichkeit. Und natürlich die Liebe.«

»Die echte!« Clarissa lächelte Ricarda zu.

Sie ist wirklich sehr hübsch, dachte Ricarda. Nicht nur hübsch, sie ist auch klug und gebildet, schlagfertig und lustig. Eigentlich konnte sie sich gut vorstellen, mit ihr befreundet zu sein. Wenn die Kleinigkeit mit Patrick nicht wäre … Vielleicht sollte sie sich den Ersten Offizier einfach aus dem Kopf schlagen.

Nach dem anstrengenden Tag hatte Ricarda sich wieder auf Deck in ihr ruhiges Eckchen verzogen. Sie wollte noch ein wenig allein sein, bevor das Abendbüfett eröffnet wurde. Als sie kurz darauf eine Tür leise quietschen hörte, wusste sie schon, bevor sie ihn sah, dass es wieder der Kapitän war. Niemand schlich so auf dem Schiff umher wie er. Oder der Nörgelrentner. Ricarda horchte.

»Nein, noch nicht«, hörte sie Käpt'n Iglo sagen, er schien wieder zu telefonieren. »Es gab einige … Schwierigkeiten.« Was für Schwierigkeiten? Ricarda erstarrte. Hatte sie mit ihren Ahnungen recht gehabt? War etwas mit dem Schiff? »Ich hab alles im Griff«, zischte der Kapitän jetzt, »mach dir keine Sorgen, läuft alles nach Plan.« Misstrauisch kniff sie die Augen zusammen, da ließen ihr die nächsten Worte vollends den Atem stocken. »Hör zu, ich weiß, dass es um eine Menge Geld geht. Meinst du nicht, dass es besser ist, jetzt nichts zu überstürzen? Ich möchte nicht dabei erwischt werden. Das kann üble Konsequenzen haben.«

Ricarda schluckte. Sie hatte also doch recht gehabt! Nur war ihr das gerade wirklich kein Trost. Sie hörte den Kapitän noch einmal lautstark fluchen, und als sie um die Ecke lugte, konnte sie sehen, wie er sein Handy wütend erst gegen die Reling schlug und schließlich ins Wasser warf. Dann lief er davon.

Das war nicht mehr witzig. Wenn sie das ihren Schwestern erzählte, mussten sie ihr doch glauben.

Als hätte sie nicht gerade an den Teufel gedacht,

stand Trixie plötzlich hinter ihr. Ricarda schnappte nach Luft.

»War das sein Handy?« Trixie blickte über Ricardas Schulter dem flüchtenden Kapitän nach.

»Er hat …«, begann Ricarda flüsternd, doch ihre Schwester hörte ihr gar nicht zu.

»Definitiv«, sagte sie. »Der hat jetzt kein Handy mehr. Hey! Käpt'n!«

36

»Oooh, chinesisch!« Trixie rammte Ricarda den Ellenbogen in die Seite, als sie sich neben ihr am Büfett anstellte.

»Ja. Endlich gibt's mal keinen Fisch!« Obwohl Ricarda eigentlich gern Fisch aß, schien auch sie froh über die Abwechslung.

Trixie besah sich die Büfettschüsseln genauer. »Damit hast du kein Glück.« Hummerkrabben mit Bambussprossen, Tintenfische süßsauer und Flussbarschsuppe waren die ersten drei Gerichte.

»Die haben sogar Essstäbchen.« Trixie bewegte die kleinen Stäbchen in der Luft auf und ab und tat so, als würde sie Juliane in die Nase pieksen wollen, woraufhin diese ihrer Schwester ärgerlich auf die Finger schlug. Dann eben nicht. Trixie zuckte mit den Schultern und drehte sich zur kleinen Tatiana, die hinter ihnen stand und das Pieksen wesentlich positiver aufnahm. »Ihr müsst die Stäbchen ausprobieren! Das geht super«, sagte sie, als sie am Tisch saßen.

Ricarda sah sie zweifelnd an, während Juliane gleich abwehrte: »Ich bevorzuge Messer und Gabel.«

Trixie drängte Trixie ihnen jeweils ein Paar

Essstäbchen auf. »Hier, ich zeig's euch.« Sie nahm ihr eigenes Paar in die rechte Hand und schaufelte sich eine Portion gebratene Nudeln in den Mund. »Geht doch ganz einfach«, nuschelte sie, schluckte runter und erklärte: »Der Trick ist, das untere Stäbchen still zu halten und nur das obere zu öffnen und zu schließen. So.«

Sie legte den Daumen über beide Stäbchen und hielt das vordere zwischen Ring- und Mittelfinger. Das hintere, von Mittel- und Zeigefinder gehalten, ließ sich so prima bewegen.

Statt sie nachzuahmen, betrachtete Ricarda ihr eigenes Paar gedankenverloren. Sie strich über die langen, dünnen Essstäbchen, die nur oben ein klein wenig dicker als unten waren. Ihre Finger zuckten seltsam. Jetzt legte sie Gabel und Messer hin und griff nach den Stäbchen, nahm eins in jede Hand. Was machte sie da? Meditieren?

»Tolle Dinger«, sagte sie leise, nur um sie auf Trixies auffordernden Blick hin in ihre Tasche gleiten zu lassen. »Aber für mich ist das nichts. Da fehlt mir das Fingerspitzengefühl, glaube ich. Aber ich kann es heute Abend in der Kabine ja mal in Ruhe ausprobieren, wenn du drauf bestehst. Trockenübung sozusagen.«

Wie war die denn wieder drauf? Weshalb konnte sie keine normalen Schwestern haben?

»Sagen Sie, sind Sie Beatrix Schuster?«, fragte in diesem Augenblick eine elegant gekleidete Mittvierzigerin.

»Die einzig Wahre.« Lächelnd drehte Trixie sich ihr zu. »Wie kann ich Ihnen behilflich sein?«

»Oh, perfekt!« Aufgeregt klatschte ihre Gesprächspartnerin in die Hände und schob sich einen Stuhl zurecht. »Ich hab gehört, Sie verkaufen günstig Smartphones?«

Ups. Trixie sah, wie Juliane die Stirn runzelte. »Ich schätze, vom Laster gefallen?«, fuhr die Frau fort und kicherte.

Julianes Stirnfalten vertieften sich.

»Nee, nee, keine Sorge!« Trixie winkte ab. »Da ist nix irgendwo runtergefallen, alles ganz legal geklaut.« Sie grinste.

Juliane presste die Lippen zusammen, und auch Ricarda sah aus, als ob ihr mulmig zumute wäre. Sie hatten beide noch nie etwas mit ihren Witzen anfangen können.

»Haben Sie denn verschiedene Modelle zur Auswahl?«, fragte die Frau. »Es sollte nämlich nicht zu groß sein, wissen Sie? Diese riesigen Dinger, die nehmen so viel Platz weg. Wenn ich mit einer kleinen Clutch ins Theater gehe, dann ist die doch schon allein mit dem Handy voll.«

Trixie nickte verständnisvoll, aber bevor sie antworten konnte, schlug Juliane heftig mit der Hand auf den Tisch.

»Nun aber Schluss mit dem Unsinn!«, sagte sie. »Wir essen gerade!« Spielverderberin.

Erschrocken stand die Frau auf.

»Kabine 214«, zischte Trixie ihr zu. »In einer Stunde. Die Handhabung und das Registrieren gibt's gratis dazu.«

Eisiges Schweigen herrschte am Tisch, nachdem sie gegangen war. Trixie aß fröhlich weiter ihre Nudeln.

»Was war das?«, fragte Juliane schließlich scharf.

»Nichts«, antwortete Trixie.

»Hat sie nicht was von geklauten Telefonen gesagt?«

»Was für geklaute Telefone?« Trixie kaute langsam und ausgiebig weiter. »Du musst dich verhört haben.«

»Mir ist da übrigens heute was aufgefallen …« Ricarda zog die Nase kraus. »Hat nicht Käthe Rossach ein neues Handy?«

»Ach wie schön.« Trixie tat so unbeteiligt sie konnte und nahm einen Schluck von ihrem Wein.

»Jetzt ist es aber genug!«, explodierte Juliane schließlich. »Woher hast du die Dinger?«

Trixie rollte mit den Augen. »Mein Mitbewohner, Jonas, hat mich gebeten, auf seinen Rucksack aufzupassen. Er war kurz … unpässlich.«

»Du hortest tatsächlich geklaute Handys in unserer Kabine?«, fragte Ricarda ungläubig.

»Hey!«, protestierte Trixie. »Ich mach euch auch keine Vorhaltungen.« Sie sah Ricarda an. »Wohin du, Ricky, immer so klammheimlich verschwindest, zum Beispiel.« Sie blickte zu Juliane. »Und was eigentlich dein Problem ist, Juli, hab ich dich auch noch nie gefragt. Allein dass wir die Kreuzfahrt machen, ist schon komisch genug. Da herrscht noch jede Menge Erklärungsbedarf!«

Juliane legte ihr Besteck neben den Teller. »Das ist jetzt nicht das Thema«, sagte sie. »Das Thema ist dein Abgleiten in die Kriminalität!«

»Kriminali… ach komm schon!« Trixie machte eine wegwerfende Handbewegung. »Ich schwör dir, ich hab kein einziges dieser Smartphones gestohlen.«

»Hast du schon mal was von Hehlerei gehört?«, fragte Juliane scharf. »Beatrix, du machst dich *strafbar*!«

»Jonas macht sich strafbar«, korrigierte sie. Dass Juliane auch *immer* so kleinkariert-spießig denken musste! »Ich mach überhaupt nix. Außer hilfsbedürftige Menschen mit Kommunikationsmitteln versorgen.«

»Ob das die Polizei auch so sehen wird?«, fragte Ricarda sichtlich zweifelnd.

»Ach? Jetzt wollt ihr mich an die Polizei verpfeifen oder was? Feine Schwestern seid ihr!«

Herbert und Isolde sahen vom Nebentisch kopfschüttelnd zu ihnen hinüber. Ha, da würde Ricarda gleich wieder versuchen, sie zu beruhigen. Bloß keine Szenen in der Öffentlichkeit!

»So habe ich das doch nicht gemeint«, sagte Ricarda schnell. Hatte sie es doch gewusst! »Nur …«

»Nur was?« Trixie war auf dem Kriegspfad, und niemand konnte sie aufhalten.

»Nur …« Ricarda schien hektisch nach einem anderen Thema zu suchen. »Wieso *hast* du uns eigentlich gekidnappt, um diese Kreuzfahrt hier zu unternehmen?«, wandte sie sich an ihre große Schwester.

Ja, *das* würde sie auch interessieren. Trixie nickte rasch. Der Themenwechsel kam ihr gelegen.

»Versöhnung.« Juliane presste die Lippen zusammen.

Das konnte sie ihrer Großmutter erzählen! Trixie biss die Zähne zusammen. Aber wenn Juliane so war, würde man ihr für den Rest des Abends kein weiteres Wort mehr entlocken können.

37

Als die beiden Schwestern zurück in der Kabine waren, fragte Trixie: »Nimmst du ihr das mit der Versöhnung ab?«

Ricarda runzelte die Stirn. »Juliane war immer schon sehr eigensinnig, oder?«

»Interessiert dich das denn gar nicht?«, bohrte Trixie weiter.

Wenn sie ehrlich war, hatten Beweggründe, Julianes oder Trixies, sie noch nie interessiert. Ihre Schwestern handelten grundsätzlich anders als sie selbst. Was sollte sie da groß nachfragen?

Ricarda durchstöberte den schmalen Schrank, den sie sich mit Trixie teilte. »Sag mal, hast du mein *Biochemical Journal* gesehen?« In ihrer Handtasche war es auch nicht.

Trixie stöhnte. »Schalte doch mal ein bisschen von der Arbeit ab!« Sie stand dann aber doch auf, um Ricarda beim Suchen zu helfen. »So groß ist die Kabine ja nicht«, sagte sie. »Muss doch zu finden sein.«

»Außer ich habe es am Pool liegen lassen.« Ricarda dachte angestrengt nach. In diesem Augenblick klopfte es an der Tür.

»Ich bin's!«, flötete eine Frauenstimme. »Ich komme wegen des … na, Sie wissen schon!«

Das war Ricardas Stichwort. »Davon will ich einfach gar nichts wissen«, murmelte sie und verließ die Kabine, um oben auf Deck nachzuschauen, ob ihr Journal vielleicht am Pool liegen geblieben war oder ob sie Patrick in die Arme laufen würde. Die schicke Uniform des Ersten Offiziers war jedoch leider nirgends zu entdecken. Schon beim Abendessen hatte sie ihn nicht gesehen. Ricarda fragte sich, ob er ein Date mit Clarissa hatte.

Benimm dich nicht wie ein dämlicher Teenie, ermahnte sie sich dann selbst und suchte weiter nach ihrer Zeitschrift. Irgendwo musste das Heft ja zu finden sein, das würde nun garantiert niemand stehlen. Wer außer ihr interessierte sich schon für biochemische Fachartikel?

Erschwert wurde ihr die Suche jedoch durch den alten Bohr, der ihr in der letzten Zeit auf Schritt und Tritt zu folgen schien. War das ein Smartphone in seiner Hand? Hatte er ein Foto von ihr geschossen?

Ricarda ließ das Polster der Liege wieder sinken, unter das sie gerade geschaut hatte, und schüttelte den Kopf. Der war doch wirklich nicht mehr ganz dicht. Sie wanderte zur nächsten Liege und war froh, als der Mann endlich von Frau Rossach abgelenkt wurde, die ihn auf ein Kartenspiel einlud. Er schlug zwar aus, verschwand aber schließlich mit grimmigem Gesichtsausdruck unter Deck. Ricarda setzte sich auf eine der Liegen und sah sich um. Wieder einmal konnte sie ihre Finger nicht stillhalten. Sie musste sich dringend um neue Wolle kümmern. »Nadeln« hatte sie ja jetzt – eine Offenbarung, dieses chinesische Büfett heute Abend.

Sie entschied, zunächst im kleinen Bistro unter Deck nachzufragen, ob ihr Journal möglicherweise dort abgegeben worden war, und sich eine kleine Erfrischung zu holen. Danach konnte sie sich immer noch überlegen, wie sie den Rest des Abends verbringen wollte.

Das Bistro jedoch war einsam und verlassen. Der verantwortliche Steward schien gerade anderweitig beschäftigt zu sein, es war keine Menschenseele zu sehen. Weder ein Gast noch jemand von der Besatzung. Ricarda stellte sich mit einer Fanta an die Kasse, um zu warten. Ihr Blick fiel auf einen der kleinen weißen Kunststofftische, die im Gegensatz zu den formellen Tischen im Speisesaal nicht gedeckt waren. Nur ein kleines lilafarbenes Blumentöpfchen stand jeweils in der Mitte. Und über der Stuhllehne einer Sitzgruppe hing ein blauer Pullover. Ein blauer Strickpullover. Aus Wolle. Aus angenehmer, weicher, warmer, grob gestrickter Wolle. Erschrocken steckte Ricarda ihre Hände in die Hosentaschen, sie hatte gar nicht gemerkt, dass sie die Fanta abgestellt hatte und hinübergeschlichen war.

Nach Größe und Form zu urteilen gehörte der Pullover einem Mann. Ricarda, mach keinen Quatsch, ermahnte sie sich selbst. Du bist nicht Trixie!

Aber oh … der Pullover war so weich. Sie zögerte. In ihrer Handtasche befanden sich die Essstäbchen, sie könnte sich quasi sofort mit ihrer Beute zurückziehen und in einer abgeschiedenen Ecke ihre Nerven beruhigen.

Du bist doch nicht drogensüchtig, schalt sie sich, dreh nicht durch, mach dich nicht verrückt, versuch es zur Abwechslung einfach mal mit Meditation. Das blöde Stricken brauchte sie gar nicht. Genau. Sie würde andere Entspannungstechniken anwenden.

Oh, war die Wolle weich.

In ihrer Handtasche befand sich noch ein Jutebeutel, den sie immer dabeihatte, falls sie mal spontan einkaufen ging. Welcher verantwortungslose Mensch ließ auch seinen Pullover aus so wunderschöner, wunderbarer, kuschelweicher Wolle einfach über einem Stuhl im Bistro liegen? Da war er ja im Grunde selbst schuld!

Mit einem Handgriff verschwand der Pullover in ihrem Jutebeutel, und als sie jemanden pfeifend näher kommen hörte, hastete Ricarda schnell durch den Gang. Noch bevor sie durch die Tür an Deck stürzen konnte, öffnete sich diese, und sie stieß mit Patrick zusammen.

»Hoppla.« Er fasste sie an den Schultern und verhinderte so, dass sie der Länge nach hinfiel. »Auf der Flucht? Oder weshalb hast du es so eilig?«

Während er über seinen Scherz lachte, versuchte Ricarda angestrengt, sich nicht wie eine Kriminelle zu fühlen. Natürlich war es völlig umsonst, er hatte sie auf frischer Tat ertappt, sie war eine Diebin, war zu einer Diebin geworden, und ihre Wangen brannten. Glücklicherweise war die Beleuchtung im Inneren des Schiffes gedimmt.

»Halt!«, rief jemand hinter ihr, und Ricarda entwischte, eine Entschuldigung murmelnd, auf die Toilette – was für ein Glück, dass ein kluger Architekt die genau hier geplant hatte!

Nachdem sie die Kabine geschlossen hatte, ließ Ricarda sich mit zitternden Knien auf dem Klodeckel nieder. Himmel, eine Diebin. Aber der Pullover war einfach so weich gewesen, so weich. Sie hob den Jutebeutel auf die Knie und öffnete ihr Reisenähset. Mithilfe einer Nagelschere trennte sie vorsichtig die Fäden auf und begann zu ribbeln. Die gleichmäßige Arbeit tat gut, fast so gut wie das Stricken selbst, und bald hatte sie statt eines blauen Herrenpullovers zwei große und zwei kleine dunkelblaue Wollknäuel. Sie atmete tief durch, langsam fühlte sie sich besser. Probehalber nahm sie mit den Essstäbchen noch zehn Maschen auf, es klappte hervorragend. Zufrieden steckte sie alles zurück in den Jutebeutel.

Als sie endlich die Toilette verließ, stürzte sich der Nörgelrentner auf sie. »Hab ich Sie! Sie Diebin!«

»Was?« Ricarda riss die Augen auf.

Herr Bohr zerrte sie am Ärmel nach draußen aufs Deck. »Ich hab den Dieb, ich hab den Dieb!«, schrie er triumphierend, und im Nu hatte sich eine kleine Menschenmenge um sie versammelt.

»Ist das Ricarda? Lassen Sie meine Schwester in Ruhe!«, rief jemand plötzlich.

Juliane drängelte sich zwischen den übrigen Passagieren hindurch. Die große Schwester. Ricarda lächelte unsicher. Mit fünfzehn hatte sie in einem Drogeriemarkt einen Lippenstift geklaut, weil ihre beste Freundin einen Beweis dafür haben wollte, dass sie cool war. Natürlich hatte der Kaufhausdetektiv sie erwischt, und natürlich hatte er die Polizei rufen wollen. Zum Glück war sein erster Gedanke gewesen, bei Ricarda zu Hause anzurufen. Die aufgebrachte Juliane hatte ein solches Theater veranstaltet, dass zwei erwachsene Männer, der Kaufhausdetektiv sowie der Geschäftsführer, Ricarda ohne Weiteres hatten gehen lassen – nicht einmal Hausverbot hatte man ihr erteilt. Nicht dass das nötig gewesen wäre, sie hätte sich ohnehin nie wieder getraut, die Drogerie zu betreten.

»Ihre Schwester hat gerade meinen dunkelblauen Wollpullover geklaut!«, schrie der Nörgelrentner triumphierend. »Ich kann es beweisen!«

Ach du Schreck, Ricarda wurde heiß, dann kalt, ihre Wangen brannten, fühlten sich blass an, gleich würde sie in Ohnmacht fallen.

»Herr Bohr!« Wo kam denn Patrick auf einmal her? Oh nein, das nicht auch noch. »Meinen Sie nicht, es reicht jetzt?«

»Aber sie hat meinen Pullover in der Tasche! Ich beobachte sie schon länger, bin immer dicht hinter ihr und warte auf meine Chance. Ich war nur kurz auf der Toilette, und als ich zurückkam, war mein Pullover weg. Wen sehe ich noch den Tatort verlassen? Unsere feine Frau Schuster. Ha! Leider konnte ich kein Foto mehr machen.« Betrübt sah er auf das Smartphone, das er aus seiner Hosentasche geholt hatte. »Aber das spielt keine Rolle, heute ist die Verbrecherin in die Falle getappt!«

»Sie sind doch völlig übergeschnappt«, sagte Juliane brüsk, fasste Ricarda am Ärmel und versuchte, sie durch die Menge zu schieben.

»Ich folge Ihrer Schwester seit Tagen. Heute werde ich den Sieg davontragen!«

»Ja, also ich wüsste auch gern, was Herr Bohr da nun herausgefunden hat«, mischte sich jetzt Isolde ein. »Vielleicht hat sie ja auch unsere Handtücher.«

»Mit Kleptomanie ist nicht zu spaßen«, pflichtete ihr Ehemann ihr bei.

»Herrgott noch mal, Ricarda ist das ehrlichste Geschöpf dieser Erde, sie hat weder Ihren Pullover noch Ihre Handtücher«, fuhr Juliane die anderen an. »Jetzt lassen Sie uns durch.«

Patrick nickte nachdrücklich und hielt seine Arme schützend vor sie beide.

»Wenn sie so ehrlich ist, dann soll sie doch mal zeigen, was sie in ihrem Beutel hat!«, rief der Nörgelrentner. »Wenn es nicht mein Pullover ist, ist alles in Ordnung.« Hämisch grinsend verschränkte er die Arme vor der Brust.

»Oder unsere Handtücher!«

»Verdammter Lynchmob«, murmelte Juliane.

Ricarda schloss die Augen und schüttete den Inhalt

des Beutels vor ihre Füße. Die Essstäbchen und die vier blauen Wollknäuel fielen heraus, ein Knäuel rollte Käthe Rossach vor die Füße. Für einen Augenblick herrschte Stille.

Patrick kniff seine Lippen zusammen, dann sagte er forsch: »Damit hat sie wohl ihre Unschuld bewiesen, und das Spektakel kann beendet werden. Herr Bohr, ich möchte nicht mehr sehen, wie Sie andere Passagiere belästigen.«

Der Nörgelrentner zog den Kopf ein.

»Sie sollten sich schämen!«, zischte Juliane. »Sie alle!« Sie deutete mit dem Finger auf einen nach dem anderen, angefangen bei ihrem Lieblingsfeind. »Wo ist sie hin, die viel beschworene Gemeinschaft unseres Kapitäns? Wo bleibt der Teamgeist? Überhaupt Menschenliebe!« Sie holte Luft. »Wie können Sie es wagen, sich gegenseitig aufzuwiegeln und solch eine Hetzjagd zu veranstalten. Ich glaube, Sie schulden Ricarda eine Entschuldigung.« Sie hob herausfordernd das Kinn.

»Ist schon gut«, murmelte Ricarda, die es nicht wagte, mehr zu sagen. Mit flehenden Blicken versuchte sie, Juliane dazu zu bringen, die Geschichte rasch zu einem Ende zu führen.

»Jeder macht mal Fehler, oder?«, sagte der alte Bohr schließlich.

Ricarda nickte.

Patrick legte ihr eine Hand auf die Schulter. »Es tut mir wirklich leid. So etwas sollte nicht passieren. Ich werde ab jetzt verstärkt auf Herrn Bohr achten und ihn in seine Schranken weisen.«

Ricarda unterdrückte den Impuls, ihren Kopf an seine Brust zu legen. Sie nickte dankbar.

Käthe hob die Wolle auf. »Oh, du hast deine billige Kratzwolle gegen hochwertige eingetauscht! Clever, die Idee mit den Essstäbchen.« Mit einem Augenzwinkern hielt sie ihr die Essstäbchen und die Knäuel hin.

»J… ja … in … Bratislava war ich in einem Fachgeschäft«, stammelte Ricarda.

Sie blickte auf die aufgeribbelten und unordentlich zusammengerollten Wollklumpen, die so gar nicht nach gekauften Wollknäueln aussahen, und biss sich auf die Zunge.

»Komm, wir gönnen uns jetzt ein nettes Glas Wein.« Mit einem letzten bösen Blick auf die anderen Passagiere fasste Juliane nach Ricardas Arm.

»Vielleicht darf ich später ja dazustoßen?«, fragte Patrick leise.

Vermutlich immer noch mit knallroten Wangen lächelte Ricarda und folgte Juliane wie in Trance unter Deck.

»Was hab ich verpasst?« Trixie rannte hinter ihnen her.

»Ricarda hat sich vom Nörgelrentner erwischen lassen«, schnaubte Juliane, nachdem sie dem Barkeeper ihre Wünsche signalisiert hatte.

Ricarda war zu fertig, um noch irgendetwas zu sagen.

»Wobei erwischen lassen?«

»Sie hat ihm seinen Pullover geklaut.«

»Was?« Jetzt schaffte Ricarda es doch, etwas zu sagen. »Ich hab nicht … Ich hatte nur … Du hast doch gesehen … Ich meine … woher weißt du das?«

Juliane tätschelte ihr gönnerhaft die Wange. »Du wärst vor lauter Schuldbewusstsein beinahe gestorben. So verlegen habe ich dich seit mehr als fünfzehn Jahren nicht mehr gesehen. Weißt du noch, wie du diesen Lippenstift geklaut hast? Du liebe Zeit, diese Billigmarke, das Ding kann nicht mehr wert gewesen sein als zwei Euro.« Sie schüttelte den Kopf. »Was für einen Aufstand die um den Plunder gemacht haben …« Sie stellte zwei kleine Schnapsgläser vor Trixie und Ricarda, die der Barkeeper gebracht hatte, und trank selbst einen großen Schluck aus einem Wasserglas.

»Ich …«

»Du hast echt dem Nörgelrentner seinen Pulli geklaut? Das ist nicht wahr! Unsere brave Schwester?« Trixie lachte.

»Der lag so herrenlos da herum, und ich hatte kein Strickzeug mehr und …« Ricarda verhedderte sich in Erläuterungen.

Trixie kugelte sich vor Lachen. »Du, Ricarda die Gute, hast einem armen mittellosen Rentner seinen Pullover geklaut?« Dass der alte Bohr arm und mittellos war, glaubte Ricarda keine Sekunde, aber Trixie kriegte sich kaum ein vor Lachen. »Das hätte ich ja nie von dir gedacht«, sagte sie und wischte sich Tränen aus den Augenwinkeln.

»Du sei mal ruhig, mit deinen vom Laster gefallenen Smartphones!«, warf Juliane ein.

»Ich hab die geschenkt bekommen!«, gab Trixie zurück.

»Aber du hast dem Nörgler seine Sonnenbrille gestohlen!«, wagte Ricarda sich wieder in die Diskussion.

»Als gute Tat, um sie einem kleinen unglücklichen Mädchen zu schenken.«

»Ha!«, bemerkte Juliane.

»Und wer war das mit den Handtüchern?«, fragte Trixie sie nun.

Juliane hob unschuldig die Hände, konnte ein kleines selbstzufriedenes Grinsen aber nicht zurückhalten.

Ricarda fiel aus allen Wolken. »Das warst du?«

Trixie war Kleptomanin, ihre überkorrekte große Schwester klaute Handtücher, und sie hatte ein schlechtes Gewissen wegen eines Pullovers, den sie nur aus echter Not heraus gestohlen hatte!

»Morgens um sechs Poolliegen reservieren, um dann erst nach dem Frühstück aufzutauchen?« Juliane schnaubte.

»Aber sag mal … stricken?«, lenkte Trixie das Thema um.

Ricarda seufzte, genau das hatte sie vermeiden wollen. »Es hilft beim … Stressabbau.«

»Was stresst dich denn so im Urlaub?«

Das war doch jetzt nicht ihr Ernst? Ricarda blinzelte. »Weißt du, diese Sache mit Christoph …«, sagte sie schließlich, im Bewusstsein, dass das eine schlechte Ausrede war.

Der spukte ihr natürlich noch im Kopf herum, aber viel mehr Sorgen machte sie sich um die Schmetterlinge in ihrem Bauch, die immer dann zu flattern begannen, wenn der Erste Offizier in der Nähe war.

»Stricken! Meinst du nicht, dass das eine komplette Zeitver…« Juliane unterbrach sich und kniff die Lippen zusammen – immerhin, dafür war Ricarda schon dankbar.

»Ha! So was von!«, fiel Trixie ein. »Ist das nicht nur was für alte Omas?«

»Käthe Rossach strickt auch«, murmelte Ricarda.

»Eben.« Trixie stöhnte. »Echt, kannst du nicht einmal ein bisschen cool sein? Wenigstens, was dein Hobby betrifft?«

»Ich geh ins Bett.«

»Du bist jetzt nicht sauer, oder?« Trixie zupfte sie am Ärmel. »Meine Güte, sei doch nicht so empfindlich.«

Ricarda rutschte von ihrem Stuhl hinunter.

Juliane versuchte sie aufzuhalten. »Sie hat es nicht so gemeint.«

»Ich bin müde.«

Das war noch nicht einmal gelogen. Was hatte Christoph gesagt? Sie sei immer so passiv, müsse mehr Initiative ergreifen, zur Not auch mal wütend werden. Sie dürfe sich nicht immer alles gefallen lassen, auch nicht von ihm. Ricarda ballte die Hände zu Fäusten. Konnten die Menschen nicht einfach netter zueinander sein? Aber vielleicht hatte er recht, vielleicht forderte sie es tatsächlich heraus, dass man sich über sie lustig machte, indem sie solchen Sprüchen nie etwas entgegensetzte. Geahnt hatte sie es ja ohnehin schon, dass ihre Schwestern sich über ihr Stricken lustig machen würden. Da hätte sie doch gewappnet sein müssen.

Sie seufzte, schloss die Kabinentür auf und legte sich, ohne einen Umweg über das Bad zu machen, ins Bett. Den Jutebeutel mit dem Strickzeug presste sie sich an die Brust. Was für ein Abend!

38

Sie saßen beim Frühstück, und Trixie beobachtete Ricarda schon eine Weile. Sie saß geduckt zwischen ihr und Juliane und versuchte, dem Blick vom alten Bohr auszuweichen.

»Jetzt vergiss mal dein schlechtes Gewissen.« Juliane stieß sie an. »Ich kann dich bis hierher denken hören. Nein, du gibst ihm weder seine Sonnenbrille noch seinen Pullover zurück.«

»Wie will er den denn auch wieder zusammenbasteln?« Trixie grinste. »Für 'nen großen Handarbeitsfanatiker halte ich ihn nicht.«

»Woher weißt du das mit der Sonnenbrille?«, fragte Ricarda.

Juliane rollte mit den Augen, und während sie auf einer getrockneten Aprikose kaute, murmelte sie etwas, das verdächtig nach »Trixies kriminelle Aktivitäten« klang.

»Bitte?« Entrüstet schaute Trixie auf. Als ob Juliane-die-Handtuch-Klauerin besser war.

»So heimlichtuerisch, wie du immer mit deiner Handtasche umgehst«, sagte Juliane zu Ricarda und ignorierte Trixie, »musste da ja was ganz Besonderes drin sein.«

Das schlechte Gewissen stand Ricarda ins Gesicht geschrieben.

»Du hast die echt?«, fragte Trixie. »Die gehört doch Tatiana.«

»Eigentlich gehört sie Bohr. Und jetzt hol ich mir erst mal noch einen Kaffee.«

Damit stand Ricarda auf. Typisch, dachte Trixie. Immer jedem Streit aus dem Weg gehen. Da geschah es ihr nur recht, dass sie auf halber Strecke zum Büfett dem Kapitän in die Arme lief.

»Haben Sie Ihre Abendkleider zurechtgelegt? Die Smokings geputzt, die Krawatten gebügelt?«, rief er in sein Megafon. Er drehte sich einmal um die eigene Achse und fügte mit strahlenden Augen hinzu: »Heute Abend findet es endlich statt, das lang ersehnte, heiß erwünschte ...«, er machte eine dramatische Pause, »... Kapitänsdinner!« Selig lächelnd ließ er die Flüstertüte sinken, während ringsum zögerlich geklatscht wurde. »Aber vorher gibt es noch eine Übung!« Er sah in Ricardas Richtung. »Wie helfe ich Hilfsbedürftigen?«

Ihre Schwester schaute sich hektisch um.

»Die sieht grad wirklich hilfsbedürftig aus«, sagte Trixie grinsend zu Juliane, von der sie sich dafür einen vorwurfsvollen Blick eintrug. Aber der Kapitän hatte nicht sie im Blick. Er marschierte geradewegs auf die erschrockene Familie Wilhelm zu und bückte sich zu Tatiana hinunter.

»Lass mich!«

Mit einem Tritt gegen sein Schienbein setzte die

Kleine sich zur Wehr, rutschte dann vom Stuhl hinunter und verkroch sich hinter ihrer Mutter. Ricarda nutzte die Gelegenheit, um zurück an ihren Tisch zu entwischen. Trixie kriegte sich vor Lachen kaum ein, während Käpt'n Iglo sich fluchend das Schienbein rieb.

»Frau Rossach«, bellte er dann in sein Megafon. Die alte Dame sah auf, und Trixie ahnte Schlimmes. »Alte Menschen und Kinder«, schrie er, »gehören zu den verletzlichsten Gruppen an Bord jedes Schiffes. Hier auf der *Santa Luisa* nehmen wir Verantwortung noch ernst und schreiben Hilfsbereitschaft groß. Kommen Sie!« Käthe Rossach ging zögerlich auf ihn zu.

»Hier sehen Sie eine fragile ältere Dame«, rief der Kapitän. »Sie kann nicht mehr gut hören, nicht sehen, nicht gehen und sich schon gar nicht allein von Bord retten. Sie braucht Unterstützung.«

Galant erhob Luca sich von seinem Stuhl, rückte sein Halstüchlein zurecht – an diesem Morgen war es ein rotes – und verbeugte sich vor Frau Rossach.

»Darf ich Ihnen meinen Arm anbieten?«, näselte er.

»FALSCH!«, brüllte ihm der Käpt'n ins Ohr, sodass er zusammenzuckte. Das Megafon wie eine Waffe schwenkend, fuhr er fort: »Eine Schiffskatastrophe ist für Galanterie nicht der passende Zeitpunkt. Frau Rossach braucht tatkräftige Hilfe und keine dummen Sprüche.« Luca verzog beleidigt den Mund. »Kinder, vor allem kleine, sollten getragen werden.« Er wies auf Tatiana und murmelte: »Wenn Sie sich in ihre Nähe trauen.« Lauter wandte er sich wieder an Frau Rossach: »Wenn ältere Menschen sich weigern, getragen zu werden«, Käthe Rossach sah definitiv aus, als würde sie sich weigern, »halten Sie sie fest, sodass sie nicht stürzen.« Mit der einen Hand umfasste er die Taille der alten Dame, mit der anderen versuchte er, gleichzeitig sein Megafon und ihren Ellenbogen zu greifen. Im Schneckentempo humpelte er mit ihr ein Stück weit, bis er seine Vorführung schließlich mit einem Applaus für sie beendete. »Wieder ein Menschenleben gerettet!«

»Na, Gott sei Dank«, bemerkte Trixie. »Was hier nicht alles hätte passieren können, so beim Frühstück.«

Ricarda biss sich auf die Lippen. Noch einen Rüffel ihrer Schwestern wollte sie anscheinend nicht kassieren, und Trixie seufzte innerlich auf. Der Kapitän war ein Vollpfosten, aber noch mehr schwesterliche Verschwörungstheorien hielt sie nicht aus.

Wien! Trixie freute sich. Das war endlich mal eine Stadt nach ihrem Geschmack. Hier ließ es sich leben, das war doch etwas ganz anderes als so eine kleine, spießige Studentenstadt. Sie hatte sich direkt abgesetzt, schlenderte nun durch die Kärntner Straße, betrat hier ein Geschäft und sah sich dort die Schaufensterauslagen an. Den Stephansdom oder irgendwelche Museen zu besichtigen hatte sie sich geschenkt, das konnten ihre Schwestern übernehmen.

Ricarda würden die Menschenmassen in der Innenstadt – sogar an einem Wochentag war es voll, Trixie war begeistert – in den Wahnsinn treiben, und Juliane würde spätestens nach fünf Minuten Kopfschmerzen bekommen. Ich bin eben so ganz anders als meine Schwestern, dachte sie zufrieden und schaute im Steffl Department Store nach Jeans. Die konnte sie sich ja jetzt ja leisten. Natürlich nicht die spießigen Marken, die Juliane bevorzugte.

Trixie schnappte sich zwei Hosen, probierte sie an und hatte sich keine fünf Minuten später für eine entschieden. So sollte Shopping immer sein. Auf dem Weg zur Kasse kam sie an den Abendkleidern vorbei und musste unwillkürlich an ihren Abiturball denken. Trixie hatte ihre Fehde mit der Physiklehrerin Frau Schmidt beendet, indem sie ihr – zu dem Zeitpunkt hatte sie ihr die Note nicht mehr versauen können – einen Shrimp in den Ausschnitt hatte fallen lassen. Im anschließenden Chaos, das, von Juliane angeheizt, von Ricarda natürlich zu schlichten versucht worden war, hatte Ricardas schönes Abendkleid Cocktailsoße abbekommen, und zur Krönung hatte ihr damaliger Freund einen dramatischen Abgang hingelegt. Mit den Worten »Du und deine Schwestern, ihr seid doch nicht mehr ganz dicht« war er über die Tanzfläche nach draußen gestürmt. Trixie hatte den Abend zwar äußerst zufrieden als würdigen Abschluss ihrer Schullaufbahn betrachtet, auch Juliane war froh gewesen, es »der doofen Schmidt gezeigt zu haben, und dein Trottel von Freund – wie hieß der eigentlich? – ist hoffentlich für immer gegangen«. Aber Ricarda hatte angefangen zu weinen.

Trixie tauchte aus ihren Erinnerungen wieder auf und betastete den seidigen dunkelgrünen Stoff des Kleides einer Schaufensterpuppe. Wenn sie genauer darüber nachdachte, schuldete sie ihrer Schwester ein Abendkleid und – einen Mann.

39

Ricarda war ehrlich beeindruckt von Wien. Sie kam gerade aus dem Stephansdom, dessen Dachziegel im bunten Zickzackmuster ihr ungemein gut gefielen. Doch auch das Innere des gotischen Doms hatte sie mit den vielen Seitenaltären und dem ausladenden Mittelschiff begeistern können. Jetzt sah sie sich zur Orientierung um, als ihr Blick auf einen rosafarben gestrichenen Eckladen fiel: Manner. Die Waffeln hatte sie als Kind geliebt, von jeder Dienstreise hatte ihr Vater welche mitgebracht. Bevor sie weiter darüber nachdenken konnte, betrat sie das Geschäft und lief direkt Juliane in die Arme. Sie stand vor einem Regal und fuhr mit den Händen über die rosafarbenen Packungen. Als Ricarda sich neben sie stellte, zuckte sie ertappt zurück, dann jedoch wurden ihre Gesichtszüge weich.

»Weißt du noch?«, fragte sie.

»Die Marke in der Schulcafeteria konnte den echten doch nie das Wasser reichen.«

Juliane grinste. »Was hab ich mich mit dem Hausmeister angelegt, dass er endlich die guten bestellt.«

»Genützt hat es nichts, außer dass er dir mit Hausverbot gedroht hat.«

»Das hätte er nie gewagt!«

»Aber gewollt!«

Sie sahen sich an und fingen an zu lachen.

»Wir müssen welche mitnehmen«, entschied Ricarda. »Für Trixie auch.«

»Der sollten wir lieber Ansichtskarten mitbringen. Damit sie überhaupt etwas von den Sehenswürdigkeiten hier mitbekommt. Die ist doch bestimmt shoppen.« Da konnte Juliane recht haben. Oder sie saß bei einem doppelten Sahnecino oder wie die Dinger auch immer hießen im Starbucks, den Ricarda in der Nähe der Oper gesehen hatte.

»Wien ist toll, oder?« Ricarda schwärmte ihrer Schwester von der Hofburg vor, die diese nur von außen gesehen hatte, um stattdessen die Ausstellung in der Albertina zu besichtigen.

»Ich guck mir doch nicht stundenlang Sisis Porzellan an.« Sie tippte sich an die Stirn.

»Aber ihre Handschuhe hättest du dir sofort nachkaufen wollen, darauf wette ich.«

Sie grinsten sich an. Dann griff Ricarda ins Regal. »Also drei große Packungen für uns?«

»Vielleicht noch …« Juliane zögerte. »Meinst du … also, ich denke, ich werde noch einige für meine Freundinnen mitbringen.«

Freundinnen? Juliane hatte Freundinnen?

»Eine gute Idee«, stimmte Ricarda zu. »Arbeitskolleginnen?«

»Meine Yogagruppe.«

Yoga? Juliane machte wirklich Yoga? Da hatte sie doch richtig gehört bei der Begrüßung in Passau. Was war denn nur mit ihrer großen Schwester los? Trixie hatte recht gehabt mit ihrem Misstrauen. Die Einladung zur Kreuzfahrt, der Wunsch nach Versöhnung, und jetzt stellte sie fest, dass Juliane gemeinsam mit *Freundinnen Yoga* machte. Die Hassgefühle, die Juliane bisher allem »spirituellen Spinnerkram« entgegengebracht hatte, waren vergleichbar mit der Reaktion, die bei Trixie der Vorschlag, mit alten Männern Golf zu spielen, ausgelöst hätte.

»Du magst kein Yoga. Du mochtest noch nie Yoga«, sagte Ricarda.

»Dinge ändern sich.«

»Aber ...«

»Lass uns zur Kasse gehen«, unterbrach Juliane sie brüsk und drehte sich zur Seite. »Ist doch egal.«

Nein, ist es nicht, fand Ricarda, aber sie hatte nicht den Mut, es auszusprechen.

40

Als Trixie eine halbe Stunde später an der Kasse anstand, musste sie sich eingestehen, dass das Untertauchen in Menschenmassen auch Nachteile hatte. Vielleicht wäre es doch ganz schön, ein bisschen auszuruhen und zu quatschen?

Sie überlegte. Die übrige Reisegesellschaft, zumindest Ricarda, Juliane, Frau Rossach und, wenn sie Glück hatte, auch Clarissa, trafen sich immer in einem der Touristencafés in den Städten, die sie besichtigten. Die Wiener Kaffeehauskultur war doch auf der ganzen Welt bekannt, da würden sie sicher auch hier eines der berühmten Cafés ausprobieren. Nur welches?

»Entschuldigung«, wandte Trixie sich an die Kassiererin, als sie an der Reihe war. »Gibt's hier in der Nähe ein Café, in das die Touristen gern gehen? Vielleicht eins, wo man auch draußen sitzen kann?«

»Ich persönlich würd ins Museumsquartier gehen. Touristen gibt's da auch eine Menge.«

»Ältere oder jüngere?«

Die Kassiererin runzelte die Stirn. »Ältere gehen vielleicht eher ins Café Landtmann am Burgtheater.«

Burgtheater! Genau. Das würden die sich nicht entgehen lassen, das war sicher ihr Ziel. Trixie ließ sich den Weg beschreiben und lief auf gut Glück los. Nachdem sie unterwegs noch zwei ältere Herren und eine junge Frau mit Kindern angesprochen hatte, fand sie tatsächlich zum Burgtheater und dem Café Landtmann daneben. Hinter Büschen, um die Tische von der Straße und dem Parkplatz des Burgtheaters abzuschirmen, entdeckte sie dann auch gleich einen rosafarbenen Wollpullover.

»Trixie! Wie schön!« Clarissa war ebenfalls da.

Erschöpft ließ Trixie sich auf einen freien Stuhl fallen und seufzte. »Ich bin total k. o.« Sie stellte ihre Einkaufstüte auf den Boden und lehnte sich zurück.

Frau Rossach lachte. »Das hat Clarissa auch gerade gesagt. Ihr jungen Leute habt keine Energie!«

»Oh, nachts dafür umso mehr«, sagte Clarissa über das ganze Gesicht grinsend.

»Wo ist eigentlich Ihr Freund Luca?«, fragte Trixie, die bei der Bemerkung unwillkürlich – und wie sie hoffte unpassenderweise – an den Heiratsschwindler dachte.

Clarissa kicherte, dann hielt sie sich verlegen die Hand vor den Mund.

Aber Frau Rossach winkte nur ab. »Von dem brauch ich eine Pause. Ich hab ihn Isolde auf den Hals gehetzt.«

Jetzt musste auch Trixie lachen. »Männer!«, sagte sie.

»Die braucht doch wirklich keiner«, stimmte Clarissa zu.

Frau Rossach nickte. »Außer natürlich den Kellner,

den brauchen wir ganz dringend. Ich bin für einen Gin Tonic.«

Da auch Clarissa begeistert nickte, zuckte Trixie mit den Schultern. Wenn Juliane sich nachmittags mit Frau Rossach betrinken konnte, konnte sie das erst recht!

Noch während sie sich gegenseitig zuprosteten, sah Trixie den Nörgelrentner vom Rathausplatz herüberschlendern. Ihr erster Instinkt war, sich zu ducken und hinter den anderen Gästen zu verstecken. Dann dachte sie, ach was soll's, und winkte ihm zu. Der Mann hatte viel zu wenig Spaß im Leben.

»Herr …«

»Bohr«, soufflierte Frau Rossach.

»Herr Bohr, möchten Sie sich zu uns setzen?«, rief Trixie ihm zu.

Er schaute sie böse an, genau wie die Gäste am Nebentisch im Übrigen, und nahm einen demonstrativ langen Schluck aus seiner mitgebrachten Wasserflasche.

»Seien Sie kein Frosch!« Clarissa hob ihr Glas.

»Nun kommen Sie schon rüber, Sie alter Nörgler!«, rief Frau Rossach.

Kopfschüttelnd und mit zusammengepressten Lippen schlurfte er tatsächlich zu ihnen, und Trixie rückte ihm einen Stuhl zurecht.

»Wir haben ohnehin über Männer gesprochen«, sagte sie. »Da kommen Sie gerade recht.«

Clarissa hustete, während Frau Rossach beim Kellner einen Cappuccino bestellte. »Ach was, Sie sehen wie ein Cappuccinotyp aus. Eindeutig«, sagte sie, als er sich beschwerte.

Den Kaffee trank er anschließend mit sichtlichem Genuss, Frau Rossach hatte also tatsächlich eine gute Menschenkenntnis.

»Was ist denn mit Frauen?«, wechselte Trixie das Thema. Ein bisschen Lockerheit konnte dem alten Bohr nicht schaden. Besser als Luca war er trotz seiner Meckerei allemal. Wenn also Frau Rossach Interesse zeigen würde … »Männer sind langweilig, das haben wir schon festgestellt. Aber Frauen … Wie sieht's da bei Ihnen aus, Herr Bohr?«

Sofort verschloss er sich wieder, nicht einmal der nächste Schluck Cappuccino schaffte es, dass sich seine Lippen vollends voneinander lösten.

»Junge Frauen mögen Sie ja schon mal nicht«, sagte Trixie und grinste breit. »Meine Schwestern und mich haben Sie gefressen.«

»Das mit gestern tut mir leid«, presste er hervor.

»Ach machen Sie sich da mal keine Gedanken«, mischte Frau Rossach sich ein. »Die Frau Schuster ist so eine Liebe, die hat Ihnen sicher längst verziehen!«

»Haben Sie Ihren Pullover denn wiedergefunden?«, fragte Trixie. »Und die Sonnenbrille? Sie sind ja schon ein ganz schöner Schussel, muss ich sagen.«

Clarissa grinste, und Herr Bohr warf ihr einen bösen Blick zu, ohne auf die Fragen zu antworten.

»Was ist denn nun mit den Frauen?«, hakte Trixie

nach. »Machen Sie deshalb die Kreuzfahrt? Wollen Sie jemanden kennenlernen?«

»Um Gottes willen. Das ist schon einmal schiefgegangen. Nein, nein, mein Arzt hat mir den Urlaub sozusagen verordnet.«

»Magengeschwür?«, fragte Frau Rossach mitfühlend.

»Woher wissen Sie das?«

»Ist bei unzufriedenen Menschen oft der Fall. Mein Uwe war da ganz genau wie Sie! Hat immer nur gemeckert, war nie glücklich. Hat sein ganzes Leben mit Magenproblemen gekämpft und ist schließlich an einem Herzinfarkt gestorben.«

Herr Bohr blinzelte, und Trixie tat er fast wieder leid. »Sie sind geschieden?«, fragte sie.

»Hat meinen Job nicht ausgehalten und ist mit einem anderen durchgebrannt.« Er stellte die leere Kaffeetasse ab.

Trixie biss sich auf die Zunge. Vielleicht war das ja tatsächlich der Grund und er erst seitdem so ein alter Nörgler.

»Was arbeiten Sie denn?«, wollte Clarissa wissen.

»Bin pensioniert. Früher war ich bei der Bundeswehr.«

Oha. Das hätte Trixie nicht gedacht. »Werden da nicht alle einer Gehirnwäsche unterzogen?«

»Liebe Frau Schuster«, er holte tief Luft, »was Sie alles nicht wissen, kann ganze Bücher füllen.«

»Aber was ich alles weiß, da würden *Sie* wiederum vor Staunen die Luft anhalten.« Sie zwinkerte ihm zu.

»Bundeswehr …« Frau Rossach überlegte. »Luca war auch bei der Bundeswehr, hat er erzählt. Marine.«

»Dieses Weichei?« Herr Bohr zog die Augenbrauen hoch.

»Ha!« Clarissa stupste ihn. »Ich mag Sie!«

Etwas verwirrt sah er sie an.

»Herr Ober!« Frau Rossach bestellte noch eine Runde. Dieses Mal Gin Tonic für alle. »Auf die Gemeinschaft. Wir sitzen schließlich alle im selben Boot.«

41

Ricarda lag auf ihrem Bett und blätterte in einer Modezeitschrift, die sie am Pool gefunden hatte. Nach dem ausgiebigen Stadtbummel in Wien taten ihr jetzt die Füße weh. Ihr *Biochemical Journal* war immer noch verschwunden, also begnügte sie sich nun mit Artikeln zum Haarefärben – Wasserstoffperoxid, dazu konnte sie auch eine Menge beitragen – und zur neuen Herbstmode.

Trixie kam aus dem winzigen Bad, die Haare in ein Handtuch gewickelt, und klatschte in die Hände.

»Hopp, hopp, aufstehen! Der Kapitän und sein Dinner warten!«

Das berühmte Kapitänsdinner. Ricarda hätte nicht gedacht, dass Kreuzfahrtgesellschaften diesen Quatsch immer noch im Programm hatten. Allerdings hätte es ihr bei Käpt'n Iglo klar sein müssen. Natürlich wollte der Mann ein Kapitänsdinner. Vermutlich würde er eine lange Rede halten, in der es um Gemeinschaftsgefühle ging, und Wortspiele machen. Sie seufzte und suchte ihre guten Turnschuhe aus dem Schrank.

»Denk erst gar nicht dran.«

Trixie wuschelte sich mit dem Handtuch durch die Locken und blickte sie streng an.

Ricarda setzte sich zurück aufs Bett und sah zu, wie Trixie sich anzog: eine stylishe schwarze Hose, zu der sie einen ebenfalls schwarzen Pullover und eine lange Silberkette kombinierte, die sie einige Abende zuvor schon einmal getragen hatte. Juliane hatte über die Kette die Nase gerümpft, aber Trixie hatte mit den Augen gerollt und ihr erklärt, dass ihr ein paar modernere Klamotten auch mal guttäten.

Sie fuhr sich noch einmal durch das nasse Haar, dann zog sie Ricarda hoch und schob sie zum Schrank. »Du hast ein Kleid da drin.«

Ricarda schüttelte den Kopf. »Hab ich nicht.«

»Doch. Seit heute Nachmittag.«

»Du hast mir ein Kleid gekauft?«

»Und Sandalen. Damit du dich jetzt hübsch anziehen kannst.« Selbstzufrieden verschränkte Trixie die Arme vor der Brust.

»Woher hast du denn das Geld?« Ricarda biss sich auf die Lippe und winkte ab. »Halt, stopp, nein, ich will es gar nicht wissen.« Sie vermutete, es hatte mit Handys zu tun.

Trixie grinste. »Geschäfte. Nun zieh's schon an.«

»Aber du trägst auch eine Hose.«

»Ich will ja auch keinen Mann aufreißen. Ich sag nur Patrick …«

»Trixie!« Ricarda wollte niemanden aufreißen. Den Ersten Offizier schon gar nicht. Der gehörte zu Clarissa. Ja, gut, sie fand ihn nett, und er sah gut aus, er war witzig, charmant, ein guter Gesprächspartner, aber … »Nur weil ich ihn toll finde, bedeutet das noch lange nicht, dass ich ihn ›aufreißen‹ will.«

»Eben.«

»Was?« Jetzt hatte Ricarda den Faden verloren.

Trixie grinste. »Weil du von selbst nicht auf die Idee kommst, muss ich halt für dich mitdenken.« Sie öffnete die Schranktür und holte ein dunkelgrünes Kleid heraus. Es war lang, eng anliegend und hatte Spaghettiträger.

»Viel zu schick für so ein Kapitänsdinner.« Ricarda hob abwehrend die Hände.

»Da du jede Woche auf weitaus wichtigere Veranstaltungen gehst, wirst du natürlich dauernd Gelegenheit haben, es noch einmal anzuziehen.«

Trixie schnappte sich den Wein, den sie nach ihrem Stadttrip bestellt hatte, und nahm einen Schluck direkt aus der Flasche. Auch eine Marlene-Dietrich-Hose konnte aus Trixie keine Diva machen.

»Gute Idee«, murmelte Ricarda. »Ich werde mich einfach sinnlos betrinken.«

»Hör mal zu, Schwesterlein. Ich hab nicht meine letzten Ersparnisse geopfert, damit du jetzt kneifst«, sagte Trixie streng.

Ricarda riss die Augen auf. »Deine letzten Ersparnisse?«

Trixie seufzte. »War ein Witz. Mach schon, wir haben nicht mehr ewig Zeit.« Auch wenn es nicht ihre letzten Ersparnisse waren, sie hatte an ihre Schwester gedacht, sie war in ein Geschäft gegangen und hatte ihr ein Kleid gekauft. Jetzt konnte sie nicht so undankbar sein und das Geschenk ablehnen. Während Ricarda das Kleid zögerlich überzog und die ersten Schritte in den dazugehörigen Sandalen mit den hohen Absätzen wagte, sah Trixie ihr gespannt zu. »Du musst dich ein wenig in den Hüften wiegen«, sagte sie. »Dann verlierst du nicht so schnell das Gleichgewicht.«

»Das kannst du mit deinen flachen Halbschuhen leicht sagen!« Ricarda warf ihrer Schwester einen bösen Blick zu.

Trixie ließ sich nicht irritieren. Sie stellte sich auf Zehenspitzen und trippelte ein bisschen auf und ab, wobei sie ihre Hüfte von links nach rechts schob. »Schau, so.«

Ricarda versuchte, es ihr gleichzutun, gab aber schnell auf. »Das ist was für Clarissa«, sagte sie, »bei mir wirkt es nur steif.«

»Ach was! Wir brezeln dich richtig auf!« Trixie wurde ganz euphorisch. »Wie wäre es mit ein bisschen Make-up?«, fragte sie.

»Als ob das hier nicht schon genug Verkleidung wäre!«

Ricarda sah an sich hinunter. Bis auf die Tatsache, dass sie sich ein wenig wie beim Karneval fühlte, war das Kleid perfekt. Trixie hatte ihre Größe genau richtig geschätzt, es verbarg zudem gut ihre schlaksige Figur, umschmeichelte die Hüften. Wenn Ricarda sich nur traute, musste sie zugeben, dass sie wirklich gut darin aussah.

Trixie schob sie vor den Spiegel und zog spielerisch an ihren Haaren. »Du siehst fantastisch aus!« Ricarda wurde rot. »Deinem Ersten Offizier werden die Augen aus dem Kopf fallen.« Ihre Schwester rückte ihre Brille zurecht. »Meine Güte, und intelligent wirkst du auch noch. So was macht die Männer ganz verrückt.« Sie lachte, wobei sie den Kopf so schüttelte, dass ihre blonden Locken flogen.

»Ich glaube …« Ricarda setzte sich aufs Bett. »Ich meine … meinst du nicht, dass Patrick eine Liga über mir spielt?«

»Was?«

Ricarda wiederholte all seine Vorzüge, die sie vorher schon in Gedanken durchgespielt hatte. »Er hat so fröhliche Augen. Und ein Lächeln mit ganz furchtbar weißen Zähnen. Dann sind seine Schultern so … er hält sie so straff … Und in der Uniform wirkt das eben … Nett ist er auch noch, und man kann sich wunderbar mit ihm unterhalten, weißt du?« Trixie sah sie verständnislos an. »Und ich dagegen?« Ricarda warf die Arme in die Luft. »Ich seh aus wie eine durchschnittliche Laborratte.«

»Du spinnst ja.« Trixie holte ihr Schminktäschchen und setzte sich neben sie. »Ich weiß, dass du dich selbst noch nie hübsch fandest, aber wirklich, Ricarda, findest du mich mausig? Oder Juliane?« Ricarda schüttelte den Kopf. Ihre Schwestern waren hübsch. Klar, perfekt war keine von ihnen. Wer war das schon? Juliane und Trixie konnten aber locker mit Frauen wie Clarissa mithalten. »Schon mal was von Familienähnlichkeit gehört?«, fragte Trixie weiter.

»Meine Nase ist völlig …«

»Red keinen Unsinn«, unterbrach Trixie sie und begann, Ricarda zu schminken. »Alles das, was du an uns schön findest, ist auch an dir schön. Wir sehen nicht gleich aus, wir haben alle etwas Individuelles. Aber glaub mir, wir sind alle gleich hübsch.«

Woher nahm die Kleine eigentlich ihr Selbstbewusstsein? Trixie grinste schelmisch, dann sprang sie auf und drückte Ricarda die Weinflasche in die Hand. Ricarda nahm einen großen Schluck, vielleicht würde ihr das über das erste Nervenflattern hinweghelfen.

»Wieso weißt du eigentlich so viel über Kleider und hohe Schuhe?«, fragte sie.

Trixie selbst trug grundsätzlich die modischsten Sachen, wenn auch fast immer Jeans und Turnschuhe. In einem Kleid hatte Ricarda sie seit ihrem neunten Lebensjahr nicht mehr gesehen. Und hohe Schuhe? Nein, sie konnte sich nicht erinnern, dass Trixie jemals hohe Schuhe getragen hätte.

Trixie öffnete den Mund, schloss ihn dann aber wieder. »Studentenwohnheim«, sagte sie schließlich und hielt Ricarda einen Spiegel hin. »Und? Was sagst du?«

»Seid ihr endlich fertig?« Bevor Ricarda antworten konnte, klopfte Juliane hörbar ungehalten an die Kabinentür.

»Ah, die Eiserne Lady höchstpersönlich«, begrüßte Trixie sie, während sie mit Schwung die Tür aufriss.

Tatsächlich trug Juliane nicht nur ihren üblichen strengen Gesichtsausdruck, sondern auch ein stahlgraues Kostüm und eine Perlenkette.

Sie betraten den Speisesaal, der an diesem Abend kaum wiederzuerkennen war. Die Tische waren zusammengerückt worden, sodass mehrere lange Tafeln entstanden waren, überall an den Decken hatte man blau und silbern glitzernde Girlanden aufgehängt, und auf den blütenweißen Tischtüchern standen nicht nur Kerzen, sondern auch kleine Vasen mit jeweils einer langstieligen roten Rose.

Käpt'n Iglo strahlte in seiner weißen Galauniform mit den Kerzen um die Wette und schwirrte von Gast zu Gast, um jeden persönlich zu begrüßen und allen überschwänglich die Hand zu schütteln.

»Sekt?«, fragte ein Kellner, der mit einem Tablett voller Gläser auf sie zusteuerte.

Trixie nahm sich gleich zwei der Sektflöten, Ricarda griff ebenfalls zu.

»Haben Sie auch Wasser?«, fragte Juliane.

»Nimm wenigstens Orangensaft«, kommentierte Käthe Rossach, die sich mit ihrem eigenen Glas, das allerdings eher nach Gin Tonic aussah, zu ihnen gesellte.

»Meine Liebe, heute dürfen auch Sie sich etwas gönnen!«, sagte der Kapitän und schwebte auf Juliane zu. Er deutete einen Handkuss an, den Juliane mit gerümpfter Nase kommentierte, dann drückte er Trixie warm die Hand, bevor er Ricarda an beide Schultern fasste. »Frau Schuster!« Er gab ihr ein Küsschen links, eins rechts auf die Wange. »Die liebreizende Holde, die, wie mir scheint, meinen Ersten Offizier bezaubert hat.«

Hastig sah Ricarda sich nach besagtem Offizier um. Meinte der Kapitän das ernst, oder wollte er sie aufziehen? Während Käpt'n Iglo weiterging und auch Trixie sich mit ihren Sektgläsern auf die Suche nach jemandem machte, kam Herr Bohr in den Saal, Herbert und Isolde im Schlepptau.

»Habt ihr schon die Sitzordnung gesehen?«, fragte Käthe Rossach. »Wir sitzen neben denen.« Sie deutete mit dem Kopf auf die drei älteren Gäste.

»Dann brauch ich doch Alkohol.«

Juliane hielt den jungen Mann im Smoking fest, schnappte sich ein Sektglas und stürzte es in einem Zug hinunter.

Das konnte ja heiter werden.

Zu Ricardas Überraschung saß auch Clarissa an ihrem Tisch, und zwar ihr gegenüber. Sie selbst saß zwischen Trixie und Juliane, die Übrigen so um sie herum gruppiert, dass nur ein einziger Platz, der neben Clarissa, frei blieb.

Nachdem die erste Vorspeise, lauwarmer Ziegenkäse auf Feldsalat, aufgetragen worden war, stand der Kapitän auf und klopfte mit einem Löffel, Aufmerksamkeit heischend, an sein Weinglas.

»Entschuldigung«, murmelte Patrick in diesem Augenblick und setzte sich auf den Stuhl neben Clarissa. Er sah zu Ricarda und riss die Augen auf. »Du siehst … du … Oh …«

Trixie stieß ihr den Ellenbogen in die Rippen. »Hab ich's nicht gesagt?«, zischte sie.

»Ich bitte um Ruhe!« Käpt'n Iglo schickte einen strafenden Blick in ihre Richtung. »Liebe Reisegesellschaft, liebe Freunde, möchte ich sagen. Jetzt verbringen wir schon so viel Zeit zusammen auf diesem Schiff und konnten uns schätzen und lieben lernen.« Trixie lachte schallend, und Juliane zog eine Augenbraue hoch. Auch Ricarda schaute verstohlen ans andere Ende des Tisches, wo die älteren Herrschaften saßen. Die drei sahen mit finsterer Miene auf ihre Teller. »Ich habe Ihnen viel mit auf den Weg gegeben: Gemeinschaftsgefühl, Fürsorge, Hilfe im Notfall.« Er breitete die Arme aus. »Sie erinnern sich: Keiner wird zurückgelassen, keiner bleibt allein, wenn es brenzlig wird. Zuerst helfen wir den Kranken und Schwachen, den Kindern und Notleidenden. Dann bringen wir uns selbst in Sicherheit.« Er blickte der Reihe nach von Tisch zu Tisch. »Und jetzt ein Schwur!«

Ricarda zog die Augenbrauen hoch, auch die anderen Passagiere sahen den Kapitän skeptisch an.

Frau Rossach fragte: »Blutsbrüderschaft?«

»Ein wunderbarer Hinweis!« Der Kapitän strahlte.

»So weit kommt's noch«, zischte Juliane.

Auch Ricarda wurde unruhig, ein Blutritual war dem durchgeknallten Käpt'n durchaus zuzutrauen.

Patrick lächelte beruhigend. »Keine Sorge. Ist alles im übertragenen Sinne gemeint.«

»Bitte sprechen Sie mir nach.« Der Kapitän hob seine Stimme. »Ich – und hier setzen Sie Ihren Namen ein – verpflichte mich, im Notfall für andere einzustehen.« Schweigen herrschte im Saal. »Was ist? Wollen Sie nicht mitmachen?« Der Kapitän legte die rechte Hand aufs Herz und sprach noch lauter. »Ich – Namen einsetzen – verpflichte mich, im Notfall für andere einzustehen.« Immer noch regte sich nichts. »Wir fangen nicht an zu essen, bis jeder von Ihnen den Schwur geleistet hat.« Eingeschnappt zog Käpt'n Iglo die Mundwinkel hinunter.

»Hunger!«, quäkte Tatiana, und ihr Vater lächelte dem Kapitän gequält zu. »Ich, Karsten Wilhelm …«, begann er, bis schließlich auch andere gutmütige Passagiere wie Käthe Rossach einfielen und dem Kapitän den Gefallen taten, seinen Schwur zu wiederholen.

»Ich, Juliane Schuster, verpflichte mich hiermit, den Kapitän bei der nächsten sich bietenden Gelegenheit über die Reling zu schubsen«, murmelte Juliane.

»Ich bin dabei!« Trixie grinste ihre Schwester an.

Ricarda rutschte unruhig auf ihrem Stuhl hin und her. Weshalb dieser Schwur? Er schien … na ja … eigentlich unschuldig. Aber mit dem Wissen, das sie hatte, wirkte er alles andere als das.

»Du siehst sehr schön aus heute Abend.«

Patrick sah sie wieder mit seinen dunklen Augen an, und Ricarda vergaß für einen Moment Käpt'n Iglo und die drohende Gefahr für das Kreuzfahrtschiff.

»D… danke«, stotterte sie und presste die rechte Hand an ihren Oberschenkel.

»Nicht dass du nicht immer …«, fuhr Patrick fort. »Ich meine nur, also … heute besonders.« Er lächelte. Und bildete sie es sich ein, oder wurde er rot?

Trixie kicherte. Manchmal wünschte sie ihre Schwester wirklich auf den Mond. Aber ihre Gedanken waren jetzt woanders. Wie gern hätte sie mit Clarissa getauscht und neben Patrick gesessen! Die wandte sich nun so, dass ihre Brüste besonders gut zur Geltung kamen, Patrick zu und verwickelte ihn in ein Gespräch über seine Ausbildung.

Das Stimmengemurmel wurde jetzt wieder lauter. Ricarda konnte sich nicht ins Gespräch einmischen. Seufzend widmete sie sich dem zweiten Gang, einer Kürbissuppe, und stimmte Juliane zu, die immer wieder »Die machen mich wahnsinnig, die machen mich wahnsinnig« wiederholte. Juliane meinte die alten Leute, die sich in diesem Augenblick darüber stritten, ob nicht jeder das Recht hatte, sich früh morgens mit seinem Handtuch den besten Liegeplatz am Pool zu reservieren. Ricarda machte allerdings noch etwas anderes wahnsinnig. Clarissa redete immer noch auf Patrick ein, sie bezirzte ihn richtiggehend. Da konnte sie auch den Hauptgang, ein ausgezeichnetes Rinderfilet, nicht richtig genießen.

»Wirst du dann auch irgendwann Kapitän?«, hauchte ihre Konkurrentin gerade, als für einen Moment gefräßige Stille herrschte.

Sie riss ihre ohnehin schon wunderschönen großen Augen noch ein bisschen mehr auf. Bewundernd blickte sie zu Patrick auf. Und beim Du waren sie mittlerweile auch!

»Ach.« Patrick lachte verlegen. »Im Augenblick bin ich noch sehr glücklich darüber, unter so einem … so fürsorglichen Kapitän Erfahrungen sammeln zu können.«

Ricarda hätte sich beinahe an einem Bissen verschluckt, auch Trixie hustete.

Clarissa kicherte, und plötzlich – »Uuups!« – hatte Patrick ihr Weinglas auf dem Schoß und rote Spritzer auf seinem blütenweißen Hemd.

»Ach das tut mir leid, oh, entschuldige bitte!«

Mit ihrer Serviette betupfte sie Patricks Oberschenkel, mit einer Hand stützte sie sich dabei an seinem Bauch ab. Ricarda musste die Augen abwenden.

»Danke, das … äh … das ist doch nicht nötig!« Patrick wand sich etwas verlegen an seinem Platz.

»Am besten ziehst du dein Hemd einfach aus. Weißt du, ich helfe dir. Oje, ist mir das unangenehm, lass es mich wiedergutmachen«, bat Clarissa mit klimpernden Wimpern.

»Das … äh … also …«

Clarissa stand auf, zog ihn von seinem Stuhl und führte ihn, einen Arm um seine Schulter gelegt, aus dem Saal.

Den Rest ihres Filets konnte Ricarda nicht mehr hinunterbekommen. Fünf Minuten später war immer noch nichts zu sehen von Clarissa oder Patrick. Zehn Minuten. Wie lange konnte es denn dauern, ein

Hemd zu wechseln? Und überhaupt … Brauchte ein erwachsener Mann dazu die Hilfe einer Frau, wenn er nicht …? Fünfzehn Minuten. Die Kellner begannen schon, die Teller abzuräumen.

»Ich denke, ich bin satt.« Sie legte ihre Serviette auf den Tisch.

»Aber der Nachtisch ist das Beste!«, protestierte Trixie.

»Sag mir später, wie er war.«

Wozu hatte sie sich so herausgeputzt? Trixies sicher sündhaft teures Kleid angezogen und sich von ihr schminken lassen? Es hatte ja doch alles keinen Sinn.

Ricarda stürmte aus dem Saal und zurück in ihre Kabine, wo sie die Sandalen von den Füßen schleuderte, in ihre flachen Mokassins schlüpfte, sich ihr Strickzeug schnappte und sich dann in einem einsamen Gang auf dem Weg zum Maschinenraum verkroch. Das Leben war grausam, aber immerhin – ihr Strickzeug war ihr geblieben. Beziehungsweise sie hatte Neues ergattert. Wie auch immer. Durchstechen, Faden durchziehen, Masche abheben. Durchstechen, Faden durchziehen … Langsam beruhigte sich ihr Atem, und sie konnte wieder klarer denken.

»Hey.«

Der Gang lag weitab von den Passagierkabinen und war nur spärlich beleuchtet, aber natürlich hatte Juliane sie gefunden.

»Hey.«

Sie steckte das Strickzeug zurück in den Beutel, ihre

große Schwester würde sie so schnell wohl nicht wieder in Ruhe lassen.

»Du verpasst den Tanzabend.« Ricarda zog die Augenbrauen hoch. »Wir könnten uns an die Bar setzen und über die Leute auf der Tanzfläche lästern«, schlug Juliane vor. Das brachte Ricarda wider Willen zum Lachen. »Komm schon, Schwesterherz. Heute Abend ist der Höhepunkt der Kreuzfahrt. Nur weil dein Herzblatt mit dieser Clarissa abgehauen ist, heißt das nicht, dass zwischen ihnen etwas läuft. Er hat schließlich *dir* ein Kompliment gemacht, nicht ihr.«

»Aber …«

»Nichts *aber* … Wenn die beiden gerade ihre Liebe füreinander entdecken, kannst du auch nichts machen, aber dann hat es noch weniger Sinn, wie ein Trauerkloß in der Ecke zu sitzen und zu … stricken.« Juliane fasste nach Ricardas Hand und zog sie hoch. »Jetzt machen wir uns einen schönen Abend, wir drei Schwestern.« Sie legte einen Arm um Ricarda. »Wir haben einiges aufzuholen, meinst du nicht?«

Die Dunkelheit war inzwischen hereingebrochen, die Sterne funkelten am Himmel, und kurz gab es Ricarda einen Stich, wie romantisch die Stimmung doch war. Jetzt an der Reling stehen und Patrick küssen …

Offenbar hatte die Atmosphäre auch ein anderes Pärchen angelockt, Ricarda musste blinzeln, aber in der innigen Umarmung dort neben dem Pool, das war doch eindeutig …

»Trixie?« Ricarda konnte sich noch gerade eben an

Juliane festhalten, sonst wäre sie gestolpert. Das war tatsächlich Trixie, die dort jemanden küsste. Jemanden mit langen dunklen Haaren und schmalen Schultern. Jemanden dezidiert weiblichen. »Clarissa?« Oh Gott, ihre Stimme klang ganz schrill. Ertappt lösten sich die beiden voneinander. »Du … ihr …« Ricarda wusste nicht, was sie sagen wollte. Sie drehte sich zu Juliane, die ihre jüngste Schwester anfunkelte. »Ist das ein Witz?«, fragte Ricarda schließlich vorsichtig.

Trixies Kinn schob sich nach vorn. »Sehe ich aus, als würde ich Witze machen?«

Schnell schüttelte Ricarda den Kopf. Trixies Anspielungen darauf, dass sie nicht für Männer gemacht war … oh.

»Du bist lesbisch?«

»Das denkt sie zumindest.« Juliane schnaubte.

»Aber …« Ricarda fuhr sich mit den Händen durch die Haare. »Seit wann das denn?« Dann fiel ihr Julianes Reaktion auf. »Du wusstest das?« Ungläubig sah sie ihre große Schwester an.

Die zog die Augenbrauen zusammen. »Sie ist nicht lesbisch.«

Clarissa lachte. »Egal, wie ihr es nennen wollt.«

Dann gab sie Trixie einen Kuss auf die Wange, hauchte ihr etwas ins Ohr und stöckelte davon. Ihre Absätze waren an diesem Abend sicher noch einmal fünf Zentimeter höher als sonst. Alle drei starrten ihr hinterher. Ricarda konnte nur an Patrick denken und dass er nun also nicht eng umschlungen mit Clarissa in seiner Kajüte lag, weil besagte Brünette gerade noch eng umschlungen …

»Woher wusstest du, dass Trixie so … so … ist und ich nicht?«, wandte sie sich an Juliane.

»Das ist jetzt auch wirklich das wichtigste Thema!« Trixie verschränkte die Arme vor der Brust. »Ich bin lesbisch, aber ooh, Juliane wusste es zuerst. Das ist ja ein Drama!«

»Du glaubst doch nicht ernsthaft, dass das was zu bedeuten hat?« Juliane machte eine fahrige Handbewegung in Richtung Trixie, die ihre Lippen nun fest zusammenpresste. »Das Mädchen ist verwirrt. Das ist eine Phase, das geht wieder vorbei, sie will doch irgendwann heiraten und Kinder kriegen.«

»Ja. Mit einer Frau.« Auch Trixie wurde nun lauter. »Du wirst es nicht glauben, aber da gibt es inzwischen Mittel und Wege … Frag mal unsere Biologin.«

»Ach jetzt werde ich gefragt, ja?«, rief Ricarda. »Seit wann weißt du das überhaupt?«

»Sie weiß es doch überhaupt nicht!«, schrie Juliane. »Sie kann sich nicht einmal entscheiden, ob sie weiter Ethnologie oder doch lieber Afrikanistik, Theaterwissenschaften oder Arabisch studieren will! Wie soll sie da so eine Entscheidung treffen?«

»Nur weil dir meine Lebensentscheidungen nicht gefallen, heißt das noch lange nicht, dass ich sie nicht treffen kann!«, brüllte Trixie zurück. »Wieso kannst du nicht einfach akzeptieren, dass ich nicht zu deiner beschissenen, spießigen Heterowelt gehöre? Ich bin eben anders, ja und? Ich bin ich, und ich bin lesbisch, verdammt noch mal!«

»Du bist …«

»Du hast mir gar nix zu sagen!« Trixies Wangen waren knallrot, der Mund vor Wut verzerrt. »Woher du dir die Frechheit rausnimmst, über mein Leben zu bestimmen, möchte ich einmal wissen, du Verräterin. Hausverkäuferin!«

»Ich hab mein Leben geopfert für dich! Das hab ich dir schon mal gesagt!«

»Könnt ihr nicht …«, versuchte Ricarda sich einzumischen, aber es war schon zu spät.

Trixie schleuderte Juliane ihre Handtasche entgegen, die diese genau auf die Nase bekam.

»Du undankbares Miststück!«, kreischte Juliane und stürzte sich auf ihre Schwester.

Ricarda ging auf Tauchstation und sah sich, Hilfe suchend, um.

»Egoistisches Biest!«

»Blöde Kuh!«

Plötzlich bekam sie eine Eingebung. Sie raste hinüber zur Poolbar, schnappte sich einen der Weinkühler, füllte ihn mit Wasser, rannte zurück zu ihren Schwestern und …

»Bist du wahnsinnig?«

Zwei keuchende und nun klatschnasse Schwestern mit triefenden Haaren sahen sie fuchsteufelswild an. Aber sie hatten immerhin aufgehört, sich zu prügeln.

An Julianes Hals konnte Ricarda rote Handabdrücke erkennen.

»Ihr seid die Wahnsinnigen hier! Ihr müsst euch immer streiten, müsst eine Szene nach der anderen hinlegen, müsst … Himmel noch mal, könnt ihr euch nicht einmal vertragen?!?« Ricarda sah mit funkelnden Augen von einer Schwester zur anderen.

»Wisst ihr was?« Trixie starrte ihre Schwestern an. »Ihr könnt mich mal. Alle beide! Du mit deiner bescheuerten Homophobie«, sie zeigte auf Juliane, »und du mit deiner furchtbaren heilen Welt! Bloß kein Streit, bloß keine Emotionen, am besten nicht einmal ein Problem ansprechen! Lasst mich echt in Ruhe, ihr seid zum Kotzen!« Sie machte auf dem Absatz kehrt und stürmte davon.

Ricarda presste die Lippen zusammen, Juliane tropfte schwer atmend vor sich hin.

»Das Mädchen ist verwirrt«, sagte sie schließlich nach einer Weile der Stille. »Beatrix weiß nicht, was sie redet.«

Das hatte für Ricarda irgendwie anders geklungen. Sie runzelte die Stirn. »Meinst du nicht …«

»Nein, meine ich nicht.«

Juliane schlug gegen die Reling, dann stürzte auch sie davon. Ricarda blieb ganz allein auf dem Deck zurück. Sie rieb sich die Arme und sah sich um.

Was für ein verkorkster Abend! Was sollte sie jetzt tun?

»Na, habt ihr euch versöhnt?« Clarissa, die vorhin

noch so hoheitsvoll davongestöckelt war, kam barfuß, die Pumps in den Händen, auf Ricarda zu.

»Versöhnt? Der Streit geht gerade erst richtig los«, sagte Ricarda bitter.

Clarissa seufzte und lehnte sich an die Reling. »Die arme Trixie.«

»Genau. Die arme Trixie.« Ricarda sah die Verräterin von der Seite an. »Gerade war's noch Patrick, den du abschleppen wolltest, jetzt küsst du meine Schwester? Meinst du eigentlich irgendwas ernst?«

In dem Moment, in dem sie die Worte ausgesprochen hatte, schrak sie zusammen. Das letzte Mal, dass sie jemandem so offen Vorwürfe gemacht hatte, war sicher schon einige Jahre her.

»Ach Ricarda.« Wieder seufzte Clarissa.

»Nein, nicht *ach Ricarda«,* regte sie sich auf. »Ich hab die Nase voll von *ach Ricarda.* Ricarda die Sanftmütige hat gerade Pause. Also, was willst du von meiner Schwester?«

Erstaunt sah Clarissa sie an. Sie blinzelte, öffnete den Mund, schloss ihn wieder. Schließlich lächelte sie. »Ich hab mich ziemlich verknallt.«

»Okay.« Ricarda nickte. »Okay.«

Sie konnte damit leben. Sie war nicht homophob. Es war völlig in Ordnung, dass ihre Schwester lesbisch war. Es war …

»Es ist in Ordnung, wenn du ein bisschen Zeit brauchst, dich dran zu gewöhnen«, sagte Clarissa.

»Ich bin nicht homophob!«

Clarissa berührte leicht ihren Arm, und Ricarda schloss die Augen. »Ich finde es okay«, sagte sie schließlich, »aber vielleicht brauche ich tatsächlich ein ganz klein wenig Zeit, um mich an den Gedanken zu gewöhnen.«

Clarissa nickte. »Trixie ist es wert.«

Ricarda stockte, nickte dann. Damit hatte sie recht. »Wieso hat sie es mir nicht gesagt? Vertraut sie mir nicht?«

Clarissa zuckte mit den Schultern. »Ist nicht so einfach manchmal. Am besten redest du selbst mit ihr.«

»Das sollte ich.« Ricarda straffte sich. Vorher fiel ihr aber noch etwas ein: »Was ist eigentlich mit Patrick?«

»Was wohl? Der ist total verknallt in dich.« Clarissa zwinkerte ihr zu.

»Wa…«

»Nun geh schon und sprich mit Trixie!«, scheuchte Clarissa sie davon.

42

Es dauerte etwas, bis Ricarda ihre jüngere Schwester gefunden hatte. Trixie saß am Achterdeck, ihre Schuhe standen neben ihr, die Beine hatte sie unter der Reling hindurch nach draußen gestreckt. Sie hatten schon abgelegt, morgen würde das Stift Melk auf dem Programm stehen, und so floss das Wasser in der Dunkelheit träge unter ihnen dahin.

»Na du?«, fragte Ricarda vorsichtig, als sie sich zu Trixie setzte.

Ein tiefer Seufzer war die Antwort. Einige Zeit saßen sie schweigend da, bis Ricarda Trixies Hand nahm und sie drückte.

»Mein kleines Schwesterherz wird erwachsen.«

»Sag das mal Juliane.« Trixie schnaubte.

»Hast du wirklich geglaubt, ich unterstütze dich nicht?« Trixie musste doch wissen, dass sie keine Vorurteile hatte.

Die zuckte mit den Schultern. »Julianes Vorwürfe haben mir gereicht.«

»Sie hat ihren genauen Plan vom Leben, immer schon gehabt. Für sich selbst, für mich und für dich.«

»Und alles, was nicht hineinpasst, wird ignoriert.«

»Sie meint es nicht böse. Schau mal, was sie für uns alles aufgegeben hat.«

Ricarda war sich sicher, dass Juliane nicht gelogen hatte. Sie hatte tatsächlich ihr Studium für ihre Schwestern geopfert.

»Siehst du?« Trixie setzte sich auf. »Genau deshalb habe ich es dir nicht gesagt!«

»Was?« Ricarda sah ihre Schwester verwirrt an. Gerade hatten sie doch angefangen, sich wieder zu verstehen, oder?

»Immer willst du vermitteln, immer beide Seiten betrachten, immer alle Argumente anhören.« Während sie wild gestikulierte und mit den Händen Anführungszeichen in die Luft malte, sah Trixie hinaus aufs Wasser. »Aber es geht hier um mein Leben! Es geht nicht nur darum, wen ich liebe oder nicht liebe, es geht um mich, um das, was mich ausmacht als Person, in meinem Inneren. Was glaubst du, wie verletzend es ist, wenn jemand verlangt, da einen ›Kompromiss‹ zu finden!« Verdutzt schwieg Ricarda, aber Trixie benötigte keine Erwiderung, es sprudelte nur so aus ihr heraus. »Immer bist du die Verständnisvolle, die, die sich nie festlegt. Verdammt, Ricky, bezieh mal Position!« Beinahe flehend sah sie sie an.

»Aber ich hab dir doch gerade gesagt, dass ich dich unterstütze«, antwortete diese. »Dass ich dich akzeptiere!«

»Ja, jetzt. Wenn wir allein sind.«

»Was soll das denn heißen?«

»Du hast dich doch immer zurückgezogen in dein Schneckenhaus, zu deinen Büchern, in dein Labor. Hauptsache, keine Schwierigkeiten, lieber Augen und Ohren verschließen. Interessiert hast du dich für mich nicht, und schon gar nicht für unsere Probleme.«

»Was ist daran so falsch?«, verteidigte Ricarda sich. »Wenn man sich lieber gut versteht?« Sie verschränkte die Arme vor der Brust.

Trixie schüttelte den Kopf. »Weil es mich verletzt! Weil du mich nicht ernst nimmst. Ich will, dass du dich aufregst! Ich will, dass du dich beschwerst über diese Ungerechtigkeit, dass du Juli anschreist, dass sie sich ihre Homophobie dahin stecken kann, wo die Sonne nie scheint, ich will, dass du dich mit ihr anlegst, dass du einmal im Leben rückhaltlos meiner Meinung bist, einmal im Leben eine Seite wählst, weil es die *richtige* Seite ist, nicht die ohne Konflikt. Ich will, dass du mir hilfst!«

Ricarda merkte, wie ihr Mund trocken wurde. Und noch etwas merkte sie, auch wenn sie es nur ungern zugab: Trixie hatte recht. Sie hatte so recht, dass es wehtat.

»Ich hab immer das Gefühl gehabt, zwischen euch zu stehen«, sagte sie leise. »Ihr beide habt geschrien, getobt, dann waren Mama und Papa da, ich wollte einfach nie Schwierigkeiten machen. Lieb sein. Frieden.«

Aber war es heute nicht Bequemlichkeit, reine Bequemlichkeit, aus der sie immer vermitteln wollte? Wenn sie beide Positionen gleichberechtigt behandelte, musste sie sich nicht damit auseinandersetzen, was genau los war, wer genau recht hatte. Sie konnte wie immer in der Mitte stehen: vom Alter, von der Größe, von der Einstellung. Die ausgeglichene Mitte, die, die nie Streit suchte, der man nichts vorwerfen konnte.

Trixies Sexualität ... Ricarda sah ihre kleine Schwester an, und es brach ihr fast das Herz. Dass sie ihr dieses Geheimnis nicht anvertraut hatte, war allein ihre Schuld. Julianes Reaktion war vorhersehbar gewesen, ihre eigene auch. Nachdem Juliane es erfahren hatte, hatte Trixie es ihr nicht erzählen können. Eine zweite Ablehnung, auch wenn sie aus Feigheit entstanden wäre, hätte sie nicht ertragen.

»Es tut mir so leid, Trixie.« Ricarda schluckte. »Das hab ich ganz, ganz groß verbockt.«

»Ach was.« Schon war Trixie wieder der Sonnenschein. Typisch für die Kleine, sie konnte niemandem lange böse sein.

»Nein, es ist nicht okay, du hast recht. Mit allem.« Ricarda sah Trixie in die Augen. »Weißt du, dass Christoph mir das auch immer vorgeworfen hat? Dass ich so passiv sei? Es stimmt wirklich. Ich muss lernen, aktiver zu werden, Position zu beziehen, zu handeln. Es kann nicht sein, dass du wegen meiner Schwächen unter die Räder kommst.«

»Ach Ricky!« Trixie lehnte den Kopf an ihre Schulter. »Das wollte ich hören.« Dann machte sie eine wegwerfende Handbewegung. »Aber dein Christoph, der war doch sowieso ein Trottel nach dem, was du von ihm erzählst! Patrick ist viel besser. Der hat im Übrigen Clarissas Test bestanden.«

Patrick. Dafür hatte Ricarda gerade keine Zeit. Sie musste die Beziehung zwischen ihren Schwestern wieder … Moment mal.

»Welchen Test?«

Trixie klimperte unschuldig mit den Wimpern. »Du hast Clarissa auf ihn angesetzt?«

»Ich musste doch wissen, ob er es ernst meint oder jeder schöne Augen macht.«

»Das glaub ich jetzt nicht!«

»Hey.« Trixie drückte ihre Hand. »Du darfst nicht wütend werden, du hast bei mir noch was gutzumachen! Freu dich lieber, dass er auf dich steht.« Sie gab Ricarda einen Kuss auf die Wange.

Ricarda seufzte und gab sich geschlagen. Gut, darum würde sie sich später kümmern. »Dann spreche ich jetzt mit Juliane.« Sie stand auf.

»Worüber?« Offenbar hatte Juliane die letzten Worte gehört. Sie stand auf einmal hinter ihnen.

»Wie viel hast du mitbekommen?«, fragte Trixie.

Aber Juliane wirkte nur müde. »Genug«, sagte sie und versuchte ein Lächeln. »Es tut mir leid.«

»Oh.«

Das hatte Trixie wohl nicht erwartet und sie selbst auch nicht.

»Ich … ich weiß, dass ich manchmal ein unglaublicher Kontrollfreak bin …«, begann sie und setzte sich zu ihnen, obwohl sie noch ihr schickes Kostüm trug.

»Manchmal?«, warf Trixie ein.

»… aber vielleicht ist es an der Zeit, euch einige Dinge zu erklären.« Sie schluckte.

Ricarda sah ihre ältere Schwester an. »Du hast unseretwegen das Studium geschmissen.«

Juliane nickte. »Wir hatten kein Geld. Mama und Papa … sie waren hoch verschuldet, wisst ihr. Ich hatte schlechte Berater, ich war ja auch noch zu jung, und ihr …« Hilflos wandte sie sich ihren Schwestern zu. »Der Schuldenberg wurde immer größer, trotz meines Jobs, und irgendwann ging es dann nicht anders. Ich musste das Haus verkaufen.«

»Und in typischer Juliane-Manier hast du uns das lieber verschwiegen, um uns nicht auch noch damit zu belasten«, sagte Trixie und sah hinaus aufs Wasser.

»Wenn wir es gewusst hätten, hätten wir dir helfen können«, sagte Ricarda. »Wir hätten arbeiten gehen können, wir hätten …«

Unglücklich hob sie die Schultern. Das hätte Juliane sich doch nicht alles allein aufbürden müssen!

Aber die schüttelte vehement den Kopf. »Genau deshalb habe ich es euch nicht gesagt. Deine Karriere war so vielversprechend, eine Promotionsstelle, wenig Geld, aber viel Ehre. Und Beatrix … Trixie sollte doch auch studieren.« Sie machte eine Pause. »Ich muss euch noch etwas gestehen.«

Ricarda traute sich fast nicht zu fragen. Trotzdem berührte sie Juliane leicht am Arm.

»Es gibt einen Grund dafür, dass du dich so geändert hast, oder?«

»Ich …« Juliane fuhr sich durchs Haar. »Ich hatte Krebs.«

Ricarda stockte der Atem. *Hatte.* Sie konzentrierte sich auf das Wort *hatte.*

»Das ist nicht dein Ernst!« Trixies Augen schnellten von Juliane zu Ricarda und wieder zurück.

»Ich bin wieder gesund, es ist alles in Ordnung, es gibt keinen Grund mehr zur …«, begann Juliane, aber Trixie zerrte an ihrem Arm.

»Du hattest Krebs und hast uns nix gesagt? Du hattest …«

»Ich wollte euch nicht belasten.«

»Belasten?« Ricardas Stimme kiekste.

Auch Trixie klang beinahe hysterisch, als sie sagte: »Was meinst du, wie mich eine Einladung zu deiner Beerdigung belastet hätte!«

»Ich bin wieder vollständig geheilt.« Juliane versuchte ein Lächeln. »Das heißt, ich muss natürlich immer wieder zur Kontrolle, aber erst mal kann ich mich als gesund bezeichnen.«

»Es war nicht deine Entscheidung allein«, sagte Trixie. »Nicht die Sache mit dem Haus, nicht die Sache mit der Krankheit. Was uns belastet, was wir tun wollen, das entscheiden wir selbst, nicht du. Das Recht steht dir nicht zu.«

Juliane nickte. »Ich kann nicht über euch und euer Leben entscheiden.«

»Auch wenn du denkst, dass es zu unserem Besten wäre«, fügte Ricarda hinzu.

Juliane … Sie lehnte den Kopf an die Reling.

»Auch dann nicht.« Juliane nickte, und es war klar, dass sie nicht nur über das Haus und ihre Krankheit sprach. »Ich wollte immer alles richtig machen und hab dabei doch so viel falsch gemacht. Ihr wart immer mehr als meine Schwestern, ihr wart halb meine Töchter, ich habe mich so verantwortlich gefühlt, vor allem für dich, Trixie. Wenn ich mir ansehe, wie die Welt immer noch mit Unverständnis reagiert, wenn ich mir ausmale, mit welchen Schwierigkeiten du zu rechnen hast … Und dann, wie wichtig dir Familie ist, wie du dir so unbedingt eine heile, funktionierende Familie wünschst …« Sie brach ab.

»Aber … aber …«, stammelte Trixie.

»Aber das ist nicht wichtig.« Wieder schüttelte Juliane den Kopf. »Das Wichtigste ist, dass du glücklich wirst. Und wenn das mit unzähligen Semestern Ethnologie oder was auch immer geschieht und einer Frau an deiner Seite, dann … dann kann und werde ich das akzeptieren. Ich verspreche euch hoch und heilig hier und jetzt: Ich werde euch nie wieder etwas verschweigen.«

»Ach Juliane!«

Trixie sprang auf und zog ihre große Schwester hoch. Auch Ricarda stand auf, und sie fielen sich alle drei in die Arme.

»Ich will nicht noch mehr falsch machen«, sagte Juliane dann leise. »Ich will nie wieder was falsch machen.«

»Dann bleib bloß gesund.« Trixies Stimme klang belegt. »Sprich mit uns, wenn du uns brauchst!«

Juliane lächelte. »Ich werde ewig leben. Und dich beim nächsten Schnupfen sofort informieren.«

Ricarda wischte sich über die Augen. »Versprich uns das!«

Trixie zog die Nase hoch, dann lachte sie. »Weißt du, Familie wird völlig überschätzt. Ich glaube, unsere kaputte Beziehung ist mir zehnmal lieber als zum Beispiel die ach so heile Familie Wilhelm.« Auf Ricardas hochgezogene Brauen hin verdrehte sie die Augen. »Frag nicht! Ich verrate euch nur eins: Sie brauchen beide ein Handy zum heimlichen Telefonieren. Apropos telefonieren …« Sie wandte sich an Juliane. »Ich glaube, ich weiß, was mich glücklich macht. Kein Studienabschluss, sondern vielleicht … irgendein Job im Verkauf. Ich glaub, ich kann gut Kunden beschwatzen.« Sie grinste. »Zum Beispiel ihnen Handyverträge und die entsprechenden Geräte vermitteln. Ich kenne mich mit den Features sämtlicher Modelle aus, und die Leute reißen sie mir nur so aus den Händen.«

Juliane hob die Arme, lächelte aber dabei. »Wenn dich das glücklich macht …«

»In Berlin.«

»Auch in Berlin.« Jetzt lachte sie auf. »Aber wo wir gerade von Handys sprechen … Ich glaube, ich muss jetzt mal schnell ein paar Freundinnen anrufen und mich bei ihnen bedanken.«

»Freundinnen?«, fragte Trixie, bevor sie sich auf die Zunge beißen konnte.

»Ja. Es muss sich einiges ändern in meinem Leben.«

»Aber mithilfe deiner Familie und deiner Freundinnen schaffst du das«, sagte Trixie und umarmte ihre beiden Schwestern noch einmal.

Ricarda konnte es kaum glauben. Friede, Freude, Eierkuchen? Das war doch nicht möglich, oder? Nicht mit ihren Schwestern? Und so einfach …

Sie sah in den Sternenhimmel.

»Alles wird gut«, sagte Juliane leise. »Alles wird gut.«

Sie blieben noch eine ganze Weile so stehen und hörten der immer leiser werdenden Musik aus dem Tanzsaal zu.

»Die machen auch langsam Schluss«, bemerkte Ricarda schließlich mit einem Blick auf die Uhr. Es war schon weit nach Mitternacht.

»Wir sollten ins Bett.« Juliane gähnte.

Trixie stimmte zu, nur Ricarda verabschiedete sich. »Geht ihr nur schon vor. Ich muss noch was erledigen.«

»Ah! Grüße an Patrick.« Trixie zwinkerte ihr zu, hakte Juliane unter und verschwand im Schiffsinneren.

Fest entschlossen marschierte Ricarda über Deck. Die Beziehung zu ihren Schwestern schien gekittet, zumindest für den Moment, jetzt konnte sie sich dem nächsten Problem widmen. Sie musste etwas ändern. Sie würde nicht weiterhin zusehen, wie um sie herum Dinge passierten und sich irgendwann eine andere

Frau Patrick schnappte. Nein, sie würde es allen zeigen. Die alte Ricarda gab es nicht mehr. Sie straffte die Schultern, öffnete die Tür, die zu den Kabinen führte, und wäre beinahe mit dem Kapitän zusammengestoßen, der durch genau diese Tür ins Freie stürmen wollte.

»Das Schiff geht unter, das Schiff geht unter, rette sich, wer kaannnnnn!«, schrie Käpt'n Iglo. Völlig aufgelöst, die Uniformjacke halb aufgeknöpft, die Fliege gelöst und nur mit einem Schuh an den Füßen stolperte er in Ricardas Arme. »Flieht! Fliiieeeeehht!«, rief er. Schwankend versuchte er sich aufzurichten. Ricarda konnte seine Alkoholfahne riechen. Beseelt vom Kapitänsdinner und seiner eigenen Rede, hatte er dem Wein etwas zu sehr zugesprochen, das war Ricarda schon beim Essen aufgefallen. »Ein Leck im Maschinenraum«, flüsterte er und hielt sich an ihr fest. »Ich hatte es geahnt, ich hatte es geahnt.« Seine Stimme wurde wieder laut. »Lauft, Leute, laaauuuft!«

Oh Himmel, das Schiff ging unter. Das Schiff ging unter! Panisch blickte Ricarda sich um. Die Rettungswesten! Als Erstes die Rettungswesten. Die anderen Passagiere aufwecken. Ihre Schwestern! Und überhaupt: Wo blieb die Hupe? Wieso erklang der Signalton nicht jetzt, im Ernstfall? Nichts hörte sie, gar nichts. Oh nein, oh nein, sie würden alle sterben, sie würden alle …

Reiß dich zusammen!

Ricarda holte tief Luft. Sie war mit einem Feuer fertiggeworden, sie war mit ihren Schwestern fertiggeworden, und wenn das keine Leistung war, dann wusste sie es auch nicht. Einen kleinen Schiffsuntergang würde sie da auch noch bewältigen können. Aber eins nach dem anderen. Als Erstes der Kapitän, dann ihre Schwestern, die waren nun einmal Priorität.

»Sie!« Sie stieß Käpt'n Iglo den Zeigefinger in die Brust. »Sie beruhigen sich jetzt mal. Es darf keine Panik ausbrechen, verstanden? Keine Panik!« Bilder von Menschen, die sich gegenseitig tottrampelten, erschienen vor ihrem inneren Auge. Okay, keine Panik, das war oberstes Gebot.

»Leeeeeck! Das Schiff sinkt!« Der Käpt'n hatte es irgendwie geschafft, sich loszumachen. Mit der Flüstertüte kam er Sekunden später zurück.

»Verdammte Axt!« Ricarda entriss ihm das Megafon und warf es über Bord. »Reißen Sie sich zusammen. Sie sind der Kapitän! Auch wenn Sie gerade Ihr eigenes Schiff versenken.«

»Was?« Entrüstet riss er die Augen auf. »Ich hüte mein Schiff wie einen Augapfel, Sie glauben doch nicht im Ernst, dass ...«

»Wir haben jetzt keine Zeit zu diskutieren, wenn wir nicht alle untergehen wollen!«

»Ja, aber warten Sie, ich muss Ihnen erk...«

»Ich habe Ihre Telefongespräche belauscht«, unterbrach Ricarda seinen Redeschwall. »Ich weiß Bescheid. Sie wollen an das Geld.«

»An das ...« Käpt'n Iglo schwankte, kniff ein Auge

zusammen und legte den Kopf schräg. »Oh, du lieber Himmel, das Geld!«, rief er plötzlich. »Ich hab in Aktien investiert, und mein Berater, diese Landratte, hat mich reingelegt!«

»Und nun wollen Sie das Schiff versenken, um die Versicherungssumme zu kassieren. Ich weiß, ich weiß ... Kommen Sie! Wir müssen Hilfe holen!«

»Ich habe eine falsche Firma gegründet, um von meinem Berater, dieser hinterhältigen Sprotte, mein Geld zurückzubekommen.«

»Erzählen Sie mir das später! Wo sind Ihre Leute? Wir müssen Alarm schlagen ...«

»Ich bin vom Unglück verfolgt. Nicht nur meine Aktien gehen unter, auch mein Schiff sinkt. Was für eine Katastrophe!« Der Kapitän heulte auf. »Mein Schiff geht unter, mein Schiff! Dabei habe ich vorgesorgt, wo ich nur konnte. Aber gegen böse Mächte ist niemand gefeit. Doppelt so viele Wartungen wie üblich hab ich vornehmen lassen, jeden Abend persönlich den Maschinenraum kontrolliert, aber es hat nichts genützt, nichts genützt.« Er brach in Tränen aus. »Rette sich, wer kann! Oh Gott, Frau Schuster, was, wenn jemandem etwas passiert?«

»Es wird nur schlimmer, wenn wir jetzt weiter hier herumdiskutieren.«

Ricarda schubste den Kapitän von sich, als er sie umarmen wollte, jetzt war wirklich nicht die Zeit für Nervenzusammenbrüche. In diesem Augenblick gab der Schiffsmotor einen dröhnenden Laut von sich.

»Ein Leck im Rumpf«, jammerte Käpt'n Iglo. »Nein, mehrere. Sie waren auf einmal da. Löcher … Sie kamen wie aus dem Nichts. An den gefährlichen Stellen, dort, wo die Kühlschläuche verlaufen.« Löcher aus dem Nichts? Ricarda runzelte die Stirn. Vielleicht konnte man die stopfen? »Wollen Sie mal sehen? Vielleicht können wir noch etwas retten.«

Schniefend wankte der Kapitän vor ihr her und suchte sich seinen Weg ins unterste Deck zum Laderaum. Als er die Tür öffnete, erschrak Ricarda: Das Wasser stand schon kniehoch. Dort drüben an der Wand war tatsächlich ein Leck, durch das es ins Schiffsinnere strömte. Wasser? Ricarda schnupperte. Das war nicht nur Wasser. Wasser war geruchslos. Aber hier stank es nach …

»Salpetersäure! Käpt'n, das ist Salpetersäure. Das ist Sabotage!«

Der Kapitän fiel um. »Die Drohbriefe!«

»Drohbriefe?«

»Oh Gott, sie haben es wahr gemacht!« Käpt'n Iglo schlug die Hände vors Gesicht.

»Kommen Sie!«

Ricarda blickte sich um. Wenn sie die Tür fest verschlossen hielten und dann die Besatzung alarmierten, war möglicherweise noch etwas zu retten. Sie zerrte den Käpt'n mühsam von der Tür zum Laderaum weg hinaus und die Treppe hoch aufs nächste Deck. Auf einmal hörte sie unten – wie viele Räume gab es neben dem Laderaum? – eine Tür zuschlagen, dann Schritte. Da war noch jemand!

»He!«, schrie auch der Kapitän. Er war wohl wieder sicherer auf den Beinen, denn er machte sich von Ricarda los und ballte die Fäuste. »Zeig dich, elender Feigling, Dreckskerl, Schweinehund!«

»Aber, aber …« Mit hocherhobenen Händen und einem breiten Grinsen im Gesicht stieg Luca die Treppen hoch. »Sie müssen mich mit jemandem verwechseln.«

»Was machen Sie hier?«, rief Ricarda misstrauisch.

»Ihnen helfen, die Notfallmaßnahmen einzuleiten. Ich hab … ich hab Geräusche gehört, wollte nachsehen, und als ich das ganze Wasser bemerkte …«

»Sie haben meinem Schiff nichts angetan?«, fragte Käpt'n Iglo.

»Wo denken Sie hin?« Luca hob erneut die Hände.

Aber was war das da an seinem Unterarm?

»Oh nein, so leicht kommen Sie uns nicht davon!«, rief Ricarda, bevor sie auch nur über ihre Worte nachdenken konnte. »Das ist eindeutig eine Verätzung da an Ihrem Arm!«

Verdutzt sah Luca auf die kleine, gelblich verfärbte Stelle. Er musste einen Spritzer Säure abbekommen haben. Ricarda rechnete mit langatmigen Erklärungen, doch im nächsten Augenblick stürmte Luca an ihr und dem Kapitän vorbei nach oben. Noch erstaunlicher war die Reaktion Käpt'n Iglos, der auf einmal wieder stocknüchtern zu sein schien. Wieselflink hechtete er hinter dem vermeintlichen Heiratsschwindler her, warf sich auf ihn und riss ihn zu Boden.

»Mein Schiff! Meine *Santa Luisa!«*, heulte er, während er mit Luca rang.

»Ihre Santa Luisa?«, brauste Luca auf. »Mein Schiff ist das, meins! Nur weil es einmal Unregelmäßigkeiten bei den Abrechnungen gab, musste man sie mir nicht gleich wegnehmen!«

»Sie waren das?« Der Kapitän hielt inne. »Sie waren der kriminelle Kapitän, der seine Passagiere betrogen hat? Die Menschen, die ihm anvertraut waren, die er zu beschützen hatte?«

Ricarda verstand nur noch Bahnhof. Offenbar kannte der Kapitän Luca, oder zumindest kannte er dessen Geschichte, die schien ihn jedoch nur noch mehr aufzuregen, denn nun versuchte er, seine Ellenbogen und Knie in Luca hineinzurammen, so oft er es schaffte. Die beiden Männer wanden sich am Boden, Luca trat zu, wehrte sich, so gut er konnte, aber der Kapitän war klar im Vorteil.

»Entlassen haben sie mich!«, rief Luca. »Unehrenhaft! Die letzten Jahre konnte ich mich mit Gelegenheitsjobs und dem Geld reicher Witwen gerade so durchschlagen. Aber im Februar bin ich fünfundsechzig geworden«, er keuchte immer stärker, »und was glauben Sie, was da auf meinem Konto eingetrudelt ist? Nicht mal läppische achthundert Euro Rente!«

»Deshalb haben Sie die Drohbriefe geschrieben und wollten Geld erpressen!«, schrie der Kapitän. Er hielt ihn im Klammergriff fest.

Luca trat weiter um sich, dann versuchte er, Ricardas Blick aufzufangen. »Sind Sie etwa die Chemikerin?«, stieß er aus.

Himmel, ihr *Biochemical Journal*! Der Artikel über Supersäuren, der in aller Ausführlichkeit Herstellung und Wirkung beschrieb! Sie hatte die Zeitschrift aufgeschlagen am Pool liegen lassen.

»Sie haben es mir geklaut! Sie haben mir mein Magazin geklaut!«

»Und Sie haben mir meinen ersten Anschlagsversuch mit dem Feuer zunichtegemacht!«

In diesem Moment ruckte das Schiff plötzlich, und Ricarda erwachte wie aus einer Trance. Die Passagiere … Sie mussten gerettet werden!

»Sie haben keine Chance!«, fauchte Luca. »Es gibt weitere Löcher, in jedem Raum hier unten. Ich hab ganze Arbeit geleistet. Bevor ich den Artikel gelesen hatte, wusste ich gar nicht, wie wunderbar verheerend das Zeug wirkt.« Er sah sie wie von Sinnen an, wehrte sich auch nicht mehr gegen den Kapitän, der ihn im Schwitzkasten hielt.

Ricarda rannte los zum ersten Kabinendeck, schlug an jede Tür, an der sie vorbeikam.

»Trixie!«, schrie sie. »Trixie!« Ihre Kabine war leer. Nein, nein, nein, wo war ihre Schwester? Bei Clarissa? Bei Clarissa! »Juliane!« Sie hämmerte an die gegenüberliegende Tür. Dann hetzte sie weiter. Die Rettungswesten fielen ihr plötzlich ein, und sie stürmte zurück in ihre Kabine. »Clarissa! Trixie! Juliane!« Während sie nach den Westen suchte, schrie sie immer wieder die Namen.

»Was machst du denn da? Was ist passiert?«, begann Juliane, die auf einmal in der Tür stand, doch Ricarda unterbrach sie.

»Hol deine Rettungsweste und ab von Bord, das Schiff geht unter! Los, los, los!«, trieb sie die Ältere an, während sie ihre eigene Weste über den Kopf streifte. »Wir müssen Trixie suchen!«

Juliane verstand sofort. »Trixie!«, schrie sie und klopfte an die nächstbeste Tür. »Clarissa!«

Endlich öffnete sich eine Kabine, ein verschlafener Kopf schob sich hinaus. Ricarda stürzte auf ihre Schwester zu und drückte ihr die Rettungsweste in die Hand.

»Raus hier, raus!«, rief Juliane. »Weck Clarissa, schnell!«

»Waaa…?«

»Ich muss alle evakuieren, beeil dich!« Ricardas Worte wurden von einem weiteren Rucken des Schiffes unterstrichen.

»Evakuieren?«

»Frag jetzt nicht! Sag so vielen wie möglich Bescheid!« Ricarda sprintete an ihr vorbei und rüttelte die schlafende Clarissa an der Schulter. »Aufstehen, aufstehen! Schneller, schneller!« Ricarda fuhr sich hektisch durchs Gesicht. »Los jetzt! Ein Notfall!«

Trixie und ihre Freundin schlüpften in ihre Klamotten, und endlich, endlich waren sie zumindest alle im Gang.

»Was ist denn los hier?« Der alte Bohr war anscheinend von dem Krach aufgewacht und stürmte auf sie zu.

Ricardas Atmung beschleunigte sich. Sie hatten doch keine Zeit! »Wir müssen alle Passagiere evakuieren. Aber bitte keine Panik. Keine Panik!«

Zu ihrer Überraschung gab Herr Bohr keine Widerworte. Er nickte nur knapp und fragte: »Was soll ich tun?«

Ricarda holte Luft. Juliane setzte an, etwas zu sagen, aber Ricarda hob die Hand. »Zuhören!« Sie drehte sich zum Nörgelrentner. »Sie gehen auf die Brücke und lassen den Signalton ab. Rettungsweste nicht vergessen. Und informieren Sie die Crew, wenn Sie jemanden sehen. Noch mal – oberstes Gebot: keine Panik.«

»Sie können sich auf mich verlassen.« Er hastete den Gang entlang.

Ricarda drehte sich zu ihren Schwestern und Clarissa. »Ihr auch. Rettungswesten an und mir folgen. Als Erstes die Kinder.«

»Tatiana und ihre Schwestern!« Trixies Augen weiteten sich vor Schreck.

»Ruhe bewahren.« Ricarda ging voraus, schlug noch einmal an jede Kabinentür, die sich noch nicht geöffnet hatte. »Rettungswesten an und evakuieren!«, rief sie mit fester Stimme. Es durfte keine Panik aufkommen, bloß keine Panik. »Ruhe bewahren, es ist nichts Ernstes«, log sie deshalb. »Aber wir müssen alle raus. Machen Sie es wie in unserer Übung.«

Herbert und Isolde stürzten aus ihrer Kabine. Hektisch rissen sie an ihren Rettungswesten. »Lauf, Herbert, lauf!«, schrie seine Frau.

Clarissa fasste sie fest an der Schulter. »Keine Panik, hat sie gesagt.« Sie wies mit dem Kinn auf Ricarda. »Jetzt beruhigen Sie sich und folgen ihren Anweisungen. Sie scheint zu wissen, was sie tut.«

Mit großen Augen schaute die ältere Dame die jungen Frauen an. Clarissa nickte ihr aufmunternd zu und führte die kleine Prozession an Deck.

Ricarda lächelte ihren Schwestern kurz zu, dann erteilte sie weitere Befehle: »Trixie, du nimmst dir das unterste Kabinendeck vor, Juliane, du das in der Mitte. Ich kümmere mich um die Besatzung.«

Zu ihrer Überraschung schüttelte Juliane den Kopf. »Trixie nimmt die Mitte, ich geh nach unten. Unten ist es am gefährlichsten.«

»Du …!«

Trixie warf die Hände in die Luft und wäre dann beinahe gestürzt, als das Schiff erneut ruckte. Juliane fing ihre jüngste Schwester auf, sah dann Ricarda fest in die Augen. Die nickte.

»Keine Widerrede«, sagte sie zu Trixie, auch wenn sie einen Kloß im Hals hatte. »Gefährlich ist hier gar nichts. Ihr haltet euch an meine Anweisungen. Trixie: Mitte, Juliane: unten. Rettungswesten an und in Zweierreihen evakuieren. Los, wir treffen uns in ein paar Minuten am Pool.« Sie lief davon, drehte sich im letzten Augenblick aber noch einmal um: »Sobald ihr die Sirene hört, brecht ihr ab und kommt sofort rauf.«

Vor allem Juliane, dachte sie. Wie schnell das Wasser eindringen konnte, wusste sie nicht, aber eingeschlossen im untersten Stock, hätte ihre Schwester keine Chance. Nicht denken, handeln, befahl sie sich dann selbst und verbannte alle Gedanken an Ertrinken rigoros aus ihrem Kopf. Die Besatzung alarmieren. Ricarda spürte, wie das Schiff schwankte. Es sank tatsächlich, es ging los. Sie stürmte an Deck, wo sie mit Patrick zusammenprallte.

»Ricarda!« Er zog sie kurz, aber fest in seine Arme. »Keine Panik, aber …«

»Das Schiff sinkt, ich weiß. Luca ist der Saboteur.«

»Wir müssen …«

In diesem Augenblick ging die Tür hinter ihnen auf, und die ersten Passagiere kamen in ihren orangefarbenen Rettungswesten an Deck.

»Die Evakuierung der Passagiere ist eingeleitet«, sagte Ricarda. »Herr Bohr kümmert sich um den Alarm. Jetzt muss noch die Besatzung informiert werden. Sie muss die Rettungsboote zu Wasser lassen!«

Patrick stellte keine dummen Fragen, gab keine Erklärungen ab. »Du läufst zu den Besatzungskabinen, ich übernehme den Maschinenraum. Treffpunkt dann an Deck 2 bei den Rettungsbooten.«

Ricarda nickte, auch wenn sie nichts lieber getan hätte, als sich an Patricks Brust zu schmiegen und alle Verantwortung abzugeben.

»Lauft! Lauft um euer Leben!« Bevor sie losrennen konnten, kam der Kapitän an Deck gestürmt. Er zerr-

te einen humpelnden Luca hinter sich her. Das Schiff ruckte erneut gefährlich, und während alle durcheinanderriefen und Tatiana lautstark anfing zu schreien, fielen ihnen die beiden buchstäblich vor die Füße.
»Rette sich, wer kann!«, schrie Käpt'n Iglo. »Der Kapitän geht mit seinem Schiff unter!«

»Das hoffe ich«, spie Luca aus.

Die Panikmacher mussten unter ihren Füßen weg. Glücklicherweise schien Patrick das genauso zu sehen. Er fasste beide so fest an den Schultern, dass sie eine Grimasse zogen.

»Zu den Rettungsbooten! Und kein Gezeter!«

»Aye, aye«, murmelte der Kapitän.

»Folgen Sie ihm.«

Ricarda nickte den Passagieren zu, dann hastete sie los, zur restlichen Besatzung.

»So schnell es geht an Deck 2!«, rief Patrick ihr hinterher.

Ricarda hechtete gerade zur Brücke hinauf, da ging auch endlich das Alarmsignal los. Ein Hoch auf Herrn Bohr. Einen kurzen Augenblick gönnte Ricarda sich durchzuatmen. Sie hielt sich an der Reling fest, das Schiff begann schon leicht – ganz leicht, Himmel, lass es so leicht bleiben, bis Juliane wieder an Deck ist – in Schräglage zu verfallen.

»Wir können vom Schiff!«, rief Herr Bohr ihr zu, der gerade die Treppe von der Brücke herunterkam. »Die Besatzung ist schon informiert, die Rettungsboote werden zu Wasser gelassen.«

Ricarda vergaß alle Querelen der letzten Tage. Sie wäre ihm am liebsten um den Hals gefallen.

»Wir dirigieren die Passagiere«, sagte sie und zog ihren neuesten Helfer hinter sich her auf Deck 2. Dort stellten sie sich gegenüber auf und leiteten den Strom von Passagieren, der aus den Gängen kam, zu den Rettungsbooten.

»Hier entlang, hier entlang, alles in Ordnung, keine Panik«, rief Herr Bohr mit sonorer Stimme.

Die Ruhe, mit der er seine Hinweise vorbrachte, wirkte Wunder. Gäste, die mit Tränen in den Augen hektisch an Deck stolperten, atmeten auf, kopflose Stürmer reihten sich widerstandslos zurück in die Schlange ein, und zitternde Menschen lächelten ihn dankbar an.

Ricarda registrierte die Menschen unter den Passagieren, die ihr wichtig waren. Käthe Rossach war da. Clarissa, Herbert und Isolde und Familie Wilhelm waren ohnehin schon längst in Sicherheit. Hier eine Poolbekanntschaft, dort der Barkeeper. Wo blieben nur ihre Schwestern?

»Alle kommen in Sicherheit, keiner wird auf dem Schiff zurückgelassen«, rief Herr Bohr. »Der Wasserrettungsdienst ist schon unterwegs!«

Ricarda lächelte ihn an, er musste ihre Besorgnis gespürt haben. In diesem Moment sackte das Schiff auf eine Seite ab, Ricarda musste eine ältere Frau stützen.

Plötzlich purzelte Trixie aus der Tür.

»Gott sei Dank!« Ricarda zerquetschte ihr die Rippen, so fest umarmte sie ihre Schwester. Trixies Locken standen ihr vom Kopf ab, ihre Augen waren gerötet. »Von meinem Kabinendeck sind alle … alle … sind alle da.« Sie sah sich suchend um. »Clarissa ist …«

»In Rettungsboot Nummer 3«, sagte Ricarda und wollte Trixie ebenfalls in die Richtung schicken. Die zerrte jedoch an ihrem Kleid. »Was ist mit Juliane?«

»Alle sind in Sicherheit.«

Herr Bohr, den Ricarda nie mehr in Gedanken den Nörgelrentner nennen würde, fasste sie sanft an der Schulter. Ricarda schluckte. Er hatte recht, es war besser, Trixie anzulügen und sie zum Rettungsboot zu schicken.

»Gut.« Trixie nickte und schob sich eine blonde Strähne hinters Ohr. »Du kommst auch sofort?« Ihre Finger krallten sich in Ricardas Arm.

»In einer Minute bin ich da.«

Sie lächelte ihrer Schwester zu. Inzwischen kamen keine Passagiere mehr durch die Tür, das Schiff hatte nun Schräglage, sackte noch ein Stück weiter ab. Ricarda meinte, gurgelnde Geräusche zu hören. Wo blieb Juliane? Und was war mit Patrick? Sie riss die Tür auf, aber der Gang und die Treppe waren menschenleer.

»Meine Schwester!«, rief sie Herrn Bohr zu. »Warten Sie mit dem letzten Rettungsboot, so lange Sie können. Aber bringen Sie sich nicht in Gefahr.«

Herr Bohr nickte knapp, dann stürzte er los.

Ricarda nahm den entgegengesetzten Weg. Sie wurde an eine Wand gedrückt, so sehr hatte das Schiff sich schon geneigt. Sie kam nur langsam voran. Dabei zählte doch jede Sekunde! Sie merkte, wie erneut Panik in ihr aufstieg. In ihrem Kopfkino sah sie Julianes leblosen Körper vor sich im Wasser schwimmen. Bilder der *Titanic* kamen ihr in den Sinn. Weshalb hatte sie diesen schrecklichen Film auch dreimal gesehen? Nie wieder würde sie sich Katastrophenfilme ansehen, nie wieder. Wenn sie es hier lebend herausschaffte.

Sie kam an die Treppe, verlor das Gleichgewicht und wäre beinahe kopfüber das steile Eisengestell hinuntergestürzt, hätten sie in diesem Augenblick nicht starke Arme von hinten gepackt.

»Herr Bohr!«

Was machte der denn hier? Hatte sie ihm nicht gesagt, er solle sich in Sicherheit bringen?

»Glauben Sie, ich lass Sie hier allein so verrückte Sachen machen, Mädchen?« Ohne ihr auch nur die Chance zu geben, noch etwas zu sagen, fasste er ihre Hand und ging ihr voraus die Treppe hinunter. »Jetzt retten wir diese Nervensäge, Ihre große Schwester.«

Ricarda wischte sich die Tränen aus dem Gesicht, sie merkte jetzt erst, dass sie ihr geraume Zeit schon die Sicht verschleierten.

»Unkraut vergeht nicht«, flüsterte sie.

»Verdammt richtig«, brummte Herr Bohr. »Und eins sag ich Ihnen: Sie drei sind eine Landplage, aber ich habe in meiner gesamten aktiven Zeit keinen Mann verloren, damit werde ich in meiner Pension also schon gar nicht anfangen.«

Im unteren Deck kam ihnen Wasser entgegen. Das

Schiff war schon weitaus tiefer gesunken, als Ricarda vermutet hatte. Oh, war das kalt. Wasser umspülte schon die halbe Treppe, der Gang versank in der Donau.

»Juliane!«, schrie Ricarda panisch und stürzte sich in die Fluten.

»Nun machen Sie keinen Unfug!« Herr Bohr stürzte sich hinterher. »Sie haben oben so einen kühlen Kopf bewahrt, das braucht Ihre Schwester jetzt auch.«

»Juliane!« Er hatte ja recht, das wusste Ricarda, aber … »Juliane!« Das Wasser stand ihr bis zum Bauchnabel, sodass sie halb watete, halb den Gang entlangschwamm, immer weiter ins Innere des Schiffes, aus dem mehr und mehr Wasser kam. Koffer schwammen ihnen entgegen, Schuhe, Kleidung.

»Juliane!« Ihre Stimme war nur noch ein Schluchzen, wieder verschleierten Tränen ihr die Sicht.

»Juliane!«, übernahm nun Herr Bohr das Brüllen. Er legte eine Hand auf Ricardas Schulter. »Wir finden sie, keine Sorge«, sagte er leise, dann brüllte er weiter: »Nun machen Sie uns das Leben nicht so schwer!«

»Hier!« Es kam ganz vom Ende des Ganges und war so schwach, dass Ricarda zunächst glaubte, sich verhört zu haben. »Hilfe!«

Mit erneuter Kraft kämpfte Ricarda gegen den Sog des Wassers an, endlich kamen sie zu einer Tür, gegen die jemand von innen trommelte. Juliane! »Der Wasserdruck ist zu stark!«, schrie sie von innen. »Hier strömt es nur so hinein. Ich kriege die Tür nicht auf!«

»Ich drücke von außen!«, schrie Ricarda. Oh Gott, Juliane! »Wir kriegen dich da raus. Auf drei!«

Sie zählte, dann stemmte sie sich mit aller Kraft gegen die Tür. Etwa zwei Zentimeter konnten sie sie gegen die Fluten andrücken. Sofort schoss Wasser nach, sodass Ricarda beinahe umgeworfen worden wäre.

»Noch einmal!« Hektisch strich sie sich die nassen Haare aus dem Gesicht. Doch auch beim zweiten Mal, gemeinsam mit Herrn Bohr, schafften sie nicht mehr als fünf Zentimeter.

»Ich hab keine Kraft«, hörte sie Julianes Stimme nur ganz leise. »Seit der Krankheit …«

»Denk jetzt nicht dran!«, schrie Ricarda schrill. »Zieh!« Sie klang schon fast hysterisch.

»Was machen Sie überhaupt da drin?«, schrie Herr Bohr. »Sie sollten die Menschen nur aus ihren Betten klopfen!«

»Herr Bohr?«

»Hätte ich gewusst, dass Sie Schnepfe lieber aufgeben und ertrinken wollen, hätte ich mir sicher nicht die Mühe gemacht, nasse Füße zu bekommen.«

Ertrinken … Ricarda schluchzte auf. Ihre Arme zitterten, ihre Beine zitterten, alles zitterte, selbst das Schiff. Sie hatte kaum noch Kraft, es gab auch keinen Halt, sie konnte sich nicht einmal wirklich gegen die Tür stemmen.

»Es sinkt!«, schrie Juliane von innen. »Ricarda, lauf los! Raus hier!«

»Jetzt streng dich an!«, schrie Ricarda zurück.

»Ricarda!« Juliane trommelte gegen die Tür. »Lauf raus! JETZT!«

»Mund halten, alle beide!«, brüllte Herr Bohr. »Noch einmal.« Statt wie vorher neben ihr gegen die Tür zu drücken, stellte er sich hinter sie, seine Arme griffen um ihre. »Eins … zwei … drei«, schnaufte er. »Ziehen, Juliane!«

Die Tür ging ein Stück weiter auf. Ricarda konnte es kaum glauben. Sie hatte sich schon zehn, jetzt zwanzig Zentimeter aufschieben lassen. Bloß nicht nachlassen, nicht nachlassen, egal, wie ihre Muskeln schmerzten. Herr Bohr drückte sie weiter nach vorn, sie konnte Juliane im Türspalt sehen. Dann kam noch mehr Wasser, immer mehr Wasser, aber Herr Bohr war noch da, hielt sie, und endlich schaffte sie es, griff nach ihrer Schwester.

»Juliane, wir halten die Tür, ich zieh dich!«, keuchte sie, während sie sich mit der gesamten linken Körperseite gegen die Tür stemmte. Juliane konnte sich durch den Türspalt quetschen, Ricarda hielt ihren Arm fest.

»Natürlich machen Sie solche Mühe!« Herr Bohr schnaufte und griff ebenfalls nach Juliane. »Hauptsache, Sie können mich ärgern.« Eine letzte Kraftanstrengung, und plötzlich war sie draußen.

»Oh, Sie ekelhafter alter Mann!«, rief Juliane und fiel ihm um den Hals.

»Jetzt nichts wie raus hier!«

Das Wasser strömte immer stärker von allen Seiten herein, sie konnten kaum noch. Sie mussten raus, sofort.

Gemeinsam wateten sie den Gang hinunter zur Treppe zwischen Koffern, Kleidung, kleineren Möbelstücken wie Stühlen und Beistelltischchen. Das Schiff befand sich in starker Schräglage.

»Los, die Treppe rauf, schnell!«, rief Herr Bohr und schob Juliane die ersten Stufen hinauf.

Man merkte ihr die Erschöpfung an, das Wasser hatte sie komplett entkräftet. Das Wasser und … die Krankheit … Ricarda hielt sich am Geländer fest, die andere Hand an Julianes Rücken. Das Licht flackerte, erlosch.

»Oh nein«, stöhnte Juliane.

»Nach oben, nach oben.«

Ricarda dachte nicht mehr nach, nur weiter nach oben, immer weiter. Dicht hintereinander krabbelten sie, rutschten aus, keuchten, fingen sich wieder. Sie würden es noch rechtzeitig schaffen, mussten es schaffen. Fast waren sie am Oberdeck, fast an der Tür, da gab es ein lautes Kreischen, dann ein Gurgeln, und plötzlich stürzte das Wasser von oben auf sie ein.

»Weiter!«, schrie Herr Bohr. »Nicht aufgeben!«

Ricarda konnte einen Lichtstrahl sehen, Herr Bohr war an der Tür zum Deck! Er drängte Juliane hinaus, wollte auch nach Ricardas Hand greifen, als es ihr den Boden unter den Füßen wegzog und sie in einem Wasserstrudel nach unten gerissen wurde. Sie versuchte, dagegen anzukämpfen, zu schwimmen, an die Oberfläche zu kommen, aber der Sog war zu stark. Schwarzes Wasser hielt sie umfangen, die Luft wurde knapp, alles drehte sich, schließlich konnte sie nur noch um sich schlagen, wusste nicht mehr, wo oben und unten war. Ricarda spürte, wie die Kraft sie verließ, nur noch wilde Verzweiflung blieb.

Da! Licht! Da war Licht.

Auf einmal wurde sie von starken Armen gepackt, nach oben gezogen, und plötzlich konnte sie wieder atmen. Es brannte in ihrer Lunge, und sie war blind vor Tränen und Donauwasser, doch sie spürte Boden unter den Füßen, stolperte vorwärts, weiter und weiter, immer noch gehalten und geführt von starken, warmen Armen. Sie rutschte aus, wurde aufgefangen. Irgendwann glaubte sie das Bewusstsein zu verlieren, und schließlich spürte sie nur noch die Kälte. Wasser war überall. Sie schwammen. Sie schwammen? Ricarda versuchte, sich zu konzentrieren, zu atmen, sich zu bewegen. Es zog an ihren Füßen, das Wasser, aber sie wurde gehalten, und irgendwann wurde sie gehoben. In ein Rettungsboot? Sie wusste es nicht, die Augen einfach geschlossen, schluchzte nur vor Erleichterung auf.

Wärme umfing sie, Locken kitzelten ihre Wange. Trixie. Und das war Juliane, die ihr gerade eine trockene Jacke umlegte. Ricarda öffnete die Augen.

»Alles ist gut«, sagte ihre älteste Schwester. »Alles ist gut.«

»Wieso seid ihr noch hier mit dem Boot?«, fragte Ricarda.

»Als ob wir dich … als ob ich … unglaublich!«, empörte sich Trixie. »Ihr seid einfach verschwunden. Alle beide!« Sie blinzelte gegen die Tränen an. »Ich lass euch doch nicht hier zurück!«

Herr Bohr griff nach den Rudern und kommandierte einige der anderen Passagiere dazu ab, ihm zu helfen und sie aus dem Gefahrenbereich zu bringen. Die übrigen Rettungsboote waren schon längst außer Sichtweite.

»Ihre Schwester hätte uns beinahe alle umgebracht!«, meldete sich Herbert von hinten. »Sie hat uns erst verboten, das Rettungsboot zu Wasser zu lassen, und als das nicht mehr ging, mussten wir in diesem Sog treiben, nur um Sie irgendwann noch mitzunehmen! Was hätte es Ihnen genützt, wenn wir alle ertrunken wären? Einsperren sollte man sie!«

Er zeigte mit dem Finger auf Trixie.

»Nun seien Sie mal schön still, wenn Sie nicht wollen, dass ich Sie über Bord werfe!«, meldete sich Herr Bohr. »Das hat die junge Frau Schuster ganz hervorragend gemacht. Nur ihretwegen sind alle Passagiere noch am Leben.«

»Es war wichtig, dass du hiergeblieben bist«, sagte Juliane leise, während sie Trixie fest im Arm hielt. »Die Verrückten hätten uns ertrinken lassen.«

»Na ja …« Trixie lächelte. Dann drückte sie ihrer großen Schwester einen Kuss auf die Wange.

Jetzt erst bemerkte Ricarda Patrick, der, von oben bis unten durchnässt, neben ihr saß und sie anlächelte. Die starken Arme, das war … das war tatsächlich Patrick gewesen.

»Du hast mir das Leben gerettet.« Ricardas Herz klopfte wie wild, sie griff nach seiner Hand.

»Du warst unglaublich«, sagte er, und seine Finger verschränkten sich mit ihren.

»Das stimmt«, warf Trixie ein. »Du hast das großartig gemacht.«

»Du bist die Heldin des Tages«, sagte auch Juliane.

»Oh!« Da fiel Ricarda etwas ein. »Was ist mit Luca?«

»Den hat der Käpt'n mit einer Sicherheitsleine an Rettungsboot 2 festgekettet. Der kann nicht so leicht entkommen.«

Trixie lachte. »Er wird dankbar sein, am Ufer in den sicheren Gewahrsam der Polizei flüchten zu dürfen.«

Jetzt gab es für Ricarda nur noch eins zu tun: Sie legte die Arme um Patrick, und als seine Lippen ihre berührten, ging ihr kurz Julianes neue Philosophie durch den Kopf: *Alles wird gut.* Ja, alles würde gut.